TOT EL QUE ENS VAM DIR

Ester Arroyo

TOT EL QUE ENS VAM DIR

SHAKA

Primera edició: abril del 2022

Av. Diagonal, 662-664 - 08034 Barcelona
ISBN: 978-84-18456-00-8
Dipòsit legal: B. 5.058-2022
Fotocomposició: Grup62
Imprès a Catalunya - *Printed in Catalonia*

www.columnaedicions.cat

PEFC
PEFC/14-38-00305

Certificat PEFC

Aquest llibre procedeix de boscos gestionats de forma sostenible i fonts controlades

www.pefc.es

Conversa Júlia-Jen

Júlia: Jen, estàs desperta?

Ok, ja veig que no.

És igual, ja ho llegiràs quan et despertis. Necessito explicar-te el que va passar ahir a la nit amb en Daniel.

Encara no m'ho puc creure. Volia que passés alguna cosa, però no sabia que arribaríem tan lluny. Vaig tornar a la meva habitació a les quatre de la matinada...

Vaig recórrer tota la residència descalça, de puntetes i gairebé aguantant la respiració. Encara no sé com no em van enxampar! Mira que sempre hi ha els dos guàrdies patrullant, però per sort no me'ls vaig creuar.

Creus que va ser cosa del destí? Ara et riuràs de mi per creure en aquestes coses... En fi. Encara no t'he explicat el que va passar! Escric més del que no parlo...

Ahir al vespre vaig començar a parlar amb ell.

Vam estar una estona parlant. De tot. Ja saps.

D'haver de sortir d'amagat de la residència perquè ens tenen controlats fins a l'extrem.

No em puc creure que estigui més vigilada aquí, a la universitat, que a casa amb la meva mare! És absurd!

Ens vam dir moltes coses... Ja t'ensenyaré els missatges...

I em va enviar una foto des de la piscina.

Segur que has pensat malament! No era això... Em va enviar una foto de la piscina coberta de la residència.

Tenim prohibit entrar-hi de nit.

Em va demanar que hi anés.

Vaig estar a punt de trucar-te.

No sabia què havia de fer. Bé, sí que ho sabia, volia anar-hi. Vaig dubtar perquè últimament m'estic ficant en massa problemes i tinc por que un dia d'aquests em treguin la beca i hagi de marxar de la universitat perquè no la pugui pagar. En realitat, la meva mare té raó quan diu que no puc perdre aquesta oportunitat d'estudiar en una de les unis més prestigioses d'Europa...

I si la cago, hauré de tornar a casa.

Vaig estar pensant en això mentre recorria els passadissos cap a la piscina. Sí, ho sé. No és propi de mi i no em reconec ni jo mateixa. Però últimament estic fent moltes coses que mai m'hauria imaginat que faria... Ja m'entens... Però de moment no me'n penedeixo de cap.

Sort que la piscina queda a prop de la nostra ala de la residència. Vaig colar-m'hi, la porta no estava tancada amb pany. Estava fosc, només entrava la llum des de l'exterior. I allà era ell, just a l'altra punta de la piscina. Esperava que em digués alguna cosa, però simplement se'm va quedar mirant i va començar a treure's la roba per quedar-se en banyador. No sé quina cara feia perquè estava massa lluny i a la foscor no el podia veure bé. Va llançar-se de cap a l'aigua i va sortir uns quants metres més enllà.

Segur que et sentiràs orgullosa de mi quan sàpigues que m'hi vaig atrevir.

No m'havia posat el banyador. No pensava banyar-me! En

realitat, no sabia que podia passar... Bé, sí, que potser ens trobaríem allà, però...

Bé, em vaig quedar amb roba interior i em vaig cabussar. Notava el batec del cor a les orelles. Quan vaig treure el cap de l'aigua només ens separaven un parell de metres.

No sé si tenia fred, por o nervis, però em començava a tremolar el cos. Havia somiat alguna vegada amb allò, que tinguéssim alguna cosa, però no m'imaginava que seria ni avui ni així.

La seva pell bronzejada semblava encara més càlida després de mullar-se. Té sentit, això? O soc jo? La seva mirada fosca se'm clavava mentre dels cabells li queien gotes que anaven directes als llavis, que tenia entreoberts, i...

Ho veus? Com m'hi podia resistir? Tot ell era com un somni. Vaig quedar-me quieta, amb aquell petit tremolor, amb el neguit de fer un pas en fals i que es trenqués l'ambient que s'estava creant. Sincerament, crec que tenia por de no complir les expectatives del moment.

A ell també se'l notava nerviós... Però va fer un pas endavant i va trencar la distància d'aigua que ens separava. I em van fugir tots els dubtes i totes les pors. En el moment en què vaig notar que la seva mà m'agafava per la cintura i l'altra la posava a l'alçada de la meva mandíbula per apropar-me als seus llavis...

JEN: Júlia?

JÚLIA: Jen! Ja t'has llevat? Estàs llegint el que t'he escrit?

JEN: Els Mossos d'Esquadra són a la residència.

JÚLIA: Què? Què passa? Com ho saps? Ets a la teva habitació?

JEN: Sí. M'ho acaba de dir en Conrad i els estic veient per la finestra. Hi ha un grup al pati.

Júlia: Però què passa? Espera, em vesteixo i vaig cap a la teva habitació.

Jen: NO! No surtis!

Júlia: Què? Jen, què passa?

Jen, per què no contestes?

M'estic començant a espantar.

Jen?

Jen: Són a l'habitació d'en Daniel. Han rebut una trucada d'algú. Han trobat sang a terra. Ell no hi és. Ha desaparegut.

Capítol I
Algunes setmanes abans

PAU: Juls. Necessito que avui facis el meu torn al restaurant.

JÚLIA: Què?! Pau, que fa més d'una setmana que no tinc descans!

PAU: Només aquesta vegada! Si us plau...

JÚLIA: Ja no sé quantes vegades t'he cobert aquest estiu...

PAU: És per un bon motiu.

JÚLIA: És per aquell noi?! El francès?!

PAU: Sí, però no ho diguis a ningú!

JÚLIA: Ja saps que jo no xerro res.

PAU: Ho sé. T'adoro.

JÚLIA: Ha passat alguna cosa que jo no sàpiga?

PAU: Sí, ja t'ho explicaré.

JÚLIA: No em pots deixar així sense saber res! I a sobre voler que faci el teu torn a la feina!

PAU: Ok, tens raó. A la tarda t'ho explicaré tot.

JÚLIA: No em pots avançar res?

PAU: Sí, que tothom hauria de viure un amor d'estiu.

JÚLIA: Que cursi que ets.

PAU: Que seca que ets quan vols, petarda! Ja m'ho diràs quan et passi a tu!

JÚLIA: Mira, només vull que em passi perquè per una vegada siguis tu qui em faci els torns al restaurant! Ha, ha, ha.

PAU: Tot arriba.

Júlia: Com el teu amor pandèmic.

Pau: M'agrada això d'amor pandèmic. És molt dramàtic.

Júlia: Per drama el que et muntaré jo si em tornes a demanar que et faci un torn! Vaig a canviar-me i baixo al restaurant. Després vull tots els detalls de la trobada amb el franceset.

Pau: Tothom hauria de tenir una amiga com tu. T'estimo!

Júlia: I jo a tu.

Després d'aquella conversa no em va arribar cap notificació fins passades un parell d'hores, quan em va entrar un missatge. Aquell dia unes quantes paraules van trasbalsar el meu món. No era conscient de tot el que implicaria ni de les persones que estava a punt de conèixer.

Era un dimarts de ple agost i feia una calor insuportable a Calella de Palafrugell. Gairebé eren les dotze del migdia i mentre la platja estava plena de gent, jo preparava les taules a l'hostal restaurant on sempre havia treballat la meva mare. De petita jugava tot el dia al pati del darrere d'aquella casa familiar mentre la meva mare servia taules, netejava i ajudava a la cuina, tot alhora. Quan vaig fer els setze anys, vaig començar a treballar-hi jo també, i aquell era el segon estiu que hi era. No em podia queixar, les propines durant el mes d'agost eren prou bones, especialment perquè la terrassa s'omplia d'algunes famílies amb pasta que venien a Calella a viure uns dies idíl·lics sense escatimar en res. El primer any em vaig poder comprar un iPhone només amb les propines!

El que portava pitjor eren les mirades que em dirigien alguns fills adolescents d'aquelles famílies. Segur que pensaven «Quina pena estar tot l'estiu aquí per pocs diners», «Deu tenir la meva edat?» o «Ecs, està suada». Per això, sempre que podia intentava fer feines que no impliquessin servir a taula, però no sempre ho aconseguia.

—Eh... Hola.

Una noia alta, amb un monyo mal fet i amb una pell súper bronzejada em mirava des de darrere de la barra. Vaig fer una ullada al meu voltant, encara no hi havia ningú al restaurant. Em va posar nerviosa el fet de veure-la només en biquini, ja que per norma tothom havia d'anar vestit, encara que estiguéssim molt a prop de la platja. Era una noia atractiva i voluptuosa. Em recordava una model *curvy* que havia vist a Instagram.

—Puc anar al lavabo? —va preguntar.

A vegades el meu cervell va molt lent i dic coses abans de pensar-les.

—Sí, cap problema.

«Merda. Per què li has dit això?», vaig dir-me quan ja havia entrat al servei. Acabava d'infringir dues normes: deixar passar algú sense roba i deixar que entrés al lavabo sense consumir res. Sé que no perdria la feina per això, però en aquell moment era una persona que m'agradava tenir-ho tot controlat. Intentava esmorzar sempre a la mateixa hora, em preparava la roba de l'endemà la nit abans, tenia calculats els minuts que necessitava d'entrenament... En fi, que no m'agradava tot el que s'escapava del meu control. I aquella situació, per insignificant que fos, se n'escapava.

Vaig intentar ignorar-ho i vaig anar al magatzem a repassar el nombre d'ampolles de vidre d'aigua que encara quedaven fora de la nevera. Vaig passar per darrere de la barra i de poc no caic de morros en entrar al petit magatzem. Algú havia deixat sense recollir unes quantes caixes buides de plàstic dur a l'entrada. Se'm va escapar un sospir que em va fer una mica de mal i tot.

—Per què m'ho deixen tot a mi? —vaig murmurar.

Vaig apartar les caixes com vaig poder i vaig anar cap al final de la sala; allà, darrere d'una porta, hi havia un altre petit magatzem on em refugiava quan necessitava uns minuts de silenci i tranquil·litat. Vaig tancar la porta darrere meu i vaig tornar a sospirar. N'estava farta. Necessitava marxar, m'era igual on. Jo sola, sense el pes de les responsabilitats que tenia. Començar a ser una mica més lliure. Per sort, al cap de poques setmanes marxaria a estudiar a una universitat pública a prop de Barcelona, on havia aconseguit entrar a la carrera d'Administració i Direcció d'Empreses. M'havia d'espavilar per trobar un pis d'estudiants barat i una feina per poder pagar algunes de les despeses que tindria. Amb els diners que em donaria la mare no n'hi hauria prou per a tot. Per això, durant l'estiu treballava tantes hores com podia al restaurant.

Estava pensant en això mentre mirava el mòbil. Només tenia uns quants missatges de grups de l'institut i notificacions de les xarxes socials. Mentre mirava els *stories* d'una festa a la qual havien anat uns companys de l'institut, em va entrar la notificació d'un mail que ho canviaria tot: «Aprovació de matrícula becada».

Quan vaig veure l'assumpte, em vaig quedar en blanc. Què era allò? Vaig estar a punt de no obrir-lo pensant que era un altre missatge de *spam* quan una veueta al meu interior em va dir que no passés d'allò, que era important. I sí que ho era. Segurament era el més important que m'havia passat a la vida després del meu naixement, és clar. Quan vaig veure l'autora del mail, se'm va tallar la respiració. Era la Mònica Domènech. No... No podia ser...

Benvolguda Júlia Gil,

Em complau informar-la que, segons la reunió de la junta celebrada el 29 de juliol passat en la qual es va repassar la seva sol·licitud enviada a través de la Federació de Natació, ha estat admesa a la Universitat Internacional Empresarial de Barcelona. Per a la seva selecció s'han tingut en compte aspectes com la matrícula d'honor de batxillerat, els excel·lents resultats a les competicions nacionals i internacionals de natació, el seu compromís altruista amb associacions de conservació del medi ambient i la carta de recomanació de l'entrenadora de natació.

La seva admissió inclou una beca completa del primer any, amb residència inclosa, i revisable els anys següents segons els resultats acadèmics de cada semestre.

Com a institució privada d'alt nivell només concedim cada any una beca completa. Necessitem que confirmi l'acceptació de la matrícula becada en un període màxim de 48 hores. Si no rebem resposta, automàticament aquesta oferta quedarà anul·lada i serà enviada a la següent persona de la llista de candidats. Esperem la seva confirmació.

Atentament,

Mònica Domènech, directora de la
Universitat Internacional Empresarial de Barcelona (UIEB)

Crec que se'm va oblidar respirar durant l'estona que vaig trigar a llegir el mail perquè em sentia una mica marejada. Les mans em van començar a tremolar i a poc a poc va anar creixent al meu interior un pessigolleig que era fruit dels nervis, l'emoció, la por i el desconcert.

«A vegades la realitat supera la ficció», vaig pensar en aquell moment. La meva vida havia fet molts girs estranys en els darrers anys, però aquell s'emportava el premi. No podia creure que la universitat més exclusiva de Barcelona em volgués a mi! En sabia poc, de la UIEB, només que era una universitat molt exclusiva i a l'abast de molt poques persones. Tan sols els fills de les famílies més riques del país podien anar-hi i molts no aconseguien un lloc si, a més del xec dels pares, no demostraven que destacaven en algun àmbit. No agafaven qualsevol. Era el més exclusiu del més exclusiu. I m'havien escollit a mi.

«Les millors coses de la vida no es planegen», acostumava dir el meu avi.

Vaig somriure pensant en el seu record i la seva veu pronunciant aquella frase de tant en tant quan ens quedàvem molta estona en silenci al porxo veient com el sol es ponia.

A poc a poc l'eufòria va anar apoderant-se del meu cos. Saps quan de sobte necessites explicar el que t'ha passat i no tens a qui dir-l'hi en aquell moment? És just el que sentia en aquell minimagatzem, mig a les fosques, rodejada d'ampolles de vidre i un missatge que m'acabava de canviar la vida.

Júlia: Pau, t'he d'explicar una cosa.
Sé que estàs amb el teu gelat francès però quan vegis això digue'm alguna cosa.
És molt important. Per primera vegada crec que em sento com el personatge protagonista de la meva vida.

Pau: Soc aquí! Què ha passat?

Júlia: És que encara no m'ho crec... Saps que la meva entrenadora de natació va dir que volia enviar cartes de recomanació perquè em donessin una beca per al primer curs de la universitat?

Pau: T'han donat una beca?

Júlia: Encara millor. Acabo de rebre un mail de la directora de la UIEB dient que em concedeixen una beca completa, amb residència inclosa!

Pau: Què dius!? Però si aquesta universitat és superexclusiva...

Júlia: No entenc encara com m'han agafat...

Pau: Potser per les teves bones notes? Per les medalles de natació? Pel projecte de batxillerat que et vas currar?

Júlia: Joder, dit així sembla que sigui una repel·lent.

Pau: Júlia, ets fantàstica. Ho dones tot al 100% i ja era hora que rebessis una recompensa. En tot el temps que fa que et conec no has pogut gaudir de res, sempre estudiant, entrenant i treballant. Et mereixes això i molt més.

Júlia: Però... crec que em queda gran...

Pau: No és el moment de tenir por. Aprofita aquesta oportunitat! I com que podràs estudiar un any gratis, aprofita també per divertir-te una mica més... Conèixer gent... I potser ja ha arribat el moment de liar-te amb algú, que ja seria hora...

Júlia: Pau!

Pau: Què? És veritat!

Júlia: I què faré sense tu?

Pau: Sempre que pugui baixaré a Barcelona. I, mentrestant, m'ho pots anar explicant tot per WhatsApp.

Estava a punt de sortir com un coet d'allà quan vaig sentir un soroll que venia just del magatzem principal. Vaig quedar-me quieta un moment, intentant escoltar. Segurament devia ser en Miquel, un company cambrer, que es devia estar preguntant on m'havia ficat. Però el so distava molt de ser això. Just quan semblava que vivia un d'aquells moments a la vida que explicaràs en un futur amb tota mena de detalls als teus fills, es va espatllar.

«És necessari que la meva vida sembli un puto capítol de Netflix?», vaig pensar.

De veritat. Cada vegada que em passava una cosa bona, abans que la pogués gaudir, semblava que la trama es capgirava. Com quan vaig guanyar l'or nacional de natació i en el moment de l'entrega de les medalles la noia que va quedar segona em va vomitar a sobre. O quan vaig sortir a sopar amb la mare per celebrar que havia acabat el batxillerat i es va presentar amb el seu nou nòvio, que va resultar que era el meu exprofessor de Literatura.

El cas és que en aquell moment hi havia clarament algú tenint sexe al magatzem. No era experta en el tema, però no tenia cap dubte del que estava passant. Tota l'eufòria em va baixar de cop. Què havia de fer? I si sortia d'allà i creuava el magatzem com si res? O em quedava on era i esperava que acabessin? No podien trigar gaire estona, oi? Quanta estona se suposa que ha de durar?

Em voltaven mil preguntes pel cap i ni una m'ajudava a decidir què havia de fer, si quedar-me o sortir.

Vaig decidir quedar-me un parell de minuts més amb l'esperança que acabessin ràpid.

JÚLIA: Si estiguessis aquí fliparies amb el que m'està passant ara mateix.

Pau: On ets?

Júlia: A l'habitació del fons del magatzem del restaurant. M'he tancat aquí per estar tranquil·la... Però crec que hi ha algú fora liant-se.

Pau: Qui?

Júlia: Ni idea.

Pau: Doncs surt.

Júlia: Estan fent més que això.

Pau: Hahaha. Res t'impedeix sortir!

Júlia: Pensava que era el jefe, però no, està fora de vacances... Diria que per les veus són una noia i un noi. E... ella no para de gemegar cada vegada més fort... Si no surto vindrà algú altre i encara serà més estrany que estigui aquí tancada...

Pau: Però pots veure des d'on ets què passa?

Júlia: No... Però m'ho puc imaginar. I no tenen pinta de voler parar.

La situació no millorava. Aquells dos estaven fent cada vegada més soroll i se suposava que jo havia de ser ja a la barra agafant les reserves que segur que estaven entrant per privat d'Instagram i amb les trucades. Qui eren aquells dos que s'ho estaven muntant en aquell magatzem ronyós? «Oh, no... S'han colat uns desconeguts?», vaig deduir espantada. Algú de fora del restaurant havia accedit per darrere de la barra i havia entrat fins al magatzem? I si, mentrestant, algú altre havia agafat diners de la caixa? Allò em va fer saltar l'alarma interior i vaig decidir obrir la porta i enfrontar-me a la situació.

Vaig trigar un parell de segons a localitzar la parella i entendre el que estava passant. La noia d'abans estava repenjada a la paret, amb una mà s'agafava al ferro d'una de les prestatgeries plenes d'ampolles mentre amb l'altra subjectava ben fort entre les cames el que semblava el cap d'un noi que estava de genolls. No sabia què dir. Pensava que quan sortís del magatzem qui fos que fos allà s'adonaria de la meva presència i pararia a l'instant. Però no va ser així. La noia tenia els ulls tancats, gaudint del moment sense parar de gemegar de plaer.

—Ehem... —vaig fer per fer-me notar.

Ella va obrir els ulls i em va mirar. El noi va apartar-se una mica per girar-se i veure qui havia fet aquell soroll, però ella va acompanyar dòcilment la boca del noi on era abans.

—T'hi uneixes? —em va preguntar en un to molt educat, com si m'estigués oferint participar en una partida de pàdel.

Vaig obrir uns ulls com unes taronges perquè ella va deixar anar un riure i un petit sospir que jo vaig traduir com «que innocent». Allò va fer que les galtes em comencessin a bullir. Sentia molta vergonya. I alguna cosa més que no vaig voler assumir en aquell moment.

—No —vaig aconseguir dir a mitja veu.

—No saps el que et perds —va dir mentre no deixava de mirar-me fixament.

—Necessito que pareu i sortiu d'aquí.

Segur que li vaig fer pena perquè la noia va apartar la mirada i es va col·locar bé, fent que el noi també parés. Van posar-se bé la roba i van sortir d'allà com si res.

Vaig esbufegar. Tota l'adrenalina que duia segons abans s'havia esfumat. Vaig sortir mig corrents darrere d'ells per assegurar-me que marxaven del restaurant i que ningú sospitava res. Quan els vaig perdre de vista, va arribar una de les altres cambreres.

—Hola, guapa! Sento haver marxat mitja horeta. He deixat el petit amb el seu pare. Nena, estar soltera és el millor, però tot seria més fàcil si el meu ex es recordés de recollir la criatura a temps!

La Laia tenia vint-i-quatre anys i un nen de dos. Es va quedar embarassada un estiu, just després d'acabar la universitat. Era una noia molt lluitadora. Mentre mig poble l'havia criticat per haver tingut un nen sense voler seguir amb la parella, ella havia creat una llar per a dos, treballava tant com podia al restaurant i estava acabant un màster d'agricultura ecològica. Més d'una vegada mig de broma mig seriosament li havia dit:

—Jo de gran vull ser com tu.

—Com ets! El que has de fer és aprofitar el temps. Un dia tens catorze anys i dos dies després PAM!, ja en tens més de vint.

Era divertida. Ella i en Pau eren el millor que m'havia passat en aquell restaurant. I, per trist o estrany que fos, eren els meus companys de feina i alhora els únics que en aquell moment podia considerar amics.

Li vaig explicar el que acabava de passar al magatzem i va esbufegar.

—El que ens faltava!

Vaig decidir que quan acabés el torn li explicaria la meva notícia sobre la universitat i la beca. Mentrestant, li havia d'explicar a en Pau el que acabava de passar.

Júlia: Ha estat surrealista.

Pau: Explica! Porto tota l'estona esperant!

Júlia: Resulta que sí que eren una noia i un noi. Quan he sortit, ella estava gairebé despullada, arrambada amb l'esquena contra la paret i amb el cap d'ell entre les cames...

Pau: Hahaha, brutal.

Júlia: El més fort és que m'ha vist i no han parat. Bueno, ell sí que ha fet un petit moviment com volent aixecar-se, però ella l'ha animat a quedar-se agenollat i que seguís amb la feina...

Pau: I no t'ha dit res?

Júlia: Sí, m'ha preguntat si volia unir-m'hi.

Pau: I ho has fet?

Júlia: És clar que no!

Pau: Ja ho sabia, era broma!

Júlia: Ha estat molt estrany, m'ha agafat de sorpresa. Al final els he demanat que paressin, que no podien ser allà, i han marxat.

Pau: T'ha posat veure'ls així?

Júlia: Després parlem. S'està començant a omplir el restaurant.

En un instant va començar a arribar tothom. La cuina es va posar en marxa al cap de pocs minuts amb les preparacions que havia fet la cuinera a primera hora del matí, els cambrers estàvem preparats i la terrassa començava a omplir-se de reserves. El temps va passar ràpidament entre comandes, anant amunt i avall, traient plats de la cuina, servint-los... Feia molta calor, l'alè se m'acumulava a la mascareta i estava desitjant que el dia s'acabés per poder relaxar-me a la fresca i pensar en el meu futur.

—Noia, posa'ns una altra ampolla, que estem de celebració! —va cridar un home, que em va clavar un copet a mitja esquena quan li vaig passar pel costat.

«Massa confiances o molt poc respecte», vaig pensar per aquell gest. Sovint em trobava amb homes així.

Vaig entrar a la cuina, vaig revisar a l'iPad central la comanda que aquell home havia demanat i vaig anar a buscar exactament la mateixa ampolla. En dirigir-me cap a la seva taula, em vaig adonar que realment sí que estaven de celebració. Alguna cosa havia passat perquè l'home parlava molt alt amb alegria i la seva dona tenia un somriure enorme. Llavors vaig veure que a l'altre costat de la taula hi havia la noia que havia enxampat al magatzem. El vestit blau que portava, les fines cadenes daurades i les arracades li donaven un aspecte diferent, fins i tot elegant. Ningú no s'hauria imaginat mai que una estona abans estava mig despullada a dins del magatzem.

—Els serveixo? —vaig preguntar educadament, com si res.

—I tant, fes, fes. —L'home semblava a punt d'explotar de felicitat—. Avui és un gran dia! Vols saber per què? —em va tornar a agafar del colze.

—Papà, deixa-la, està treballant. —La noia va posar els ulls en blanc.

—Reina, la felicitat és més gran si la comparteixes. I avui tinc felicitat per repartir a tothom! —Es va treure un bitllet de cinquanta euros de la butxaca dels pantalons de lli i me'ls va posar directament a la butxaca dels meus.

—Gràcies —vaig aconseguir balbucejar a mitja veu. Estava entre sorpresa, agraïda i cohibida. A què treia cap tot allò? Mai ningú m'havia donat una propina tan generosa de cop, i encara menys abans de presentar el compte al client.

—No és res, dona! —va mig cridar, omplint-se de nou el pit d'aire i orgull—. Les noies com vosaltres sou el futur.

—Les noies som el present —va tallar-lo la filla.

Això em va agradar.

—I tant reina, i tant —va fer com si res el pare.

No entenia res de la situació, però estava desitjant marxar d'allà. Just abans de tornar a donar-los les gràcies i anar-me'n, la noia va rebre una trucada.

—Hola, tieta —va respondre una mica estranyada—. Ai, Déu meu, no, no ha passat res dolent. Espera —va abaixar el telèfon i va renyar el seu pare a mitja veu—. La tieta ha vist un whatsapp en què deies que m'havia passat una cosa i ara està espantada!

El pare i la mare van riure. La situació era d'allò més estranya.

—No, estic bé —va continuar la conversa per telèfon—. La notícia és bona. He aconseguit una plaça a la Universitat Internacional Empresarial de Barcelona.

Vaig fer un breu so de sorpresa que suposo que la família va considerar que era d'enveja o d'admiració. Aprofitant que estaven distrets amb la trucada, vaig fotre el camp d'allà.

«O sigui que segur que en algun moment ens creuarem a la universitat», vaig pensar.

Júlia: Saps la tia d'abans?

Pau: La del magatzem?

Júlia: Sí. Resulta que ha vingut amb els seus pares al restaurant. Els he servit a taula.

Pau: T'ha reconegut?

Júlia: És clar. He descobert algunes coses d'ella i sembla que no seran les últimes.

Pau: Què vols dir?

Júlia: Que ella també anirà a la mateixa universitat que jo.

Durant dies em va preocupar que tots els alumnes fossin tan diferents de mi com ho era ella. No volia tornar a sentir-me sola i incompresa, com m'havia passat tota la vida. Se suposava que aquella oportunitat m'havia d'obrir portes a conèixer gent... Però com encaixaria amb persones tan diferents de mi? Pensava que aquell any faria amics amb interessos i somnis semblants als meus, no que estaria envoltada de gent que ja tenia la vida resolta gràcies als seus pares i la seva màxima preocupació dels quals era si passarien l'estiu en un iot entre la Costa Brava i Formentera o en un ressort de luxe a la Rivera maia.

Allò em va preocupar i en arribar a casa vaig estar una estona sense explicar la bona notícia a la mare. Fins que no vam seure a sopar no ho vaig deixar anar.

—M'han donat una beca completa per estudiar a la UIEB —vaig anunciar.

I a partir d'aquell instant tot va canviar.

Capítol 2

La Costa Brava és com un anunci d'estiu de cervesa. Et convida a viure una vida paral·lela que no és teva. Bé, això si tens prou diners o tens molt temps lliure i te la sua tot. I no ha estat mai el meu cas.

Mentre jo seguia treballant al restaurant per estalviar diners i comprar-me roba per començar la universitat, el meu amic Pau va deixar definitivament la feina per passar les dues últimes setmanes d'agost amb el seu lio francès.

—Liar-se durant l'estiu és una inversió —em va dir una tarda.

—Què?

—Sí, és una inversió. Per equilibrar la sequera que tindré a l'hivern.

Vaig començar a riure lentament, ell s'hi va unir i a poc a poc vam començar a fer-ho més fort, fins que vam caure a terra gairebé plorant. Sovint em passava això amb en Pau, que començava a riure i acabava amb un atac incontrolable. Al final ja no sabíem ni de què rèiem.

—I ja estàs preparat per a quan marxi i no el tornis a veure? —vaig aconseguir preguntar-li quan ens vam haver calmat.

—Em costarà més deixar-te marxar a tu que a ell —va assegurar intentant no emocionar-se.

Va estirar-me el braç i va apropar-me a ell per quedar-nos abraçats. Vaig sospirar. No estava preparada per allunyar-me del meu millor amic. Estava desitjant començar una nova vida, marxar del poble..., però tenia por de sentir-me sola.

—M'has de prometre una cosa —em va dir a cau d'orella mentre seguíem abraçats.

—És clar, què?

—Que et liaràs amb un munt de tios *pijos* buenorros —va contestar com si fos una missió.

—Pau! —li vaig clavar una empenta, mig rient.

—Eh! Ja et toca! T'has d'espavilar!

—Ja veurem.

—Juls! Ja ho has aconseguit, tens una beca en una universitat top, no hauràs de preocupar-te per la feina durant com a mínim un any, viuràs en una residència d'estudiants... Relaxa't una mica!

—Ho intentaré.

—Et mereixes gaudir una mica més de la vida —va dir amb una mica de preocupació—. Pots seguir sent bona estudiant i esportista, i tenir moments de diversió.

Vaig assentir.

—I si no ho aconsegueixo?

—Ser feliç?

—Ser normal.

Allò era el que em bullia per dins.

—Què vol dir ser normal? Ningú no és normal. —Va posar els ulls en blanc.

—Ja saps a què em refereixo. A fer amics, encaixar...

Va negar amb el cap.

—Tot anirà bé, no donis tantes voltes a les coses.

Tenia raó. Havia de començar a no preocupar-me tant per tot i començar a deixar que les coses passessin. I així va acabar la tarda. Tots dos asseguts en una escala del pati del darrere del restaurant, abraçats i perduts en els nostres pensaments. Si algú ens hagués vist en aquell moment, potser hauria pensat que érem parella.

Els dies van anar passant. Jo intentava tenir la ment ocupada en la feina i a passar estones amb en Pau, sense pensar gaire en el futur, tal com ell m'havia recomanat de fer. Vivia el dia a dia, sense fer gaires bogeries, però sense posar-me en pla dramàtic. Ho estava fent prou bé, perquè fins i tot la meva mare es va adonar que no estava tan nerviosa com de costum. L'únic que vaig planificar del meu futur durant aquells dies van ser les sessions d'entrenament. Havia aconseguit la beca gràcies a les bones classificacions en natació i necessitava seguir destacant per no perdre-la. Vaig tenir una reunió a Girona amb l'entrenadora i em va donar tots els detalls perquè seguís amb el programa.

—A la universitat ja tenen el teu historial —em va comentar mentre repassava un pdf amb la informació—. Tindràs un entrenador assignat i jo hi estaré en contacte. M'asseguraré que compleixes totes les rutines i que no baixes de nivell.

—Genial. —M'agradava que em marquessin objectius.

—La piscina és al mateix campus, així que ho tindràs més fàcil per fer els entrenaments. No t'hauràs de desplaçar tant com fins ara.

Havia estat durant anys fent trajectes entre Calella de Palafrugell i Girona per fer alguns entrenaments. Altres els feia a la piscina de Palafrugell, segons les rutines que em marcava l'entrenadora.

Sempre havia utilitzat la natació com una via per desfogar-me, tot i que en els darrers dos anys havia guanyat moltes competicions i tenia possibilitats d'arribar més lluny. Allò em motivava a seguir nedant.

—Crec que t'aniria bé si fessis entrenaments conjunts, com fins ara. Preguntaré a l'entrenador si hi ha altres estudiants amb el teu nivell per veure si podeu fer rutines plegats. És important que segueixis motivada.

L'entrenadora, l'Alba, ho donava tot per aconseguir que els nois i les noies que entrenava traguessin el millor d'ells mateixos.

—Seguiré entrenant com fins ara —vaig assegurar—. El meu objectiu és no perdre la beca. M'he estat informant i per aconseguir-ho necessito seguir mantenint una bona puntuació i treure una mitjana d'un vuit durant el curs.

El nivell era alt, però no tenia cap altre remei que aconseguir-ho.

Vaig agafar les meves coses i abans de marxar vaig contemplar la piscina on havia fet tants entrenaments des de petita. En realitat, tot l'esforç que havia fet amb cada braçada m'havia portat a poder accedir a aquella universitat. Sempre havia lluitat per aconseguir arribar la primera a la meta, tot i que sense tenir gaire clar quin era el meu objectiu.

Vaig sospirar i vaig tornar a apartar les pors del cap. El trajecte des de Girona fins a casa se'm va fer curt. Vaig baixar de l'autobús i vaig recórrer els pocs carrers que hi havia fins a casa. Em vaig creuar amb moltes persones que passaven el dia o les vacances a Calella. Era estrany veure com s'omplia de vida durant els mesos de calor i es quedava mig desert a l'hivern. M'agradava Calella durant l'hivern, et feia sentir en calma. Però alhora era un recordatori de l'estancament del temps. Era com viure en un petit paradís que t'atrapa.

«Segueix el teu camí sense tenir por de fracassar», em deia de tant en tant la Laia. Era el seu lema. La vida li havia posat obstacles al davant, però no s'havia rendit mai. «Passo dels comentaris de la gent, faig el que vull, no deixaré de lluitar per mi mateixa», m'havia comentat un dia que va enxampar una veïna malparlant d'ella perquè l'havia vist prenent el sol fent *topless* i amb un tanga al terrat de casa. La dona havia pujat a estendre la roba i se l'havia trobat allà mentre el seu fill era a l'escola bressol. La Laia s'havia passat tot el matí netejant plats al restaurant i havia aprofitat l'horeta de descans per posar-se morena. Tota la història es va tergiversar i al cap de pocs dies a tots els veïns els havia arribat una història completament falsa sobre com «la cambrera que té un nen petit es fa fotos despullada que penja a internet per guanyar uns diners extres per pagar el lloguer».

«És necessari que la gent s'inventi coses de la vida dels altres?», es va preguntar la Laia quan se'n va assabentar. No és que l'afectés, li era ben igual. Ella va seguir treballant de valent, estudiant el màster i posant les tetes sota el sol.

Quan ja gairebé arribava a casa vaig topar en Pau. El vaig notar nerviós.

—Ei, què passa? —li vaig demanar en veure la cara que feia de preocupació.

—L'Adrien se'n va aquesta nit. Se suposava que no se n'anava fins a la setmana vinent, però han ingressat el seu avi a Lió.

—Oh. —No vaig saber què dir.

—Puta covid.

El vaig agafar de la mà.

—Només és un amor d'estiu, però és el nostre amor d'estiu. —Els ulls se li van començar a omplir de llàgrimes.

Durant tot el juliol i l'agost havia fet veure que el rotllo amb el francès era tan sols per diversió, però era clar que havien anat molt més enllà.

—No volia arribar al punt que això m'afectés quan s'acabés.

Em trenca el cor quan en Pau està trist, em fa més mal que quan jo estic trista. Veure patir un amic i no poder ajudar-lo és de les pitjors sensacions del món. Em va demanar que l'acompanyés fins a l'apartament on era l'Adrien per acomiadar-se'n.

—No vull tornar després sol a casa —va dir sospirant, amb un nus a la gola.

No pensava deixar-lo sol en aquella situació. Em quedava només una hora per començar el torn de nit al restaurant, però encara tenia temps, i havia d'estar en aquell moment amb el meu amic. Ho necessitava.

Quan vam arribar a l'apartament, en Pau va enviar-li un whatsapp perquè baixés al carrer. El noi va trigar menys d'un minut. Va ser la primera vegada que el vaig poder observar bé de prop. Era alt, força prim, amb uns cabells rossos arrissats que contrastaven amb la pell morena. La mascareta li tapava una mandíbula molt marcada. Tot ell semblava un actor francès antic, d'aquells que sortien a les pel·lícules en blanc i negre.

Es van quedar separats per uns dos metres de distància.

Vaig fer unes passes enrere per donar-los espai i em vaig repenjar en una paret fent veure que mirava el mòbil. Va haver-hi un silenci durant el qual no es va dir res i es va dir tot.

—Sento la situació del teu avi —va dir en Pau en anglès.

—Ens ho han dit fa una estona. No pinta gaire bé —va contestar el noi amb una veu més greu de la que esperava.

—M'hauria agradat que t'haguessis quedat una setmana més —es va atrevir a dir en Pau. Se'l notava nerviós.

—Sí..., hauria estat bé. Però igualment ja sabíem que això s'acabaria. Així que... —El noi mirava a la llunyania, com si intentés convèncer-se de les seves pròpies paraules.

Va tornar a haver-hi un silenci llarg.

—Bé, ja anirem parlant —va fer en Pau, en un to massa fred per a ell. Semblava que intentés enterrar els seus sentiments.

—Sí...

En Pau s'hi va apropar per fer-li una abraçada. El noi no es va moure de lloc, potser una mica sorprès i sense saber què fer. Es van quedar uns segons en aquella abraçada estranya. Semblava una d'aquelles abraçades que fas a la força, intentant que el cos no s'aferri gaire a l'altre. Però era millor allò que els dos petons de compromís.

Es van començar a separar i les seves mirades es van creuar. I de sobte el mur que havien construït entre tots dos per no fer-se mal es va ensorrar. Amb un gest ràpid, l'Adrien va posar la mà al clatell d'en Pau i el va atraure cap a ell, i van eliminar els centímetres que els separaven. Els seus llavis es van trobar amb ànsia, desesperació i tristesa. Era un petó que semblava que deia totes les paraules que no s'havien dit. S'aferraven l'un a l'altre amb força. El petó era cada vegada més profund.

En Pau s'aferrava als cabells de l'Adrien, l'altre l'agafava per la cintura, i a poc a poc el va guiar fins a posar-lo contra la paret de l'entrada de l'apartament.

—No te'n vagis... —vaig aconseguir escoltar que deia en Pau, en un to entre el desig i la súplica.

I em va sonar el mòbil. Vaig intentar abaixar el volum mentre m'allunyava d'allà. Era del restaurant. Encara quedava mitja hora per al meu torn, però segur que volien que hi entrés abans. Vaig deixar que la trucada acabés de sonar en silenci sense agafar-lo i vaig tornar carrer amunt per retrobar-me amb en Pau. Quan vaig arribar els dos nois s'estaven acabant d'acomiadar entre llàgrimes.

Els amors de veritat haurien de durar per sempre. No és just que hi hagi coses com la distància, un moment inoportú o altres merdes que ho espatllin.

De tant en tant algú travessava el carrer i mirava dissimuladament els dos nois que seguien abraçats sense dir res. Al final el francès va apartar-se delicadament, li va dir alguna cosa, li va fer un petó breu i va girar-se per marxar escales amunt i no mirar enrere. Jo sabia que era el moment de rescatar el cor trencat d'en Pau. M'hi vaig apropar i sense intercanviar-hi cap paraula el vaig agafar del braç i vam anar caminant lentament cap al mar. Tots dos en silenci, la posta de sol projectant les nostres ombres, les seves llàgrimes silencioses regalimant-me pel braç...

—Em quedaré amb tu l'estona que faci falta. —No passava res per arribar una mica tard a la feina. El més important en aquell moment era que ell estigués bé.

Vam seure en un petit racó que coneixíem molt bé. Hi anàvem quan volíem estar sols. Eren unes petites roques que s'endinsaven al mar i que quedaven lluny de la vista de la majoria de les persones que passejaven a prop. Ens vam quedar recolzats l'un en l'altre, mirant com el mar en calma acariciava les roques mentre ell abocava més i més llàgrimes silencioses. Jo no havia viscut mai un dolor com el que ell tenia en aquell moment, i no podia arribar a imaginar que mesos després seria jo qui vessés unes llàgrimes com aquelles.

—No t'enamoris, Juls. És una merda.

—No em passarà.

—Jo tampoc no pensava que em passaria i mira... —Va passar-se les mans per la cara i va respirar profundament—. Ves amb compte perquè és una malaltia infecciosa. Un dia estàs perfectament i l'endemà t'ha deixat destrossat.

—I no ha valgut la pena? Tot el que has viscut en poques setmanes amb ell?

—Sí. —Va amagar el cap entre les cames.

—Doncs queda't amb això. —Ni jo mateixa sonava convicent amb aquell argument trillat.

Havia conegut la seva versió més oberta, divertida i boja, però mai no l'havia vist així. Em va saber greu deixar-lo en aquell estat per anar a treballar, i em vaig passar tot el torn pensant en ell. Quan vaig acabar, vaig obrir el mòbil per assegurar-me que estava bé.

JÚLIA: Ets a casa?

PAU: Sí, però no vinguis. Necessito estar sol.

JÚLIA: Segur?

PAU: Sí. Juls, fes-me cas, diverteix-te a la uni, lia't amb qui et vingui de gust... Però intenta no pillar-te massa de ningú. T'ho passes fatal.

Júlia: Et faré cas.

Pau: És igual... Per molt que m'ho prometis, això no es pot controlar... Fa unes setmanes em vaig prometre que això amb l'Adrien només seria per passar-nos-ho bé i mira'm ara.

Júlia: No és culpa teva.

Pau: Ho sé. Però tots dos sabíem que això s'acabaria. Hem estat uns imbècils.

El que vull dir és que es pot intentar evitar.

Júlia: No et segueixo.

Pau: Jo ja estava veient que m'estava pillant massa per l'Adrien i que al final patiria. Però he ignorat la situació i al final ens ha petat a la cara.

Júlia: Vaja... M'ho podries haver explicat.

Pau: Però si ni jo mateix ho volia admetre!

Júlia: Per què?

Pau: Perquè m'agradava massa estar amb ell. No volia posar distància abans de temps.

De veritat, Juls, no et pillis així de ningú. Si no, estaràs fotuda.

Júlia: I si no ho aconsegueixo?

Capítol 3

Durant els dies següents em vaig dedicar a intentar aixecar els ànims d'en Pau. Em seguia a tot arreu, com un ninot, i de tant en tant l'enxampava amb una llàgrima silenciosa o mirant fotos d'ell i l'Adrien al mòbil. Tothom sap que els amors d'estiu tenen un final, però suposo que no tothom està preparat per acceptar-ho.

Faltava poc perquè jo marxés a la universitat i intentava passar tant de temps com podia amb ell. Un dels últims matins vam baixar a la platja. Era hora punta i vam trigar una estona a trobar un lloc a prop de l'aigua. En Pau va agafar un flotador i es va deixar gronxar a l'aigua, mentre jo em quedava prenent el sol a la sorra. Soc d'aquestes persones que es posen gamba a l'estiu. Però aquell any, com que havia anat a estones curtes a la platja, havia aconseguit un moreno prou decent.

Vaig repassar mentalment tot el que m'havia d'endur a la universitat. El curs no començava fins a la segona setmana de setembre, però qui volgués hi podia anar uns dies abans per instal·lar-se al campus i assistir a xerrades i activitats. Estava molt emocionada per marxar de casa.

Alguna cosa em va tapar el sol. Vaig obrir els ulls i vaig trobar-me dos nois que em feien gestos perquè em tragués els auriculars. Semblaven de la meva edat. Eren força alts i, ho havia de reconèixer, també guapos. Tot i que el somriure arrogant que duien em va tirar enrere a l'instant.

—Eh, hola, parles català?

—Sí.

—Veus, tio, no és francesa —va comentar un a l'altre i li va donar un cop al braç, com si haguessin fet una aposta.

—És que mira... el nostre amic —va assenyalar un noi que era a l'aigua i que reia mentre feia gestos cap als seus amics, com si els volgués dir que estaven pirats—. Aquell d'allà pensa que tens *cuerpazo*.

—Ah... val. —Començava a sentir-me una mica incòmoda.

—Diu que si vens a l'aigua —va saltar l'altre.

—No puc, estic vigilant les coses del meu amic —no volia semblar borde.

—Estarem tot el finde per aquí, si ens veus i vols venir, ja ho saps —va dir un d'ells picant-me l'ullet.

Es van ficar a l'aigua mentre reien. Me'ls vaig quedar mirant dissimuladament durant uns instants. Desprenien confiança, es divertien sense preocupacions. I per un moment em va saber greu no haver tingut un grup d'amigues així, amb qui passar-ho bé, riure, lligar... En Pau era un bon amic, però tot es reduïa a nosaltres dos. I la Laia em queia molt bé, però la diferència d'edat i de vida es notava. Havia de fer un esforç per fer amics a la universitat o em trobaria completament sola durant quatre anys.

Els últims dies vaig fer la maleta amb tot el que necessitava. Ja ho tenia gairebé tot a punt.

—Ja et queda poc —va comentar la mare mirant-me des de la porta de l'habitació—. Què faré jo sense tu?

—Estalviar en menjar —vaig bromejar. M'encanta menjar.

La meva mare és el que se'n podria dir una bona persona. Sempre ha estat al meu costat quan l'he necessitat; intenta que tothom estigui bé, feliç, a gust. No crec que hi hagi ningú que conegui la meva mare que no li caigui bé. Té els cabells llargs i arrissats, uns ulls grossos envoltats d'arruguetes que en delaten l'edat i unes dents petites que li donen un aspecte infantil. Gairebé sempre va amb vestits llargs i es mou amb gràcia. Recordo que de petita una nena de la classe em va dir que la meva mare semblava una fada gran. I crec que aquesta és la millor definició d'ella. La vida no l'hi ha posat gens fàcil; ha treballat de sol a sol i juntes hem superat moltes coses, però sempre ho ha fet amb esperança i un somriure. És molt xerraire, a vegades massa, i li agrada parlar de tota mena de temes, menys del pare. Va morir en un accident de moto poques setmanes abans de néixer jo. Crec que no en parla gaire perquè encara li fa massa mal.

—Et vindré a veure cada poques setmanes, no penso desaparèixer. —No volia que se sentís massa sola.

—Això ho dius ara, ja ho veurem —va fer amb una rialla burleta—. Tu viu, gaudeix i aprofita-ho al màxim. Ja veuràs que serà una etapa genial. I jo estaré bé sempre que em responguis els missatges.

Mentre ella se n'anava a treballar, jo vaig seguir amb la meva feina de fer les maletes.

«Tinc molta roba i la meitat ja no m'agrada», vaig pensar mentre feia una pila amb les coses que no m'emportaria. Potser amb una part dels diners que havia guanyat aquell mes podria anar a comprar quan arribés a Barcelona. En aquell moment no tenia un estil definit; tot era una barreja de diferents tipus de samarretes, texans, roba d'esport i alguna faldilla i vestit que havia anat comprant amb el temps. Moltes d'aquelles peces eren regals d'aniversari, Nadal... No m'havia arreglat mai gaire; tot el que tenia estava pensat per ser còmode i pràctic per anar a l'institut, als entrenaments, a treballar, i alguna coseta per sortir de festa amb les de la classe.

«Fa sis mesos que no surto de festa», vaig calcular mentalment. Durant aquell temps la relació amb les amigues de la classe també s'havia refredat, especialment quan al juliol van decidir fer un «viatge de final de curs» a un càmping i jo vaig haver de dir que no perquè havia de treballar. Quan vaig veure a través dels seus *stories* com s'ho estaven passant, vaig adonar-me que, inevitablement, s'havia creat una separació entre nosaltres.

—Un amic és aquell que ho sap tot de tu i tot i així t'estima —em va dir la Laia l'endemà al restaurant quan li vaig comentar el tema de les amigues.

—Tu tens moltes amigues?

—No. Per ser amiga meva has de passar un càsting. Soc molt selectiva.

Se'm va escapar el riure en veure-la dir allò tan seriosa i alçant les celles i la barbeta.

—Jo he passat el càsting?

—Vas passar el càsting el primer dia, quan sense demanar-me explicacions vas cuidar el meu peque mentre jo acabava de fer caixa.

Des del primer moment ella i jo ens havíem entès. No ens demanàvem gaires explicacions, però sempre ens cobríem l'una a l'altra. No és això, l'amistat?

—I en Pau, també el consideres amic?

—Al principi me la suava bastant, sempre va molt a la seva i pensava que era un estirat. Després de la *taja* que vam pillar al pati per Sant Joan, em va començar a caure millor. —Va somriure recordant aquella nit.

Va ser una nit estranya. Un grupet de set vam acabar a casa d'un. Jo no vaig beure gaire, però alguns sí que es van passar. Va ser divertit veure'ls així; normalment ens veiem en pla formal a la feina i allò ho va canviar. Vam ballar, saltar, cridar, cantar...

—Per cert, com està en Pau? —va preguntar.

—Bastant tocat.

—L'amor no ho és tot —va dir molt seriosa i en un to fred i fins i tot una mica violent.

Durant uns segons no vaig saber què dir. La Laia havia passat per moltes coses i, pel que havia aconseguit esbrinar, el seu cor estava tancat ben fort amb un pany que no deixava obrir a ningú. Jo només sabia que estava farta de tios, que no en volia saber res, i que només li importava estar bé amb ella mateixa, amb la gent que l'envoltava, i lluitar perquè ella i el seu fill tinguessin un bon futur.

La conversa va acabar aquí perquè van arribar clients al restaurant.

Els dies següents em van passar a una velocitat increïble. Em vaig acomiadar de tots els companys del restaurant i vaig passar una tarda agradable en una terrasseta amb un parell de companyes d'institut. Cadascuna va xerrar de la seva vida a partir del setembre.

—Tu sí que notaràs el canvi! A una residència, universitat d'elit... —va dir una amb un punt d'admiració i enveja.

Tothom ho pintava com sorprenent i fins i tot amb un toc luxós. Allò em feia sentir especial, i tenia la sensació que l'entrada a la universitat marcaria un abans i un després a la meva vida. Tenia una gran oportunitat de deixar enrere tota la pressió que havia tingut els darrers anys. Tot plegat començava a emocionar-me de veritat.

El comiat que més em va costar va ser el de la meva mare. No vam plorar ni vam fer cap teatre, però se'm va fer estrany. Sempre havíem estat juntes i allò era, literalment, el tancament d'una etapa. Va voler portar-me fins a Barcelona.

—No aniràs tu sola arrossegant totes aquestes maletes —va esbufegar sense fer-me cas metre li deia que podia deixar-me a Girona i jo ja agafaria el tren des d'allà.

El viatge se'm va fer llarg. Estava nerviosa i il·lusionada. Ara que havia arribat el moment ja no podia esperar. Quan vam entrar a Barcelona, tot va començar a tenir una tonalitat diferent. Els carrers, el moviment, la gent... Després de perdre'ns durant una estona i esperar que el mòbil recalculés bé la ruta sense passar per carrers on hi hagués obres, vam arribar a la residència, ubicada gairebé al límit de la ciutat, en una zona més tranquil·la i un pèl allunyada del centre.

Vam deixar el cotxe al pàrquing de visitants de la residència que hi havia just davant. Tot i que l'havia vist a internet, contemplar aquell edifici per primera vegada en directe em va impressionar. Tenia un aspecte molt modern, amb un estil entre nòrdic i futurista. Per fora era tot blanc, amb espais ocupats per vidres enormes que no deixaven veure'n l'interior; segurament corresponien a les zones comunes. Vaig calcular que devia tenir unes cinc plantes d'alçària.

—Que gran —va resumir la mare en quedar de cara a l'edifici.

Vaig assentir i vaig afanyar-me a baixar les bosses del cotxe. Entre totes dues vam anar cap a l'entrada. No ens va caldre pitjar el botó, ja que en veure que arribàvem amb les maletes ens van obrir. El *hall* era una sala circular amb diferents sofàs de color blau clar, una zona de cafeteria i un espai on hi havia carregadors per als mòbils.

—Bon dia. És el primer dia de la meva filla a la residència —va avançar-se la mare.

Se suposa que quan vas a la universitat no necessites que t'acompanyi la mama, i encara menys que sigui ella la que prengui la iniciativa. Em vaig adonar de tot allò quan vaig veure entrar al *hall* dues noies que semblaven més grans i van recórrer amb la mirada les meves maletes verdes, a mi i, finalment, la mare.

—Mamà, no et preocupis, ja em quedo jo. Ves, que se't farà tard per tornar —vaig intentar dir en un to al més amable possible, com si intentés fer-li un favor.

Crec que ho va entendre perquè va fer-me un petó, una abraçada curta, i em va dir a cau d'orella fluixet: «Ja m'explicaràs després com t'ha anat i com és l'habitació».

El recepcionista em va prendre totes les dades, va completar la meva fitxa de resident i en només un minut em va fer una targeta personal.

—La targeta serveix per accedir als diferents espais de la residència. És unipersonal. En alguns espais també podràs utilitzar l'empremta dactilar, com a la porta del teu apartament —va comentar mentre acabava de donar-me la targeta i uns documents que havia de signar.

—O sigui que sempre he de portar la targeta a sobre? —vaig preguntar.

—Ens prenem molt seriosament la vostra seguretat —va justificar—. Així també podem saber en tot moment qui hi ha dins de les instal·lacions, a quines sales ha estat la persona...

—No és massa control? —se'm va escapar.

L'home em va mirar amb severitat.

—És seguretat —va repetir—. A la residència hi viuen estudiants de famílies que han dipositat la seva confiança en aquesta institució precisament per això.

Vaig assentir. No volia discutir amb aquell home. Entenia que allà estudiaven els fills de gent molt influent i que havien d'estar ben protegits, però trobava que allò vulnerava els drets de tots. Tenia una certa lògica, tot i que el control em semblava excessiu.

—Et portaran l'equipatge a l'apartament. És el 311. —Dos treballadors van aparèixer de ves a saber on i van agafar tot el que havia portat—. Et farem un *tour* per mostrar-te la residència i explicar-t'ho tot. Ho farem en un grup de cinc, amb altres alumnes que també han arribat aquest matí.

Vaig assentir mentre intentava retenir tota la informació. Vaig esperar uns minuts perquè baixessin els estudiants que ja havien pujat a les habitacions, però que encara no havien fet el *tour* per l'edifici.

Els primers a aparèixer van ser dos nois i una noia que venien parlant tranquil·lament entre ells. Un moment després va arribar corrents pel passadís l'última persona del grup. Vestia amb *shorts* i una dessuadora massa gran, però la vaig reconèixer immediatament. Era la noia del restaurant.

Al principi, ella no se'n va adonar, fins que tot just quan començava el *tour* es va fixar en mi i el seu cervell va fer clic.

—Hòstia! —va mig cridar, sobresaltant tots els que érem allà—. Tia, crec que estem predestinades! Això serà interessant.

I ho seria. Massa.

Capítol 4

Júlia: No et creuràs qui ha estat la primera persona que he conegut a la uni.

Pau: Qui?

Júlia: Saps la tia aquella que et vaig dir que s'estava liant amb un tio al magatzem i que vaig descobrir que també aniria a la mateixa uni?

Pau: Hahaha. Brutal! Esteu predestinades.

Júlia: Això és el que m'ha dit ella.

Pau: I també és a la residència?

Júlia: Sí, sí. Ara estem acabant la ruta per la residència i el campus.

Pau: Ja estàs trigant a passar-me fotos.

Júlia: Sí, després. Per cert, la noia es diu Jen. Pel que m'ha dit, crec que s'està gairebé al costat del meu apartament.

Pau: I és maja o què?

Júlia: Mmm... Crec que encara és aviat. No sembla mala persona, però està piradíssima. No es talla per a res. Quan hem entrat al gimnàs ha intentat lligar amb dos tios que ha vist, però superdescarat.

Pau: Mira, si us feu amigues, potser t'ajuda en aquest tema.

Júlia: No necessito ajuda.

Pau: I com li dius a tenir divuit anys i no haver-te liat amb ningú?

Júlia: Ser exigent i no tenir temps.

Pau: Doncs ara que no has de treballar i que tindràs la piscina a cinc minuts, ja no tens excusa.

Júlia: A veure... Tampoc no vull fer-ho amb el primer que passi. Ha de complir uns requisits.

Pau: Ueee, això no m'ho havies dit mai! I quins són, aquests requisits?

Júlia: Per començar ha de ser bona persona, que no sigui cregut, si pot ser el prefereixo moreno...

Pau: Està bé, amb això segur que tens la meitat de la població de la universitat a la llista.

Júlia: No t'ho creguis pas. Pel que he vist, aquí gairebé tothom és fill de pares amb pasta i segur que s'ho tenen molt cregut. No sé com hi encaixaré.

Pau: Dones massa voltes a les coses.

Júlia: Ja ho sé.

Pau: Deixa't anar una mica. Coneix gent, diverteix-te, lia't amb algú si et ve de gust i, si no, no. No tinguis pressa, tot arriba en el seu moment.

Júlia: Escolta, t'escric després. Que ara m'ensenyen l'apartament.

El recorregut per la residència i pel campus em va ajudar a entendre una mica més com estava tot estructurat. L'edifici central era la residència, on vivien molts dels estudiants, la majoria de primer curs. Tot l'edifici era molt modern i obert, amb passadissos de vidre que et permetien veure en tot moment el pati interior, molt lluminós i ple d'arbres i plantes. En sortir de la residència hi havia una gran entrada amb seguretat inclosa que donava accés a la zona del campus. Hi havia diferents edificis, les facultats, i entre ells zones de gespa, terrasses i àrees per fer esport.

—Es pot prendre el sol en *topless* a la gespa? —va temptejar la Jen.

—No. —L'orientador semblava sorprès. Segurament no li havien fet mai aquella pregunta.

Durant la visita la Jen va fer moltes preguntes.

«Podem tornar quan vulguem a la residència?».

«Podem portar gent a l'habitació?».

«Quantes vegades es pot faltar a classe?».

«Cal que portem sempre la mascareta?».

«Els dijous se surt de festa, oi?».

Jo crec que al final l'orientador estava mig espantat amb la Jen. Pel que havia vist a internet, aquella universitat tenia fama de ser un lloc força estructurat. Algunes famílies eren molt exigents quant als estudis i les expectatives que se'n derivaven. La uni no havia baixat en el rànquing de les més prestigioses del món i havia de mantenir aquell estatus.

—No et preocupis —va comentar la Jen passant-me el braç per sobre de l'espatlla—. Amb mi aquí hi haurà festa sí o sí.

Jo no estava gens preocupada per aquest tema. De fet, crec que encara no havia dit ni una paraula en tota l'estona. En aquell moment vaig pensar que aquelles confiances de la Jen amb mi sobraven una mica. Al cap d'uns dies no hi hauria qui ens separés.

—Amb tu sempre hi ha festa —va comentar rient una altra noia.

Era evident que els dos nois i les dues noies es coneixien perquè no paraven de fer comentaris i bromes.

—Segons el que veig aquí —l'orientador va consultar la

informació que tenia a l'iPad—, dos de vosaltres esteu apuntats al pla d'entrenaments professionals de natació.

Va alçar la vista, buscant qui érem. Vaig aixecar la mà i vaig notar com un dels nois feia el mateix.

—Perfecte. Doncs després us mostraré les instal·lacions...

—Jo ja les he vist —va tallar-lo el noi—. Tinc entrenament d'aquí a mitja hora —va dir secament.

—Ah... En aquest cas, podem acabar aquí la visita. Acompanya'm i et mostraré l'apartament, i després anirem a la piscina i et presentaré l'entrenador —em va dir mirant-me només a mi.

L'orientador estava desitjant que s'acabés tot allò, de manera que, quan em vaig girar, ell ja s'havia allunyat unes quantes passes i em feia gestos perquè li seguís el ritme. Em va portar cap al meu apartament, ubicat a la tercera planta, a poques portes de distància del de la Jen.

Anava a seguir-lo quan la Jen em va agafar del braç.

—Ens veiem després? —I em va fer un gran somriure.

Vaig assentir, en part agraïda per tenir una persona que volgués quedar amb mi.

Pel que em va semblar, l'apartament estava situat en un bon lloc, ni massa a prop de les zones comunes per sentir el xivarri habitual, ni massa lluny per haver de recórrer tota la residència per arribar-hi. Totes les portes dels apartaments donaven al passadís lluminós, des d'on es podia veure el jardí interior. Era espectacular.

—Per entrar has de posar el dit aquí. Et reconeixerà l'empremta —va indicar-me assenyalant la pantalla del costat de la porta on hi havia serigrafiat el número 311—. La targeta que t'han fet a la recepció també serveix per obrir la porta, però només l'hauràs de fer servir si en algun moment cau el sistema informàtic o s'espatlla el detector. De moment no ha passat mai, així que pots estar tranquil·la. —Em va fer un somriure forçat. Segur que havia repetit aquella mateixa frase més de cent vegades en els darrers dies.

Vaig posar-hi el dit i es va sentir un clic que indicava que el sistema de seguretat de la porta s'havia desbloquejat. L'home es va avançar i va acabar d'obrir-me la porta, indicant-me amb un gest molt elegant que podia passar.

—Gràcies —vaig dir.

Encara estava una mica nerviosa amb tota aquella situació. No estava acostumada que estiguessin pendents de mi. Normalment era jo la que servia els altres.

Quan vaig posar un peu a l'apartament, em vaig quedar sense paraules. Tot l'espai semblava nou, per estrenar. Hi havia un passadís molt curt amb una porta que després vaig saber que era un armari. Les parets eren blanques i hi havia penjats un parell de quadres en blanc i negre, un amb una foto de l'entrada de la universitat i un altre amb una imatge aèria de Barcelona. En arribar al final del passadís, l'espai s'obria en una sala amb una cuina americana petita però amb electrodomèstics nous i una preciosa torradora de color blau cel, com les que sempre havia volgut. Al mateix espai hi havia una taula de color de fusta, un sofà gris clar que feia tota la pinta de ser supercòmode, una butaca i un moble amb un televisor. I al costat de la gran finestra, un escriptori amb un Mac.

—L'espai té l'equipament bàsic, però el pots decorar com vulguis.

—És perfecte —se'm va escapar amb un fil de veu. Era com mirar un espai muntat d'Ikea.

—A dalt hi ha el dormitori i el bany.

Vaig pujar per unes escales que portaven directament a una habitació amb un llit al mig i un armari el doble de gran que el que tenia a casa. Havien deixat les meves maletes al costat del llit. Veure una cosa meva allà va fer que tot allò fos encara més real. Vaig seure un moment perquè em notava una mica marejada per l'emoció i les ganes boges que tenia de cridar.

—No pot ser... —vaig murmurar per a mi mateixa mossegant-me el llavi.

Des d'allà asseguda podia veure la part de baix, tota la cuina menjador. Mentre l'orientador estava distret parlant per telèfon amb algú, vaig acabar d'inspeccionar ràpid l'apartament. Ja tindria temps de fer-hi fotos i remirar-ho tot després. Em vaig fixar que al dormitori hi havia una porta que donava directament a un bany amb una dutxa que semblava d'un hotel de luxe, i una muntanya de tovalloles plegades perfectament amb el logo de la universitat.

—Tot bé? —va mig cridar l'orientador des de la primera planta.

—Sí! —Vaig baixar mig corrents—. Moltes gràcies per tot, és genial.

—Ets alumna becada, oi?

—Eh... sí.

—Es nota. Normalment els altres estudiants no es mostren tan entusiasmats. —Va fer alçant les celles—. Hi ha alumnes que venen obligats pels pares, i a molts no els fa gràcia haver d'estar lluny dels seus amics. Tenim un cinquanta-dos per cent d'alumnes de primer curs que són de l'estranger.

—Oh, ja.

No sabia què dir. De nou vaig tenir aquella punxada de por de no poder encaixar.

—Si tens cap dubte o problema, pots passar per la recepció —va comentar amb una veu comprensiva i en un to paternal.

—Gràcies.

—Doncs, si ja ho tens tot, em comenten des de la recepció que ha arribat el teu entrenador de natació. Si et va bé, baixem i així el coneixes.

Vaig seguir-lo fora de l'apartament. Com que encara faltaven uns dies per començar el curs, no hi havia gaires estudiants a la residència i no ens vam creuar amb ningú. En entrar a la piscina, un pessigolleig em va recórrer el cos. Estava desitjant capbussar-m'hi. Vam recórrer un lateral i vaig veure com el noi del grup de la visita s'acostava a nosaltres. Duia una motxilla d'esport, segurament també acabava d'arribar. Era una mica més alt que jo, i tenia els cabells molt foscos i la pell bronzejada. Portava una samarreta negra amb el logo de la universitat i uns pantalons de fer esport llargs i grisos.

«Soc jo o fa molta calor?», em vaig dir. Tenia la sensació que la temperatura en aquell lloc era massa alta.

El noi va arribar a la nostra altura i va fer un gest amb el cap, a manera de salutació. Just en aquell moment va aparèixer darrere meu l'entrenador. Era un home de mitjana edat, amb algunes canes, baixet i prim. Tenia un munt d'arrugues al voltant dels ulls que es contreien encara més quan somreia, que era gairebé sempre.

—Bon dia! Soc en David. —Desbordava energia, aquell home—. Aquí tenim els campions!

«Els campions?». Vaig girar-me cap al noi i ell em va dedicar un mig somriure.

—Soc la Júlia —em vaig avançar.

—Jo, en Daniel —es va presentar.

Va ser la primera vegada que vaig escoltar-li la veu i se'm va quedar gravada per sempre més. A partir d'aquell moment cada vegada que m'arribés un missatge seu, inevitablement el meu cervell el llegiria amb la seva veu. Tenia una tonalitat dolça i greu que no havia sentit mai, una manera de parlar amb una barreja d'accent anglès i un altre idioma que no acabava de saber quin era.

—Fantàstic! —va respondre l'entrenador alçant les mans—. Doncs som-hi, Júlia, t'acabo d'ensenyar la piscina i parlem una mica dels entrenaments.

Ens vam posar en marxa cap a la zona del gimnàs i la piscina. Tenia preguntes per fer, com ara si hauríem d'entrenar junts, però volia esperar a veure com anava tot. La piscina estava situada en un edifici al costat de la residència i s'hi arribava en pocs minuts. Primer hi havia una zona de gimnàs amb tot tipus de màquines per entrenar, seguida dels vestidors i, més enllà, la piscina. Estava tot molt net, i una pantalla indicava els nivells d'higiene i desinfecció que es feien cada dia.

—Des de la covid hem intensificat encara més la higiene i la desinfecció. No podeu venir a l'hora que vulgueu, heu de reservar lloc a través de l'app. Per als entrenaments ja us he bloquejat totes les hores que tenim previstes per al primer semestre —ens va comentar mentre recorríem els voltants de la piscina.

—Hi ha molts estudiants que fan natació? —va interrompre'l en Daniel, que era al meu costat.

—Per a competició no gaires. Comptant-vos a vosaltres, devem tenir-ne una dotzena, i la meitat diria que són als últims cursos. De moment, pel que m'han comentat, de primer curs només us tinc a vosaltres. Gairebé és millor, perquè puc dedicar-vos més temps!

—Els alumnes que no competeixen també poden venir a la piscina? —va preguntar.

—Sí, per això us deia que és important reservar la piscina a través de l'app.

Acostumada a entrenar amb un munt de companys, allò em va semblar la glòria. Tenia ganes de llançar-me ja a l'aigua i agafar el ritme. L'entrenador va donar-nos algunes explicacions més i va enviar-nos per mail el calendari de la primera setmana d'entrenaments.

—Com que les classes encara no han començat, no podem iniciar les rutines oficialment, però, si ho voleu, podeu venir per lliure reservant hora —ens va explicar—. I això és tot! Ens veiem la setmana que ve!

Just en aquell moment algú li va trucar per telèfon i va sortir mig corrents per tenir bona cobertura. Ens vam quedar tots dos sols, enmig d'un silenci estrany que se'm va fer llarg.

—Està bé, oi?

—Què? —vaig preguntar, distreta.

—La piscina. Què et sembla?

—És genial —vaig admetre—. I que vingui poca gent la fa encara millor. —Vaig somriure.

—Suposo que podrem entrenar sols. —Em va picar l'ullet i em va mirar divertit.

Aquell gest em va agafar de sorpresa i vaig notar com em començava a posar vermella.

—Millor —vaig intentar seguir-li el joc—. Així no patiràs perquè la gent vegi com et guanyo sempre.

—Uou! —va fer—. O sigui que tinc competència.

—Competència sana. Diguem que t'estic fent un favor, així no podràs afluixar el ritme. —Vaig alçar les celles, com si li estigués donant una lliçó.

Ell em va aguantar la mirada i al final va riure. Es va ficar les mans a les butxaques i em va mirar amb el que vaig intuir que era una barreja de curiositat i preocupació.

—De què coneixes la Jen?

—No ens coneixem. Vam coincidir fa unes setmanes al meu poble i vam intercanviar unes paraules. Això és tot —vaig resumir, obviant tot el que havia passat—. I tu?

—Hem anat des de petits junts a l'escola. Bé, tot el grup que érem abans al recorregut de la residència hem anat junts fins al batxillerat.

Vaig assentir amb el cap. No sabia per què, però estava nerviosa i el simple fet d'estar parlant amb ell feia que el cor em bategués amb més força de l'habitual. «Estàs nerviosa perquè és la primera persona que coneixes de la uni. No la caguis. Sigues simpàtica. Sigues tu mateixa», em deia. Però era difícil ser natural quan em notava els batecs al coll. Aquell noi em posava nerviosa. Més del normal. Sent sincera, fins a aquell moment no havia tingut gaire interès pels nois; estava massa ocupada construint el meu futur, però ell em despertava alguna cosa que fins en aquell moment havia estat molt adormida dins meu. No sabia si era el contrast de la seva pell morena amb els ulls castanys clars que ara podia veure perfectament, o la manera com parlava o els cabells mig despentinats o el cos tonificat que segur que tenia sota aquella samarreta...

—Vols venir demà al matí a entrenar? Necessitaria algú que valorés la meva tècnica. Fa més d'un mes que no nedo —va interrompre els meus pensaments.

—Eh... sí, val.

Havia decidit que no em tancaria a cap pla.

—Genial, doncs ens veiem, Júlia.

Em va semblar estrany escoltar el meu nom amb la seva veu.

—Jo també soc molt competitiu, no em deixaré guanyar fàcilment! —em va advertir mig cridant quan ja era a la porta de sortida.

Vaig deixar anar un esbufec, però no vaig dir res. Em vaig quedar sola. Allò era bo, ja podia dir que havia conegut algú de la uni, a part de la Jen, i que havia anat bé. No era un mal començament. Gens malament.

«Ara només falta que deixis de pensar en el que hi ha sota de la seva samarreta», em va dir una veueta interior.

Vaig intentar aparcar de moment aquells pensaments. Encara tenia moltes coses per fer, com ara desfer la maleta, instal·lar-me completament a l'apartament, anar a buscar alguna cosa per dinar i enviar un munt de fotos i detalls a en Pau, que segur que es moria de ganes de veure-ho tot.

Vaig passar les hores següents endreçant la roba, inspeccionant cada racó de l'apartament i repetint-me que tot allò era surrealista. Vaig parar una estona per anar a comprar-me un entrepà vegetal en una de les cafeteries restaurant del campus i vaig tornar a l'apartament. Em vaig distreure una estona buscant inspiració a Instagram per decorar el meu nou menjador fins que cap a les cinc algú va trucar a la porta. Pensava que devia ser algú de coordinació i em va sorprendre trobar-me la Jen.

—Nena! Que vivim només a tres apartaments de distància! T'ho pots creure? —va cridar.

—Com has sabut que era el meu apartament?

—Sabia que era un d'aquests. He anat trucant a totes les portes. Va, deixa'm passar. —I sense esperar cap resposta va entrar—. És exactament igual que el meu. Crec que tots són iguals —va comentar fent una repassada ràpida a l'espai.

—Està molt bé, m'encanta el bany.

—Sí, no està malament —va restar-hi importància.

—Què estudies?

—Administració i Direcció d'Empreses. És el que vol que faci el meu pare. Si fos per mi, seria en una escola de teatre o alguna cosa semblant. I tu?

—Jo també faré Administració.

—També t'hi obliguen els pares?

—No —vaig contestar amb sinceritat—. La vaig posar com a primera opció.

—Ah, està bé. Mira, doncs sembla que anirem juntes a classe!

Vaig somriure. M'agradava el seu entusiasme sincer.

—Coneixes algú més? —em va preguntar mentre obria la nevera amb tota la confiança del món.

—He conegut una mica més en Daniel a la piscina. M'ha dit que sou amics.

—Sí, l'aguanto des que teníem tres anys —va bromejar—. És un bon tio, sempre pots comptar amb ell per al que sigui. Tot i que des que surt amb la Lauren, ja no passa tant de temps amb els amics. —Va posar els ulls en blanc.

—La Lauren és l'altra noia? —vaig intuir amb una sensació estranya a l'estomac.

—Sí, i l'altre és en Conrad. Saps què? Aquesta nit hem

quedat. Vens amb nosaltres? —Va obrir molt els ulls, esperant la resposta.

—Val, sí.

«Sí, sí, sí». Aquell havia de ser l'any del «sí». De deixar que les coses passessin. A més, la Jen tenia un entusiasme i una energia contagiosos. No podia dir-li que no.

—Genial! —va cridar, espantant-me una mica.

Em va demanar el meu número i em va enviar un whatsapp per guardar el seu contacte.

I així, del dia a la nit, estava començant a fer vida universitària.

A les onze de la nit era a la porta de l'apartament, vestida amb un top negre i un dels meus texans preferits, esperant que la Jen i els seus amics em vinguessin a buscar. No sabia on aniríem ni si havia de portar alguna cosa, i estava una mica nerviosa. Li havia explicat a en Pau que havia quedat amb aquella gent i simplement m'havia aconsellat divertir-me, no beure gaire i explicar-li després com havia anat tot. Ja el trobava a faltar. Les coses serien molt diferents amb ell allà. Vaig agafar aire; ja havien passat quinze minuts des que havíem quedat al meu apartament i encara no havia aparegut ningú. En aquell moment, vaig rebre un missatge de la Jen.

JEN: Baixa! Som a la gespa del campus, darrere de la zona d'arbres!

Pensava que vindrien a buscar-me. Potser havien volgut quedar ells abans i que després m'hi unís jo... No hi vaig voler donar més voltes i vaig sortir de l'apartament. La residència estava completament en silenci i només em vaig creuar amb dues noies que venien de la sala de descans. En sortir a l'exterior, em van rebre la humitat i la calor d'aquella nit de principis de setembre. La zona de gespa estava mig a les fosques, en part perquè encara no havia començat el curs oficialment. Vaig dirigir-me cap a on m'havia dit que eren i aviat vaig començar a sentir veus. Estaven just darrere d'una zona d'arbres i quedaven fora de la vista de qualsevol que mirés a través dels passadissos de vidre de la residència.

—Qui és? —va fer algú a mitja veu.

—La Juls —vaig contestar jo.

—Que no ens veurà ningú aquí —va queixar-se la Jen a qui havia parlat primer.

El grup dels quatre amics estava assegut a terra, amb un parell d'ampolles i gots. La Jen es va aixecar i em va agafar del braç.

—A veure, que tothom m'escolti. —Era impossible no fer-ho—. Nois, aquesta és la Júlia.

—Juls —vaig afegir-me a dir.

—La Juls —va repetir la Jen amb un somriure—. Ells són en Conrad, la Lauren i en Daniel, que ja coneixes.

Vaig notar com la mirada de la Lauren anava ràpidament dels meus ulls als d'en Daniel, buscant respostes.

—Hem coincidit abans a la piscina —vaig sentir que li deia a la noia.

Em va saltar una alarma en veure-ho.

—Seu, seu —va seguir la Jen com si no hagués passat res.

Vaig fer-me un lloc entre la Jen i en Conrad. Ells ja havien començat a beure, així que sense demanar permís vaig agafar un got nou i vaig començar a posar-m'hi beguda. No sabia què era, però m'imaginava que estava a punt de descobrir-ho. Vam estar una estona xerrant sobre com havia anat l'estiu i em va sorprendre descobrir que, tret d'alguns detalls, aquella gent semblaven bastant normals.

—Eh! Que al juliol em vaig treure el carnet de conduir! —va mig cridar en Conrad—. Ja us puc portar on vulgueu.

—No vaig enlloc amb tu si condueixes, ni boja —va riure la Jen.

—Doncs com haguem d'esperar que te'l treguis tu...

—Eh, que hagi suspès el pràctic tres vegades no vol dir res. A molta gent li passa.

—Tu tens el carnet, Juls? —va interrompre en Daniel.

El vaig mirar i em va sorprendre com uns ulls tan foscos com els seus podien semblar tan plens de vida.

—Sí —vaig contestar ràpidament en notar que havia deixat passar un silenci massa llarg—. El vaig aprovar al juny.

—Jo i en Daniel també. —Va somriure la Lauren, asseguda entre les cames del noi.

Vaig assentir, sense saber ben bé com seguir, i vaig beure una mica més. Aquella beguda era fastigosa, però tenia el seu punt.

Vam passar una bona estona. En Conrad em va explicar que estudiaria a la uni per treballar a la banca, com els seus pares, i que havia arribat abans perquè havia de fer un curset intensiu.

—És voluntari. —Va fer una ganyota—. Però jo de voluntari res, m'ho han suggerit molt amablement els meus pares.

—Espera, que ho endevino: si no el fas, no et deixen agafar el Porsche —va riure en Daniel.

En Conrad no va contestar, confirmant la teoria, i va beure del seu got.

—I vosaltres, per què sou aquí tan d'hora? —vaig preguntar als altres.

—Jo no tenia res més a fer, i com que aquests ja venien cap aquí, també m'hi he apuntat. —Va arronsar-se d'espatlles la Jen.

—En Daniel volia començar els entrenaments. Hem estat tot el mes d'agost de viatge i ha perdut una mica de fons. —La Lauren va donar-li uns copets al braç i es va aferrar més a ell.

M'ho semblava a mi o no li queia bé, a aquella noia? Volia preguntar-li si tenia cap problema amb mi, o per què semblava que tractés el seu nòvio com una possessió. No m'agradava gens. Estava començant a notar l'efecte de la beguda al meu cos i tenia por d'obrir la boca i començar a dir tot el que pensava.

Per això vaig agrair que en Daniel interrompés els meus pensaments amb una pregunta.

—I què t'ha semblat la uni?

—Està molt bé. Encara em sembla irreal que sigui aquí —vaig admetre.

—Ho dius perquè és un *college* privat? —va preguntar la Jen—. El que és increïble és que m'hi hagin admès a mi. Només he entrat per la pasta de la meva família i perquè el meu pare és amic de la directora.

Em va sorprendre la seva sinceritat.

—Suposo que a la uni hi ha de tot, no? Interessats a treure's la carrera i d'altres, com jo, que no. Però com que m'he de quedar aquí..., que sigui divertit, oi? —Em va picar l'ullet—. I ja has vist algun noi o noia que t'hagi agradat?

Em vaig ennuegar amb la beguda i en Conrad va riure.

—Sí que hi ha algú! Noi o noia? —La Jen va apropar-se més a mi.

—Noi, noi —vaig dir.

—Que no passa res si és noia, eh? Jo soc bi —va aclarir.

—Sí, sí, a mi em sembla bé —vaig contestar ràpidament; no volia causar una impressió equivocada.

—I qui és? L'hem vist? —va insistir la Jen—. Jo ja n'he vist uns quants que...

De sobte vaig deixar d'escoltar-la. En realitat, no havia coincidit amb ningú més que amb ells en tot el dia, i no calia ser gaire llest per adonar-se'n. Suposo que va ser aquesta la conclusió a la qual va arribar la Lauren, perquè va aixecar-se discretament i es va emportar en Daniel una mica més enllà per parlar amb ell mentre els altres seguíem la conversa.

—No sé qui és, Jen —li vaig mentir—. L'he vist al passadís quan tornava a l'apartament, però ni idea.

—Potser té l'apartament a prop nostre —va començar ella a emocionar-se i a imaginar històries.

—A veure, Jen, no et fa falta cap tio desconegut. Em tens a mi per a tot el que necessitis —va bromejar en Conrad llançant-li un petó a l'aire.

—Ja t'agradaria —va fer ella.

—I tant —va reconèixer.

La Jen va negar amb el cap i tots tres vam riure. Estaven sonats, eren sincers, i allò m'agradava. Ens havíem quedat sols i estàvem començant a jugar a un joc que no entenia, quan en Daniel va tornar sense la Lauren.

—On és? —va preguntar en Conrad.

En Daniel va assenyalar cap a la porta de la residència, on vam veure com la Lauren entrava amb pas ferm.

—Ha passat res? —va insistir l'amic.

—Res. —Va deixar anar l'aire i un somriure trist se li va dibuixar al rostre—. Crec que jo també marxo.

—Eh, no em diguis que és per la Juls. —La Jen es va posar dreta.

—Eh... —ho va allargar massa.

—Hòstia, de veritat? Ja està una altra vegada així?

—No, no és això —va dir en Daniel.

—És clar que és això —va intervenir en Conrad—. Cada vegada que una noia se t'apropa, busca qualsevol excusa per allunyar-la de tu.

—Ah, escolteu, jo me'n vaig, no vull ser un problema. —Vaig intentar aixecar-me, però em vaig marejar i vaig caure de costat. No estava acostumada a beure.

—No diguis tonteries. —La Jen semblava cabrejada—. Aquí no se'n va ningú. Si la Lauren vol cabrejar-se per les històries que es munta al cap, és el seu problema.

—Però...

—Però res, Daniel —va asseverar-lo—. Estic farta de veure com et tracta. Quin tipus de relació és aquesta? No veus el control que té sobre teu? Això no és normal.

—No ho sé —va confessar ell—. Ara mateix no vull pensar-hi.

Volia aixecar-me, anar cap a ell i abraçar-lo. Volia dir-li que la Jen tenia raó, que ningú que t'estima t'ha de tractar així, que ell no és de ningú més que d'ell mateix... Però les paraules se'm creuàvem al cap i no podia aixecar-me de la gespa. Contemplava l'escena des de baix mentre els amics parlaven, i en algun moment de la conversa es van adonar de la meva situació.

—Quant has begut, Juls? —La Jen va agenollar-se al meu costat.

—Estic bé —vaig dir amb tota la normalitat possible, però amb un riure vergonyós que em traïa.

—Anem al meu apartament. Ajudeu-me a aixecar-la.

En Daniel va apropar-se a mi, em va donar una mà i em va ajudar a posar-me dreta. Vaig deixar caure part del meu pes en ell, que em va rodejar amb un braç per mantenir-me dempeus. Era la primera vegada que el tenia tan a prop i li podia sentir la respiració a prop de l'orella. La meva ment no funcionava bé en aquell moment i fantasiejava a acostar-me més a ell, però no ho vaig fer. Vam aconseguir arribar a la porta de la residència i anar cap a l'habitació de la Jen.

—Ni un dia —va comentar en Conrad quan vam arribar els quatre a l'habitació—. No han passat ni vint-i-quatre hores des que hem arribat i ja tenim drama.

—Per no perdre el costum —va murmurar en Daniel entre dents mentre em deixava al sofà.

Em va passar una mà pel front i va apartar els cabells que tenia a prop de la cara.

—Estàs bé? —em va xiuxiuejar mentre m'oferia aigua.

—Estic perfectament —vaig mentir.

—Saps que demà, quan perdis, no acceptaré d'excusa que estàs de ressaca. —Va agafar el got que li tornava.

—No pensava fer-ho. —Em vaig estirar i vaig posar les cames per sobre de les seves—. I no és el que més em preocupa ara mateix.

L'aigua m'havia anat bé i començava a sentir-me millor.

—I què et preocupa?

—La teva nòvia.

—Ja us he dit que això li passarà...

Em vaig quedar en silenci. Sabia que ell no estava convençut del que deia.

—Necessito saber si podem ser amics o no. No vull problemes —vaig deixar anar.

—Podem ser amics.

—Amics —vaig repetir.

Tots dos ens vam mirar i alguna cosa dins meu es va remoure. Vaig ignorar les sensacions, els pressentiments i totes les advertències que començaven a formar-se dins meu. «Deixa't emportar, Juls», em vaig dir a mi mateixa. En aquell moment l'únic que volia era ser amiga d'aquell noi d'ulls foscos.

Capítol 5

L'endemà em vaig llevar desorientada. En obrir els ulls, vaig necessitar uns segons per recordar on era. En algun moment de la nit m'havia quedat adormida al sofà de la sala d'estar de la Jen. Havia viscut la meva primera nit a la residència fora del meu apartament. Vaig girar-me i vaig comprovar que la meva nova amiga ja estava desperta, remenant una tassa a la cuina oberta.

—Bon dia, dormilega. —Em va somriure en notar que la mirava.

—Bon dia. —Tenia la veu ronca.

—Vols cafè?

Vaig acceptar i vaig seure en un dels tamborets que hi havia a la cuina. Eren poc més de les deu del matí. Per un moment se'm va fer estrany pensar que vint-i-quatre hores abans encara no era amiga de la Jen. Mai havia tingut gaires amics i trobar algú que m'acollís d'aquella manera i que em fes sentir a gust al seu costat em va donar confiança.

—A quina hora van marxar els nois? —vaig preguntar en adonar-me que no hi eren.

—Crec que anàvem pel tercer capítol d'aquella sèrie quan et vas adormir. —Va apropar-se a mi i va alçar les celles—. Vas deixar caure el cap a l'espatlla d'en Daniel i el pobre no va voler moure's per no despertar-te.

—Ai, ara em sap greu... —Notava com l'escalfor de la tassa de cafè em pujava per les galtes.

—Ell tampoc no semblava gaire incòmode. —Em va seguir mirant mentre prenia el cafè.

Vam deixar passar un silenci que em va posar una mica nerviosa. Eren un grup d'amics que es coneixien de tota la vida i no volia semblar una intrusa.

—No vull... Ja li vaig comentar que no busco problemes —vaig dir a mitja veu—. Després de com va marxar d'enfadada la seva nòvia, no sé com es prendria si sabés que em vaig adormir repenjada en ell...

—Ah?! —El seu crit em va espantar—. No em diguis que tu també, eh?!

—Què? —No entenia per què s'havia posat així de sobte.

—No vas fer res dolent! La gelosia de la Lauren és malaltissa, controladora, i la treu a passejar sempre que s'apropa una nova noia al grup... O més ben dit, a en Daniel. Ja fa més d'un any que estan així, i jo passo d'aquestes històries, prou que em van escalfar el cap l'un i l'altre durant el batxillerat.

Es notava que estava farta del tema.

—Si tants problemes de gelosia té la Lauren amb en Daniel, per què no ho deixen? —Era el més lògic.

—No ho sé... Quan estan bé, estan molt bé. —Va quedar-se un moment pensant les paraules adequades—. Semblen una parella perfecta. Però quan estan malament... —No va acabar la frase.

No vam parlar més sobre el tema i jo no vaig voler donar-hi més importància.

—Ah, m'ha dit en Daniel que et digués que et perdona

l'entrenament d'avui. —Va riure—. Però que espera veure't aquesta setmana.

Vaig assentir.

Durant els dies següents em vaig dedicar a decorar l'apartament amb quatre coses que havia portat de casa, a fer entrenaments sola a la piscina i a explorar els racons de la residència. L'edifici s'anava omplint d'estudiants, la majoria de primer curs. Pensava que, com que era una universitat elitista, molts estudiants serien uns estirats, i sí que vaig notar algunes mirades que anaven directes a les meves vambes, que arrossegava des de feia dos anys, però en general tothom em va semblar bastant amable.

Vaig quedar sovint amb la Jen i en Conrad per passar l'estona, però en Daniel i la Lauren no van aparèixer.

—Normalment quan discuteixen passa això —em va aclarir la Jen—. Estan un parell de dies parlant, la Lauren es fa l'ofesa i al final ho acaben solucionant tot amb un polvo.

Durant aquells dies no vam entrar més en detalls, però em va saber greu que en Daniel no fos amb nosaltres. Quan la Jen i en Conrad parlaven, es notava que el trobaven a faltar. I, per alguna estranya raó, jo també sentia que ell hauria de ser allà. A finals de setmana havia passat tanta estona amb aquell parell que sentia que ja els coneixia perfectament. Si la Jen era divertida i espontània, en Conrad no es quedava enrere. Actuava abans de pensar, era atrevit i no tenia sentit del ridícul. Es va passar tota la setmana presentant-se als alumnes que arribaven i convidant-los a la festa privada «d'inauguració de curs» que organitzava per al cap de setmana en una de les cases que tenien els seus pares a Barcelona.

—Serà la millor festa a la que heu estat mai —repetia a tothom amb total seguretat.

Estàvem assegudes a la gespa del campus, veient com en Conrad convidava un grup a la festa, quan vam veure arribar en Daniel. Feia cara de cansat, però el rostre se li va il·luminar en veure'ns. Va saludar-nos amb la mà en venir cap a nosaltres.

—A més de ser un tio genial, és un regalet per a la vista —va comentar la Jen abans que arribés.

Em va mirar de reüll, potser esperant una reacció per part meva. Vaig assentir lleugerament. Sí que era guapo. I suposava que era bon tio, tot i el seu mal gust per escollir parella. Aquell dia duia una samarreta negra i uns texans que deixaven entreveure que tenia un cos atlètic. No m'havia adonat que l'estava escanejant amb la mirada fins que em vaig topar amb els seus ulls foscos. Em va somriure, probablement en adonar-se que el mirava, i em va picar l'ullet a manera de salutació. Per un moment em vaig quedar sense respiració i em va tremolar el llavi. Què em passava?

—En Conrad ja n'està fent de les seves? —va dir quan va estar prou a prop nostre.

—Porta tota la setmana així. —La Jen va posar els ulls en blanc i va riure—. No sé si et deu haver arribat que dissabte hi ha festa a casa seva... Com que estàs desaparegut... —Va alçar les celles i va prémer els llavis.

—Ja. —Se li va esborrar el somriure del rostre—. He estat...

—... parlant amb la Lauren —el va tallar la Jen.

Es van mirar, i en Daniel va deixar anar un sospir mentre seia entre nosaltres.

—No és tan fàcil, Jen —va dir, endevinant-li els pensaments.

Vam quedar-nos en silenci un moment fins que s'hi va sumar en Conrad.

—Prepareu-vos per a aquest dissabte perquè serà èpic! Tu vindràs, oi? —li va clavar un cop a l'esquena a en Daniel.

—No ho sé... —Va passar-se la mà pels cabells, despentinant-los—. No sé si la Lauren voldrà anar-hi.

—Has de venir —em vaig atrevir a dir.

Em vaig sorprendre a mi mateixa dient allò. Se'm va quedar mirant seriosament fins que va tancar els ulls un segon i en tornar-los a obrir em va dedicar un mig somriure.

—Has de venir i passar-ho bé amb nosaltres —vaig insistir.

—Val —va accedir a mitja veu.

—No et pots fer enrere.

—No ho faré. —Va ampliar el seu somriure.

—Encara que la Lauren no hi estigui d'acord. —Potser m'estava ficant on no em demanaven?

Va quedar-se un moment en silenci, pensant la resposta. La Jen i en Conrad ens miraven com si fos un partit de tenis.

—Ets molt insistent. —Va mossegar-se el llavi inferior, com intentant contenir el riure.

—Això és un sí? —El cor m'anava a mil, però intentava dissimular-ho.

—Sí, senyoreta Juls —va dir amb una veu gairebé imperceptible i clavant els seus ulls en els meus.

Havia guanyat la batalla, però estava tremolant per dins. Esperava que en Pau se sentís orgullós de la meva valentia quan l'hi expliqués. De fet, sentia una mena d'adrenalina que em recorria el cos amb el simple fet d'haver-me atrevit a ser més directa. A no esperar que els altres portessin sempre la batuta del moment. Era allò el que estava fent que el meu cor anés accelerat. Allò, i en Daniel, que em mirava amb tanta atenció que podia notar com m'estudiava les pigues de la cara.

—Vindràs a l'entrenament d'aquesta tarda? —va preguntar-me mentre s'aixecava—. M'han dit que hi serà l'entrenador. Suposo que voldrà avaluar-nos el nivell abans de començar la temporada.

—Però si ja té els informes. —Vaig recordar els documents que havia enviat la meva exentrenadora.

—Tens por? —Va picar-me ell.

—El que hauria de tenir por ets tu. —Vaig aixecar-me també, i em vaig quedar a pocs centímetres d'ell, gairebé podia notar-li la respiració—. Soc molt competitiva —li vaig assegurar.

Va deixar anar un riure irònic i va fer un pas enrere, divertit amb la situació.

—Molt bé, gaudiré de la meva derrota. Ens veiem a les sis, Juls —va dir amb una veu més greu que abans.

Va fer un gest amb el cap per acomiadar-se dels altres i es va girar per anar cap a la residència. Encara notava el nerviosisme dins del cos quan vaig contemplar com recorria la part de gespa que separava el campus de les habitacions. Era massa evident que tenia un cul perfecte. Un cul per fer-li un monument.

—Què ha estat això? —va interrompre els meus pensaments la Jen.

—El què?

—Això. Tu. Ell. —Va fer gestos amb les mans com si hi hagués alguna cosa a l'aire.

—Què? —Havia de guanyar temps perquè no sabia què dir. De veritat que no ho sabia.

—Ai, Juls... —es començava a impacientar.

—No ha estat res.

En Conrad va deixar anar un riure irònic.

—Què passa, no podem ser amics? —vaig atacar.

—I tant, és clar que sí. Però jo crec que hi ha alguna cosa més que amistat —va comentar la Jen—. Que em sembla perfecte, eh. Jo no m'hi fico...

—A veure si així ens deslliurem de la Lauren —va afegir en Conrad entre dents.

—Entre en Daniel i jo no hi ha res —vaig insistir.

—No ho dic perquè surtis amb ell. —Va negar amb el cap en Conrad—. Però tal com estan les coses entre tots dos, si ets amiga d'en Daniel potser la Lauren s'acaba ofegant en la seva gelosia i trenca d'una vegada amb ell. És el millor que els podria passa, de veritat. —S'havia posat molt seriós.

—El que passi entre ells és cosa seva —va afanyar-se a dir la Jen, en veure la meva cara de ratllada—. I em sembla genial que siguis amiga d'en Daniel. Ja veuràs... Es liarà molt dissabte! —va cridar emocionada, fent que alguns alumnes que hi havia a la gespa es giressin per veure qui havia alçat la veu.

En Conrad va imitar-la i jo vaig riure, al·lucinant que en pocs dies hagués passat de ser al poble a ser a Barcelona, en una universitat que ni m'hauria plantejat somiar, i amb un grup d'amics amb els quals estava segura que no m'avorriria.

En tornar a l'habitació el primer que vaig fer va ser enviar-li missatges de veu a en Pau, per fer-li un resum de com havien anat aquells dies.

Poques hores després era a la porta de la piscina, intentant calmar les meves pulsacions. Encara no entenia per què em posava tan nerviosa amb en Daniel.

—No siguis ridícula, Júlia —em vaig dir a mi mateixa.

Vaig agafar aire i vaig entrar. En Daniel em va saludar amb la mà des de l'altra punta de la piscina. M'hi vaig anar apropant i no vaig poder evitar fer un petit somriure quan el vaig tenir a prop.

—Estic preparat per a aquesta competició que em deies —va dir mentre s'acabava de posar el casquet de bany. En aquesta posició se li marcaven encara més els músculs del tors.

—No em trobo gaire bé. —No sabia si eren els nervis o alguna altra cosa, però tenia una sensació estranya al cos.

—No et deus estar fent enrere? —va insinuar amb un somriure mig burleta.

«Capullo», vaig pensar, divertida.

—Ja t'agradaria —li vaig dir—. Si et penses que em faré enrere, és que no em coneixes prou.

Ell no va dir res, em va mirar com ja ho havia fet abans i va reprimir un somriure mentre negava amb el cap.

—Està bé, senyoreta Juls, vegem de què ets capaç.

I abans que pogués dir res més, li vaig passar pel davant, directament cap als vestidors per posar-me el banyador i tornar per demostrar qui era sota l'aigua. Em va acompanyar amb la mirada fins que vaig posar-me al carril del seu costat, molt seriosa i decidida a guanyar-lo.

—T'ho prens seriosament, eh? —va comentar.

—Sempre aconsegueixo el que vull.

—Sempre aconsegueixes el que vols —va repetir ell en un

murmuri, mentre somreia, entre divertit per la situació i potser amb curiositat.

—Preparats? —va cridar l'entrenador que havia arribat mentre jo em canviava—. Al so del xiulet! —No calia que cridés tant, només hi érem nosaltres.

Va fer el compte enrere i va sonar el xiulet. Vaig llançar-me a l'aigua amb un moviment que ja era natural en mi. Estic segura que en una altra vida havia estat un peix. O un dofí. Sí, millor un dofí. Vaig recórrer els primers metres gaudint del contacte amb l'aigua. Com l'havia trobat a faltar! Però en una de les braçades vaig endevinar la silueta d'en Daniel passant per davant meu i vaig augmentar la rapidesa. Notava com l'aigua es movia per culpa dels moviments que feia amb el cos; era molt més gran que jo i es notava. No havia tingut en compte que la seva força i que fos més alt li donaven avantatge. Tot i això, no volia rendir-me, havia de donar-ho tot. Com sempre. En fer la volta en arribar al final de la primera piscina, vaig impulsar-me tant com vaig poder i vaig forçar els músculs fins que no els vaig notar. Els pulmons cridaven, els ulls se'm tancaven de l'esforç, no em calia la vista per centrar-me en el meu objectiu. Havia d'arribar primera com fos. Havia de demostrar que, si havia aconseguit una beca en aquella universitat, era per una bona raó.

Quedaven pocs metres per a la meta. No sabia si en Daniel es trobava a la meva altura o si ja havia arribat, però no em podia permetre ni un segon per observar-lo. Una distracció així podia fer-me perdre una mil·lèsima de segon crucial.

Vaig agafar aire per última vegada i vaig intentar arribar tan ràpid com em permetia el cos. Vaig tocar la paret i vaig mirar cap a la dreta, on se suposava que havia d'haver-hi en

Daniel, però no hi era. El seu cap va aparèixer uns segons després. Respirava entretalladament, com jo. Va alçar les celles, sorprès, i em va dedicar un dels seus somriures, que em van acabar de treure l'alè. M'estava ofegant. No podia respirar bé. Què em passava?

—No... no... —vaig aconseguir dir abans de notar com se m'anava el cap i començava a veure pampallugues.

Vaig notar que algú em rodejava el cos amb els braços i em treien de la piscina d'una estrebada. No recordo tot el que va passar. Vaig notar una mà que s'aferrava a la meva amb força i les pulsacions palpitant amb força al meu coll. Era una sensació estranya, com la que sents quan estàs a punt d'adormir-te però encara estàs despert.

—Eh, Juls, Juls —em va xiuxiuejar algú amb ansietat a cau d'orella.

Suposo que reconèixer el to de la seva veu em va ajudar a tornar a la realitat.

—Eh? —vaig balbucejar, desorientada.

Notava una mà molt càlida a la cintura, subjectant-me perquè el meu cos es mantingués al lloc.

—No passa res —va comentar l'entrenador en un to alleujat en veure que a poc a poc recuperava els sentits—. Ha estat un sobreesforç. L'hem de portar a la infermeria.

«A la infermeria? No cal! Quin espectacle...», vaig pensar, sense que em sortissin les paraules. Uns braços em van alçar de terra amb una lleugeresa impressionant. Vaig repenjar el cap en un dels bíceps del meu portador. Va començar a caminar i qui em portava va apropar més el meu cos a la seva pell, fent que no hi hagués cap possibilitat que caigués. Em vaig sentir segura i massa atordida perquè aquell contacte em posés nerviosa. Veure que la seva pell càlida era d'una bonica tonalitat bronzejada em va tranquil·litzar encara més. Em vaig adonar que ja havíem arribat a la infermeria quan aquells braços em van deixar amb molta delicadesa a sobre d'un llit fred. Vaig fer un petit gemec involuntari pel canvi de temperatura. Suposo que ho van interpretar que em trobava malament.

—Sents dolor? —va preguntar a l'instant la metgessa mentre m'examinava superficialment.

—No... —vaig aconseguir dir amb una veu massa dèbil. Vaig escurar-me la gola per tornar-ho a repetir més convincent—. No.

—Ja... —va fer, mirant-me les pupil·les i fent que seguís una llum.

La metgessa es va girar per anar a buscar un tensiòmetre. Jo em vaig incorporar una mica, ja em trobava millor, tot i que sentia com si al cap hi tingués un tap mental. «Potser a partir d'ara em quedaré així, amb un tap mental que m'impedirà fer estupideses com la que he fet», vaig pensar fent un esforç. Em va decebre comprovar que a la petita sala d'urgències de la residència només hi érem jo, la metgessa i l'entrenador. L'home va adonar-se que el buscava amb la mirada.

—En Daniel és a fora esperant.

L'entrenador tenia una expressió entre preocupat, enfadat i impacient. Esperava no haver-lo decebut amb la meva patètica actuació. No m'havia passat mai, allò. Era perquè feia setmanes que no entrenava?

Al cap de deu minuts la metgessa va corroborar que tot havia estat un ensurt i que estava bé. Em va recomanar repòs el que quedava de dia.

—Estigues tranquil·la, no facis exercici i menja bé —va

deixar anar en un to maternal—. En el pròxim entrenament ves amb compte. Si sents mareig, cansament o qualsevol altre símptoma, atura't de seguida i demana que t'acompanyin fins aquí. Si en algun moment del dia d'avui et trobes malament, vine o truca. Et portarem a l'hospital.

—Gràcies —va sonar com una mena de disculpa.

Em sentia fatal per tot el que havia passat. Quina manera de començar el curs! Em tornava a faltar l'aire, però aquesta vegada dels nervis que em recorrien de dalt a baix. Necessitava posar punt final a aquella situació i oblidar-la, fer com si no hagués passat. I ja està.

—Em trobo perfectament. Crec que potser m'ha passat perquè no he dinat prou —vaig justificar—. No tenia gana. Ha estat un error meu, no tornarà a passar, ho asseguro.

—Està bé. —L'entrenador es va posar una mà al front, intentant decidir què havia de dir a continuació—. És millor que no torni a passar. Has de cuidar-te, Júlia. Si cal em presentaré cada dia al teu apartament per assegurar-me que esmorzes —va comentar mig de broma, mig seriosament.

—No cal. Li prometo que no tornarà a passar.

I després d'això vaig intentar que semblés que em trobava en plena forma, tot i que em tremolaven les cames en aixecar-me.

Vaig obrir la porta, desitjant arribar com més aviat millor al meu apartament, però algú m'esperava a fora.

—Eh, com estàs? —Em va subjectar per la cintura.

—Bé.

Vaig abaixar la vista cap a la seva mà i em vaig adonar que era al mig del passadís de la residència només amb el banyador posat i una tovallola al voltant, com si acabés de sortir de la dutxa. En Daniel estava com jo i vaig notar com els pocs alumnes que passaven per allà se'ns quedaven mirant. No havia tingut temps de posar-se la samarreta. No s'adonava de l'efecte que podia arribar a provocar en els altres?

—Vaig cap al meu apartament. M'han dit que he de fer repòs.

—T'hi acompanyo.

I sense dir res ens vam dirigir cap al passadís on hi havia el meu apartament. Vam passar per dos detectors de reconeixement i en Daniel va fer dues ganyotes contingudes en posar el dit a la pantalla. En arribar a la meva porta, va seguir al meu costat.

—O sigui que aquest és el teu apartament —va dir més per a ell mateix que per a mi.

—Ara ja ho saps... —vaig respondre en un to massa suggeridor. No sabia per què m'havia sortit així. És que la falta d'oxigen m'havia afectat de veritat el cervell?

—Tens una manera molt estranya de competir, Juls. —Va deixar-me anar de la cintura i vaig tenir la temptació d'agafar-li el braç per tornar-lo a posar on era. Què m'estava passant?

—Però t'he guanyat —el vaig picar.

—M'has guanyat —va repetir en veu més baixa.

—No tindràs un problema amb la teva nòvia si ens veuen així? —vaig atrevir-me a preguntar.

L'escena convidava a inventar-se tota mena d'històries. Va sospirar i va fer un pas enrere. Li havia furgat la ferida.

—La Lauren ha de canviar. No podem seguir així.

—I canviarà?

Va quedar-se rumiant la resposta i vaig intuir el dubte als seus ulls.

—No pot prohibir-me que et vegi, ets la meva companya de piscina. I espero que amiga —va reblar.

Vaig assentir i li vaig donar un copet al braç, traient importància a l'afer.

—Doncs, com a amiga, et recomano que no et facis mal a tu mateix. No val la pena lluitar per coses que et fan mal. Estima't més. —Potser m'havia passat.

Ell es va mossegar el llavi, incrèdul amb el que li acabava de dir. Va agafar una glopada d'aire i va apropar-se a mi per acomiadar-se.

—Intentaré fer-te cas, Juls —em va murmurar a prop de l'orella, per després fer-me un petó fugaç a la galta—. Ara descansa, campiona. —Em va picar l'ullet mentre caminava cap enrere abans de girar-se i allunyar-se pel passadís.

Vaig entrar a l'apartament i, en tancar la porta, m'hi vaig enganxar.

Què acabava de passar?

Em tornava a sentir marejada i amb una estranya sensació a l'estómac. Vaig respirar profundament, intentant calmar els nervis, i vaig anar cap a l'habitació per eixugar-me i posar-me el pijama. Vaig caure al llit sense forces, i vaig dormir durant hores, fins que cap a mitjanit em van despertar les notificacions que m'entraven al mòbil.

Daniel: Juls. Com estàs?

Júlia: Millor. He dormit tota aquesta estona.

Daniel: Segur que estàs bé?

Júlia: Sí, no et preocupis.

Daniel: En realitat, he estat preocupat tota la tarda. Estava a punt de tornar al teu apartament per comprovar si estaves bé.

Júlia: Però no has vingut.

Daniel: He estat parlant amb la Lauren.

Júlia: Mmm.

Daniel: Algú ens ha fet una foto quan érem al passadís, davant del teu apartament, i l'hi ha enviat.

Júlia: Què?! Qui ha estat? I què li has dit?

Daniel: No m'ha dit qui ha estat. I li he dit la veritat. El que t'havia passat i que som amics.

Júlia: I què t'ha dit?

Daniel: Ha seguit amb el seu discurs que es fia de mi, però no de les altres noies.

Júlia: En sèrio?

Daniel: I que vols apropar-te a mi per aprofitar-te.

Júlia: Aprofitar-me? No ho entenc.

Daniel: Juls, la meva família és una de les més riques d'Europa.

Júlia: Per començar, no en tenia ni idea fins ara. I segon, qui es pensa que soc? És absurd.

Daniel: Ho sé. No t'ho agafis com un atac personal. Ho fa amb totes les noies. És que és molt protectora.

Júlia: Daniel, això no és protecció; és abús i manipulació.

Daniel: És que... sé que no ho fa amb mala intenció.

Júlia: Tu mateix has dit que havia de canviar.

Daniel: I l'hi he tornat a repetir.

Li he dit que jo vull lluitar per nosaltres, però que, si no canvia, això no funcionarà.

Júlia: I què ha passat?

Daniel: M'ha dit que no em vol perdre, que m'estima i que el que li fa por és que me'n vagi amb una altra noia.

Júlia: Mmm.

Daniel: És complicat.

Júlia: Tu l'estimes?

Daniel: Quan vam començar a sortir l'estimava. Ara tot és tan complicat que ja no sé el que sento.

Quan estem bé, no hi penso. Però quan estem malament, no li trobo sentit a res. I últimament estem sempre malament. A més, els seus pares i els meus són molt amics, i quan veuen que no estem bé entre nosaltres, intenten que ho solucionem.

Júlia: En sèrio? Es fiquen a la vostra relació? És estrany.

Daniel: No t'ho pensis. Ens coneixem de tota la vida. La meva mare somia que la Lauren i jo ens casarem des que érem petits.

I tu què?

Júlia: Jo què?

Daniel: M'estic obrint en canal! Vull saber més de tu. Qui ets, Juls?

Júlia: Sento decebre't, però no hi ha tant de drama a la meva vida.

Daniel: No m'ho crec.

Júlia: No hi ha hagut cap drama amorós ni res que s'hi assembli, a la meva vida.

Daniel: M'estàs insinuant que ets verge?

Júlia: Ets molt atrevit per acabar-nos de conèixer.

Daniel: Haha, perdona, no cal que contestis.

Júlia: És broma! Haha. No passa res. I sí, soc verge.

Daniel: Vols parlar-ne?

Júlia: Bueno, de fet no hi ha gaire res per explicar. Simplement no n'he tingut l'ocasió. No he trobat encara una persona amb qui em senti còmoda i vulgui fer-ho.

Daniel: El més important és que siguis tu la que decideixi quan i amb qui fer-ho, que no et sentis pressionada.

Júlia: Sí, però no és fàcil quan tothom qui conec ja ho ha fet, saps?

Daniel: I saps amb qui t'agradaria fer-ho?

Júlia: Mmm, penso en una persona. Un noi. Però crec que encara no és el moment.

Daniel: Ho sap aquest noi?

Júlia: No n'estic segura. Però que ell ho sàpiga no canviarà les coses, de moment.

Daniel: Mmm... Entenc que és algú que ara mateix no està accessible?

Júlia: Sí.

Daniel: Algú del poble?

Júlia: Deixem-ho amb que ara mateix aquesta situació no es donarà. Igualment, em posa nerviosa no saber què he de fer si arriba el moment. Tant si és amb ell com si és amb algú altre...

Daniel: No t'has d'amoïnar per això, segur que tot fluirà.

Júlia: Tu creus? Com en pots estar segur?

Daniel: És fàcil. Quan arriba el moment no has de pensar gaire, hi ha coses que surten soles.

Júlia: I si a mi no em surt? I si estic tan nerviosa que em bloquejo?

Daniel: Segur que entre els dos trobareu la manera. I no cal que surti perfecte. La meva primera vegada va ser de tot menys perfecta...

Júlia: Què va passar?

Daniel: Tots dos estàvem molt nerviosos. Al principi vam voler córrer massa i en comptes de ser tot agradable... Ens fèiem mal.

Júlia: I què vau fer?

Daniel: Li vaig dir que havíem de parar. No valia la pena fer-ho perquè «era el que tocava» si no ens estava agradant.

Vam parar i ens vam estirar al llit de costat, l'un davant de l'altre.

Li vaig demanar que tanqués els ulls i vaig començar a acariciar-la suaument.

Primer un braç, després els dits de la mà, el coll...

Gairebé ni la tocava, era una simple carícia suau i lenta, però que va fer que es relaxés i gaudís...

Vaig pujar fins als seus llavis, els vaig recórrer amb els dits.

I ens vam acabar besant amb tota la intensitat que havíem controlat.

I així ens vam quedar, besant-nos i abraçant-nos.

Va ser íntim, intens, i ens vam donar l'espai que necessitàvem per intentar-ho de nou un altre dia.

Júlia: Tant de bo que la persona amb qui ho faci sigui tan atent com tu.

Daniel: És el mínim.

No et conformis amb menys.

Que no m'assabenti jo que et tracten malament.

Júlia: Si no, què? Haha.

Daniel: Se les veurà amb mi.

Júlia: Tranquil, sé cuidar-me de mi mateixa.

Daniel: Ho sé.

Júlia: Ho saps?

DANIEL: Poc com et conec, ja ho he vist.

JÚLIA: No tot el que es veu és el que sembla.

DANIEL: Ah, no?

JÚLIA: Encara no saps realment com soc.

DANIEL: Creia que me n'havia fet una idea prou clara.

JÚLIA: No coneixes el meu passat.

Com penso.

Què sento.

Quins són els meus somnis.

Encara no saps res.

DANIEL: Oh, ens posem intensos.

JÚLIA: Haha, és la veritat!

DANIEL: Ei, m'agrada, no ho deia com una cosa dolenta.

Tinc tota la nit per endavant.

I ganes de saber-ho.

Capítol 6

M'havia passat mitja nit parlant amb en Daniel. Les hores havien volat sense que me n'adonés. Era fàcil parlar amb ell i se'l veia a gust parlant amb mi perquè es va obrir amb moltes coses que em van sorprendre. Em va explicar com ell i la Lauren havien començat a sortir feia més d'un any, que havia viscut tota la vida entre Barcelona i Dubai, d'on era la família del seu pare, i de la relació que tenia amb ells. Se m'havia encongit el cor en saber que els seus pares no havien estat mai per ell, i que eren força freds i distants. «Sempre volen el millor per a mi i per al meu futur, però no han estat mai gaire familiars», em va resumir en explicar-me que sempre havia considerat més una mare la seva cuidadora que la seva pròpia mare. La relació entre ells es va reforçar quan va començar a sortir amb la Lauren. «Els pares estaven encantats, i de sobte volien fer un munt de plans junts», va escriure. Plans que incloïen viatges a París, Nova York, Dubai, etc. Tot allò em semblava tan allunyat de la meva realitat que a vegades no sabia què contestar al que em deia.

Vaig repassar per sobre la conversa, parant-me a llegir-ne alguns trossos. De sobte, em va entrar un missatge de la Jen.

JEN: Eh! En Daniel m'acaba d'explicar el que et va passar ahir! Com estàs?

Júlia: Bé, no és res, estic bé.

Jen: Segur? Doncs si és així, mou el teu culet i vine cap a la gespa! Som aquí!

Júlia: Baixo d'aquí a cinc minuts.

Poc després recorria a tota pressa el passadís cap a la sortida mentre em menjava una barreta energètica. En passar pel costat de la porta, vaig notar com una de les càmeres de seguretat em seguia. «Quin mal rotllo», vaig pensar.

Feia molta calor, massa per ser el mes de setembre, i el grup s'havia refugiat a l'ombra d'un arbre. Hi eren tots menys la Lauren. En trobar-me amb la mirada fosca d'en Daniel, vaig notar un pessic a l'estómac que vaig intentar bloquejar immediatament.

La Jen es va posar dreta d'un bot i va venir a abraçar-me. No vaig tenir temps de reaccionar que ja tenia els seus grans pits aixafats contra els meus.

—Nena! Quin ensurt! Et podries haver ofegat! —va dir espantada.

—No és res —vaig riure per la seva reacció.

—És més dura que nosaltres tres junts —va comentar en Conrad, dedicant-me un somriure.

—I tant —va afegir en Daniel a mitja veu.

La Jen es va girar cap a ell, en detectar el seu to de veu, i el va mirar d'una manera estranya.

—Bé, esteu preparats?! —va tallar en Conrad—. Us vull a tots al màxim aquesta nit. Res de drames, res de problemes —va mirar en Daniel.

—Si ho dius per la Lauren, no vindrà. —Ho va dir amb un punt trist però alhora contundent, i em va llançar tot seguit una mirada significativa al final.

En Conrad no va voler saber res més del tema, segurament per no crear mal ambient, perquè no va preguntar res.

—Ens queda pensar com sortirem —va afegir la Jen.

—Com sortirem? —No ho entenia.

—Ja saps que ens controlen les entrades i sortides, oi?

—Sí. —M'ho van explicar el primer dia.

—En Daniel té la teoria que les famílies tenen accés a aquesta informació.

Em vaig girar cap a ell.

—Això és cert? —Em semblava estrany—. No va contra les normes? Vull dir, som majors d'edat!

—Pensa que la majoria dels que som aquí hem viscut sempre vigilats amb càmeres de seguretat a l'escola, a casa... I fins i tot acompanyats per guardaespatlles. —Va fer una ganyota que em va semblar adorable—. Ara és quan comencem a tenir una mica més de llibertat, però estic segur que hi ha famílies, com la meva, que segueixen controlant tots els nostres moviments.

Pel que m'havia explicat la nit anterior, jo també ho creia possible. El control dels seus pares arribava a l'extrem que fins i tot havia estat una època estudiant a casa, per por que li pogués passar alguna cosa.

—I com ho farem perquè no sàpiguen que hem sortit? Si passem la nostra empremta o la targeta, quedarà enregistrat —vaig pensar en veu alta.

Tots ens vam quedar reflexionant. La xafogor d'aquell dia no hi ajudava gens, i jo només tenia al cap anar a la piscina amb en Daniel i tornar a nedar l'un al costat de l'altre.

—Ja està —vaig dir de sobte—. Ja sé què farem. Deixeu-m'ho a mi. —Vaig sonar tan convençuda que no es van ni preocupar.

Vam fer un entrenament força lleuger. L'entrenador estava amoïnat per mi i no deixava que fes gaires esforços.

—Avui ens ho prendrem amb calma —va assegurar en Daniel abans d'entrar a l'aigua—. Oi, Juls? —Em va dedicar un dels seus somriures encantadors.

—Ho intentaré —vaig respondre.

Cada vegada em sentia més còmoda en aquella versió de mi mateixa en la qual m'estava convertint, més segura i atrevida.

—No em facis rescatar-te de nou. —Es va abaixar les ulleres.

—Rescatar-me? —Vaig deixar anar un riure—. T'asseguro que no tornarà a passar. No penso desmaiar-me un altre cop.

—Ni amb aquestes vistes? —va tensar els músculs, bromejant.

«Joder», vaig pensar. No estava supermusculat, però sí que tenia el cos fibrat de fer piscina. La pell bronzejada se li tensava i marcava encara més cada part del seu cos, amb una textura que convidava a acariciar-la.

—No siguis burro. —Vaig posar els ulls en blanc—. A veure si et desmaiaràs tu de l'esforç!

Vaig dissimular la meva torbació llançant-me de cap a l'aigua per refredar el cos, que ja havia començat a escalfar-se amb aquella escena. Vaig començar a nedar, allunyant els meus pensaments. M'agradava el que em feia sentir en Daniel, però no ho volia. Ell tenia nòvia i la seva situació era complicada. Havia d'aturar aquelles sensacions que em despertava i centrar-nos en la nostra amistat. Era un bon tio. Sabia escoltar, era divertit i fins i tot tenia un punt gamberro que el feia encara més adorable. No el podia perdre com a amic. No podia.

De tant en tant entreveia com nedava al carril del costat, gairebé a la meva mateixa altura. M'ho semblava a mi o nedava al meu ritme per vigilar que estigués bé? Li vaig fer un gest perquè passés de mi, a la qual cosa em va respondre que no.

Vaig treure el cap de l'aigua i em vaig recolzar a la vora de la piscina. Ell va fer el mateix. Estàvem a pocs centímetres l'un de l'altre, amb la respiració entretallada.

—Necessito que em facis un favor —vaig aconseguir dir, recuperant l'alè.

Es va assenyalar a ell mateix i va alçar una cella, intrigat.

—Quan surtis de l'aigua, distreu l'entrenador. —Vaig mirar l'home de reüll, que venia cap a nosaltres—. Jo aniré fins on té la bossa i li agafaré la targeta identificadora de la residència.

En Daniel va fer uns ulls com unes taronges, va quedar callat durant un segon i després va deixar anar una rialla que va acabar ofegada dins l'aigua quan em vaig llançar sobre seu.

En sortir, va subjectar-me del braç i va dir-me a cau d'orella:

—No et preocupis, seré el teu soci en el crim.

Notava massa a prop l'escalfor del seu coll.

—Val —vaig respondre, allunyant-me per no cometre cap bogeria.

Tots dos vam sortir de la piscina i mentre en Daniel parlava amb l'entrenador, posant-lo d'esquena a mi, vaig aprofitar per anar fins a la seva bossa. La tenia en una dels bancs propers a l'aigua. Només d'apropar-m'hi ja la vaig veure, embolicada en un plàstic i amb una cinta per poder penjar-se-la del coll. Vaig comprovar que l'entrenador no m'estigués mirant i amb els nervis recorrent-me la punta dels dits, la vaig agafar d'una revolada. La vaig amagar sota la tovallola i els vaig fer un crit per anunciar que me n'anava a canviar. No vaig esperar cap resposta. Tenia por que alguna cosa em delatés. Potser la cara d'«acabo de robar a l'entrenador» o els ulls de «no em puc creure el que acabo de fer». La Júlia de setmanes enrere no hauria fet allò, però ara era una nova Júlia. Més atrevida, més valenta, més decidida... O almenys ho estava intentant.

Em vaig eixugar i em vaig vestir, i vaig sortir disparada cap a la recepció de la residència.

—Hola —vaig dir amb tota la naturalitat possible, dissimulant els nervis—. L'entrenador Costa m'ha demanat que necessita un duplicat de la targeta. —Li vaig allargar el tros de plàstic.

La noia que hi havia en aquell moment em va mirar amb estranyesa.

—I per què necessita un duplicat?

Merda.

—És molt despistat. —Vaig posar els ulls en blanc, com si n'estigués farta—. No sap mai si la porta a la bossa, si la duu penjada al coll... Ahir es va passar la tarda buscant-la i resulta que la tenia a la butxaca. Necessita tenir-ne una de reserva, per si perd l'altra.

Els alumnes teníem la possibilitat d'utilitzar l'empremta digital o la targeta, però els treballadors només feien servir la targeta. Això em feia sospitar encara més en el que havien comentat els meus nous amics, que tot allò de les empremtes era per controlar més de prop els estudiants.

—Ja...

Se'm va començar a accelerar el cor. No sonava prou convincent?

—M'ha enviat a mi perquè està parlant amb... Com es diu...? Daniel... —Vaig fer veure que no en recordava el nom.

—Daniel? El fill dels Hakim? —Se li va il·luminar el rostre. Vaig assentir.

No em va caldre dir-li res més. En pocs segons em va fer una nova targeta. Quan vaig allunyar-me, em vaig guardar el duplicat a la butxaca i vaig deixar l'original on l'havia agafat. En Daniel i l'entrenador encara parlaven. Quan em va veure, va acomiadar-se amb presses de l'home.

«Merda, Daniel, per què em fas això?», vaig pensar mentre venia cap a mi, encara amb el banyador i mig corrents, amb un gran somriure.

—Ho has fet? —Semblava divertit amb la situació.

—Sí —vaig contestar despreocupadament.

—Estàs feta una bandarra, Juls —va dir en veu baixa, fentme una mitja abraçada amb un copet a l'esquena.

Semblava una abraçada entre col·legues, però quan ens vam apartar una mica ens vam quedar massa a prop l'un de l'altre.

I és en aquell moment quan la vaig veure. La Lauren ens mirava des de la porta de la piscina. Estrenyia els punys i la seva mirada podria haver-nos travessat i haver acabat en un instant amb les nostres vides.

—Eh... Daniel —vaig avisar-lo perquès es girés.

—Merda —va deixar anar en un sospir.

En Daniel s'hi va apropar i quan va ser a escassos metres de la Lauren, ella va començar a parlar precipitadament, encreuant els braços al davant i llançant-me mirades assassines. No volia problemes, així que vaig anar-me'n abans que vingués cap a mi feta un basilisc.

Vaig dinar sola a l'apartament, mentre feia missatges de veu a la Jen i a en Conrad explicant que ja tenia la targeta per sortir aquella nit de la residència i que en Daniel tornava a discutir amb la nòvia.

Abans que em responguessin, em va escriure en Daniel.

DANIEL: Sento el que ha passat abans.

JÚLIA: Tranquil. Ho sento més jo per tu.

DANIEL: S'ha enfadat perquè ens ha vist abraçats.

JÚLIA: Ho sento.

DANIEL: Jo no. Volia abraçar-te. No he fet res dolent. Som amics.

JÚLIA: Ho sé. A mi també m'ha agradat.

DANIEL: Estimo molt la Lauren, però cada vegada se'm fa més difícil estar amb ella.

JÚLIA: És que no entenc per què es posa així. Es pensa que no tornaràs a parlar mai més a la teva vida amb una noia?

DANIEL: No ho sé. És complicat.

JÚLIA: Tant?

DANIEL: La Lauren veu qualsevol noia com una amenaça.
Si fos per ella, ja estaríem casats.

JÚLIA: Què dius?
Però si només teniu divuit anys!

DANIEL: Ja, és una bogeria. Però sempre s'excusa en el fet que ho hem de fer per les nostres famílies, que és el millor per a tots.

JÚLIA: No ho entenc.

Daniel: Fa temps que les nostres famílies busquen una aliança. I que la Lauren i jo estiguem junts els aniria genial.

Júlia: Ho sento, però és absurd.

Daniel: No t'ho pensis. Tots dos som els hereus de fortunes enormes... I unir-nos faria que creéssim un imperi...

I no és que em sembli malament. Però no vull sentir-me pressionat a fer res simplement per negocis.

Vull estar amb ella perquè l'estimo, i ja està.

Però em sembla que ella a vegades dona més importància a això altre...

I sento que té por que me'n vagi amb una altra no per la inseguretat que sent o perquè m'estima, sinó perquè té por de perdre aquesta aliança. Sento que cada cop veu més això nostre com un negoci.

No ho sé.

És complicat.

Júlia: Ja ho veig.

Però l'amor no hauria de ser complicat. Hauria de ser fàcil.

Si estimes algú, és clar que s'han de superar coses.

Però l'amor sempre va al davant. I sempre intentes que l'altra persona no pateixi.

I confies en l'altra persona.

No li talles les ales.

Ni la manipules.

Jo mai ho faria, vaja.

Daniel: No ho faries mai?

Júlia: Vull dir... No amb tu. En general.

Daniel: Haha, tranquil·la, t'he entès. Només et prenia el pèl.

La persona que surti amb tu serà molt afortunada.

Júlia: No té pinta que això passi aviat.

Al final vindrà la Lauren a la festa d'aquesta nit?

DANIEL: No.

JÚLIA: Sap que tu hi vas?

DANIEL: Sí, l'hi he dit. S'ha cabrejat moltíssim.

Però ja li passarà.

No em pot tenir així.

JÚLIA: Bé, anar a la festa t'anirà bé per distreure't.

DANIEL: Això espero.

Gràcies per tot, Juls.

JÚLIA: No he fet res.

DANIEL: Estàs fent més del que et penses.

I després el seu estat va deixar d'estar en línia. Em vaig quedar rellegint els seus missatges, i esperant alguna explicació, però no va tornar. Mentrestant, la Jen havia escoltat els meus àudios i em deia de quedar una estona després al meu apartament per preparar-nos per a la nit.

Va aparèixer al cap d'un moment amb una bossa i un trípode a la mà.

—I tot això? —vaig assenyalar.

—Estic massa sola al meu apartament i encara queda molt per sortir. Vinc aquí a fer el directe. —Em va passar per davant i es va instal·lar al menjador.

Va plantar el trípode per al mòbil, un petit cèrcol de llum i va seure al sofà.

—No m'hi estaré gaire estona. Si vols, ves escollint roba i et dic si m'agrada o no —va dir mentre es mirava a la pantalla del mòbil i s'arreglava una mica els cabells.

Vaig observar-la uns quants minuts des de les escales que pujaven cap al dormitori. Va començar el directe i al cap de pocs minuts ja tenia milers de persones connectades. La Jen tenia més de cinquanta mil seguidors fidels als consells que donava a manera de consultori.

—Hola a tots! Hola! Què tal? Com cada setmana toca consultori en directe! Hola, hola! Esperaré un parell de minuts per donar a la gent temps a entrar i comencem... Mentrestant, si voleu, deixeu-me comentaris per saber si se'm sent bé... Se'm sent? Avui faré un especial d'amors prohibits, així que ja podeu deixar les vostres preguntes o històries, i us aniré llegint. Quedeu-vos fins al final per escoltar les meves històries prohibides, que sé que en teniu ganes!

Era tota una artista davant de la càmera, semblava que ho havia estat fent tota la vida. La Jen tenia un poder d'atracció fascinant. Tota ella era una estrella, un poderós imant que atreia qualsevol cosa que estigués al seu voltant. Potser per això em va ser tan fàcil fer-me amiga seva, tot i que no ens assembléssim gaire. La seva personalitat i la seva vitalitat em transmetien força per ser jo també més llançada.

Érem molt diferents. Només calia veure que en aquell moment totes dues portàvem una samarreta bàsica blanca, però teníem un *look* diferent. Jo la duia *oversize* i feia pinta d'estar de campaments, mentre que ella la portava cenyida, lligada perquè li quedés com un top i li estrenyés els pits, que quedaven en primer pla en el directe. Per sota i als costats, li sobresortia la panxa.

«Compte amb les meves corbes», tenia com a descripció als perfils de les xarxes socials.

Al cap de cinc minuts vaig tenir una idea. Vaig obrir el compte anònim que tenia i vaig fer un comentari en el directe de la Jen.

—Tenim una nova consulta! Diu: «Hola. M'he fet amiga d'un noi i crec que m'està començant a agradar. El problema és que ell té nòvia i jo no vull ficar-me al mig... Què puc fer?». —La Jen va fer una pausa per agafar aire—. A veure, que ell estigui amb una altra no vol dir que tu no puguis sentir-t'hi atreta. És completament normal. Però abans que passi res entre vosaltres, hauries de parlar-hi. Explica-li com et sents, que no vols ser un obstacle en la seva relació i que pot seguir confiant en tu com a amiga. Després, ja és decisió seva què vol fer.

Que la Jen digués en veu alta aquelles paraules va fer que m'adonés realment del que m'estava passant. Sí, em sentia atreta per en Daniel, però no era estrany. Era un noi guapo, simpàtic, i veure'l cada dia amb banyador a la piscina també contribuïa a ennuvolar-me la ment. Simplement era això. No em sentia preparada per explicar-li el que m'estava passant, no tenia sentit! El millor que podia fer era anar a la festa i intentar conèixer altres nois. Sí. Allò era el que havia de fer.

Quan la Jen va acabar el directe, ens vam començar a preparar. Ella es mirava al mirall orgullosa, fent un repàs de les seves corbes i deixant a la vista sense cap tipus de problema les estries que tenia a diferents parts del cos. Es va posar un vestit vermell cenyit i molt curt. Jo vaig optar per un top negre, pantalons blancs tipus *flare*, Converse amb plataforma i les meves arracades daurades preferides. *Casual*. Em vaig fer una cua perquè els cabells m'aguantessin bé fins a la tornada.

—Arrasarem aquesta nit —va anunciar, agafant-me del braç, i ens va observar a totes dues al mirall—. Oi?

Vaig fer un riure nerviós, que ella va interpretar com un «sí».

—Les festes d'en Conrad són llegendàries, sempre hi passa alguna cosa —va afegir mentre s'acabava de retocar el pintallavis.

Van trucar a la porta.

—Ja és aquí, anem. —Va agafar els nostres dos bolsos i la meva mà, i vam anar cap a la porta.

En obrir, en Daniel ens va dedicar un somriure perfecte. Portava els cabells pentinats, però alguns flocs foscos no es deixaven dominar. Duia una camisa blanca arremangada fins als colzes, pantalons foscos ajustats, vambes blanques i un rellotge que feia pinta de ser molt car.

—Quin *pibón*! —va avançar-se la Jen, mirant-lo de dalt a baix, i li va fer un petó a la galta—. Aprofito ara que no està la boja de la teva nòvia. —Va riure.

En Daniel va deixar anar un esbufec i va negar amb el cap, com si alhora li divertís i li molestés aquell comentari. La Jen li va passar pel costat i va començar a caminar pel passadís, fent un gest perquè la seguíssim.

—Ei, Juls. —Va posar-me lleugerament una mà a la cintura i va fregar fugaçment els seus llavis contra la meva galta—. Estàs molt guapa. —Vaig notar com els seus ulls es quedaven un segon atrapats en els meus.

—Gràcies. Tu també —vaig intentar dir com si res.

—Veniu o què?! —va cridar la Jen des de gairebé el final del passadís.

Vam anar cap allà i vaig notar com les càmeres de seguretat es movien cada vegada que passàvem per una cantonada. Abans d'arribar al *hall*, en Daniel em va demanar el duplicat de la targeta de l'entrenador, i va apropar-se al mostrador, on la recepcionista d'aquella tarda estava a punt d'acabar el torn.

—Hola —va dir ella amb un gran somriure quan el va veure.

—Què tal? —Es va recolzar al mostrador—. Està avorrida la cosa, oi? —Va intentar apropar-se tant com va poder a ella.

—Sí...

M'ho semblava o s'estava posant vermella?

—Nosaltres també estàvem avorrits. Anem a fer una volta. No tindries una dessuadora de la uni? La meva amiga no ha agafat res d'abric. —Va fer un cop de cap per referir-se a la Jen.

Vaig notar com ella bufava.

—Sí, espera, us en porto un parell. —La recepcionista va entrar a la sala que hi havia darrere del mostrador.

En Daniel va aprofitar aquell moment per passar la targeta pels torns d'identificació i fer-nos passar a mi i a la Jen. Quan la noia va tornar amb les dessuadores negres amb el logo de la universitat, totes dues ja érem a fora. En Daniel va sortir poc després, traient la llengua i amb les dessuadores en una bossa.

—Anem? El taxi ja és aquí.

El que ell en deia «taxi» era, en realitat, un cotxe d'una flota de vehicles de luxe. Vaig alçar una cella i el vaig mirar. Va riure i em va donar un copet al colze que em va produir electricitat.

—El meu tiet té una empresa de vehicles de luxe —va resumir.

La Jen se'ns va avançar i va seure al seient del copilot, mentre nosaltres sèiem al darrere. Era el cotxe més luxós que havia vist mai.

El vehicle es va posar en marxa i vam deixar enrere la universitat. Mentre la Jen i jo parlàvem, ell estava molt callat.

Vaig mirar-lo de reüll. Estava fosc i la llum de la ciutat se li reflectia als ulls mentre observava per la finestra. A estones seguia la conversa, animat, però d'altres es quedava absent i amb una mirada trista. Vaig estar a punt de preguntar-li què li passava, però no vaig atrevir-me a fer-ho davant de la nostra amiga. Sentia que entre tots dos havíem creat una bombolla de confiança i no volia trencar-la.

—Ei —va irrompre els meus pensaments en un to gairebé inaudible.

Em va somriure i va alçar les celles. M'havia enxampat mirant-lo. Vaig negar amb el cap, com si no fos res, i desitjant que no notés que se'm començaven a posar les galtes més vermelles del normal. I les mans. Per què em suen les mans quan em poso nerviosa?

Vaig treure el mòbil per veure la nostra ubicació. Érem a la part més alta de la zona de Pedralbes. Encara estava observant el mapa quan el cotxe es va aturar. El trajecte havia durat molt poc. El carrer era ple de cotxes amb gent que anava a la festa. En Conrad era a la porta, saludant a tothom que arribava. La Jen va obrir la porta del cotxe amb energia i va sortir gairebé impulsada del seient.

—M'han dit que aquí hi ha una festaaaaaa! —va cridar a l'aire i aixecant els braços, fent que automàticament tothom es girés cap a ella.

—És així sempre? —vaig riure.

—Sí —va admetre en Daniel—. Espero que puguis seguir-nos el ritme —va comentar en un to burleta.

Em vaig girar cap a ell.

—Segur que sí —vaig intentar sonar tan convincent com era possible, tot i que per dins començava a sentir de nou els nervis i una mica d'inseguretat—. Tot i que no tens pinta de liar-la gaire —vaig deduir.

Per un segon va mossegar-se el llavi i va deixar anar una riallada mentre es treia el cinturó.

—Ho dius perquè faig cara de bon nen? —va insinuar, encara sense sortir del cotxe.

El conductor devia pensar que érem imbècils.

—Un mica. —Em vaig fixar en les petites pigues que li feien un recorregut pel nas, gairebé imperceptibles amb la pell bronzejada, però que li donaven un toc innocent—. I perquè no crec que la Lauren et deixi fer gaires bogeries.

«No hauries d'haver dit això», vaig pensar mossegant-me la llengua just després d'haver-ho dit. M'havia passat? Li havia espatllat la nit?

Em va semblar que en Daniel s'ho prenia bé.

—Així que això és el que pensa de mi, senyoreta Juls —va fer ell—. Haurem de posar-hi remei. —I em va picar l'ullet i va obrir la porta—. Crec que aquesta nit descobriràs una nova versió de mi —va dir ja des de fora.

La seva reacció em va agafar de sorpresa. Una nova versió seva? Ja havia comprovat que es comportava de manera diferent quan estava amb mi o amb els amics que quan hi havia la Lauren. Amb ella se'l veia amb una tensió constant. Però estava intrigada per veure com era de festa, sense la pressió perquè la seva nòvia controladora el vigilés.

Vam seguir la Jen, que saludava gent que coneixia. Mentrestant, vaig aprofitar per escriure a en Pau i posar-lo al corrent del que estava passant. Li vaig prometre que en tornar a l'apartament li faria un resum de la nit. Vaig guardar el mòbil al bolso i vaig seguir els meus amics. L'entrada estava coberta per un gran mur que no deixava veure l'interior, així que quan vam fer una passa cap a la gran entrada enjardinada, em vaig quedar flipant. Jo creia que aquelles cases només existien a les pel·lícules! Era tan espectacular, que em vaig haver d'esforçar per no semblar gaire impressionada. Tothom al meu voltant actuava amb normalitat, com si tot allò no fos completament surrealista. Vam pujar per unes escalinates de marbre fins que vam arribar a un ampli vestíbul amb uns sostres molt alts.

En Daniel devia notar els meus nervis perquè em va agafar suaument del colze per guiar-me cap a l'interior mentre m'explicava més detalls d'en Conrad i d'aquella casa.

—La vil·la és dels seus pares, però no hi venen gaire, només quan s'ajunta la família per Nadal i algunes setmanes a la primavera i a l'estiu. Abans era un palau, però la mare d'en Conrad s'ha encarregat que el modernitzessin sencer. Té cinc plantes, sis dormitoris, dotze banys, diverses sales, jardí, piscina, solàrium...

—I per què en Conrad viu a la residència i no aquí? —Estava al·lucinant amb la casa.

—Els seus pares no se'n fien. —Va arronsar les espatlles—. Prefereixen tenir-lo controlat al campus. Han accedit que faci aquesta festa, però t'asseguro que han guardat totes les coses de valor per si de cas...

La música ja començava a sonar a tot volum des de la sala principal. Havia perdut la Jen entre les persones que saludava, així que vam decidir entrar sense ella i buscar-la després. Era un espai molt gran, amb un sostre que de ben segur devia fer més de sis metres, amb motllures i làmpades delicades, tot d'un estil extremat però modern. La sala era mig a les fosques i tenia uns grans finestrals amb vistes al jardí. Hi havia uns quants sofàs distribuïts pertot arreu, taules plenes de gots i de pica-pica per menjar, i zones més íntimes amb butaques i estores. No havia estat a gaires festes a cases d'amics, però estava segura que l'ambient d'aquella era únic. Recorríem la sala l'un al costat de l'altre, amb els nostres dits perillosament massa a prop.

—Vols alguna cosa per beure? —Va assenyalar la zona on hi havia les begudes.

—Sí! —vaig cridar per sobre de la música.

La sala s'havia començat a omplir de gent, que ja bevia i ballava. Vam arribar a la zona de begudes, i després de repassar tot el que hi havia, em vaig decidir per una cervesa. No era de beure gaire i no volia passar-me en la nostra primera festa. Intentava deixar-me emportar, però una veueta dins meu em va aconsellar que vigilés. En Daniel em va imitar i vam endinsar-nos de nou entre la massa de gent. La música començava a sonar més alta i, de sobte, van aparèixer en Conrad i la Jen per darrere nostre. Ell va saltar sobre l'esquena d'en Daniel, que va riure en notar el seu amic. La Jen va posar-se entre nosaltres, ballant com si li anés la vida, i em va agafar per seguir-la. Pocs minuts després i amb l'ampolla de cervesa buida, jo ja m'havia alliberat de la timidesa i ballava i cantava amb tots tres com si els conegués de tota la vida.

—Tia, m'alegro d'haver-te conegut! —va cridar la Jen mentre m'abraçava i seguia ballant.

—Jo també a tu! —vaig cridar.

Feia temps que no m'ho passava tan bé.

—Vols res per beure? —Vaig negar amb el cap—. Ara vinc! —va cridar.

—T'acompanyo! —En Conrad la va seguir.

En Daniel i jo ens vam quedar sols i ell em va animar a seguir ballant. Rèiem i ballàvem com no ho havia fet mai. Jo no era una experta ballant, però amb ell tot era més fàcil. M'agafava de la cintura i em guiava, fent que em semblés que la sala sencera es movia amb nosaltres. Els seus ulls foscos quedaven per sobre dels meus. En mirar-lo veia un Daniel diferent del que havia vist fins ara, amb un punt esbojarrat que m'estava fent perdre la noció de tot. Em vaig trobar un parell de vegades recordant-me de desviar la mirada dels seus llavis, que em temptaven cada vegada que els veia entreoberts intentant recuperar l'aire.

Feia calor. Tenia calor.

—Vols que sortim a prendre l'aire? —va proposar.

Vaig fer que sí i em va agafar la mà per portar-me darrere seu mentre ens obríem pas entre la gent. El tacte amb la seva mà em va encongir l'estómac. Mentre sortíem d'allà, vaig fer un escaneig. Havíem perdut la Jen i en Conrad feia estona, i no se'ls veia per enlloc.

En sortir al jardí vam notar l'aire fresc.

—Millor —vaig dir per a mi mateixa, mentre notava el fred a la meva pell i com en Daniel em deixava anar suaument la mà.

—Feia calor allà dins... —va comentar mentre es passava la mà pels cabells i em mirava d'una manera estranya.

Estava a punt de preguntar-li si tenia la més petita idea d'on eren els nostres amics quan un parell de nois amb la pell bronzejada com ell el van saludar en el que em va semblar àrab. Ell de seguida va canviar d'idioma per integrar-me a la conversa.

—Eh —va dir un d'ells—. Espero que no ens tornis a deixar de costat per una altra noia, eh. Amb la Lauren ja en vam tenir prou. —I va deixar anar un riure amarg—. Sense ofendre. —Va mirar-me de dalt a baix.

—Només som amics —vam dir alhora.

Els nois van deixar anar una rialla irònica i van dir entre ells que «segur». Què els passava?

—Què passa? No podem ser amics? —va contraatacar en Daniel, evidentment molest—. I, per cert, encara estic amb la Lauren.

Els nois es van mirar entre ells i van tornar a mirar en Daniel. Feien cara d'estranyats i un d'ells va fer una passa enrere, mentre deixava anar un sospir.

—Què passa? —La veu d'en Daniel s'havia tornat més seriosa.

—Jo no seré qui l'hi digui —vaig aconseguir escoltar que remugava un mentre girava mig cos cap a un altre costat, com intentant fugir del tema.

—Què passa? —va insistir.

—Hem vist la Lauren allà dins. —El noi va fer un gest amb el cap assenyalant la sala—. I per com l'hem vist, hem pensat que ja no estàveu junts.

—Què vols dir? —Va entretancar els ulls.

—No ho sé, ves-hi. —Van fer unes passes enrere, com volent deslliurar-se del tema.

Vaig agafar en Daniel del braç, començant a sospitar el que estava passant.

—Daniel... —No vaig tenir temps d'acabar la frase, perquè ell ja es dirigia a la sala principal.

Vaig córrer darrere d'ell, per quedar al seu costat. En entrar de nou a la casa, l'aire em va semblar més carregat i la música massa forta. Hi havia molta gent pertot arreu i no es distingia pràcticament res. Topàvem amb els que ballaven i els que ja anaven massa passats i ens agafaven perquè ens hi unís-sim. Vam trobar la Jen, ocupada amb un noi que em sonava d'haver vist a l'entrada de la festa. Semblava una mica perdut, posava les mans aquí i allà, i no es movia ni un pam del lloc, mentre que ella es balancejava i el buscava. Era clar que el noi no tenia tanta experiència com ella. Semblava que la Jen s'estava començant a impacientar amb els moviments barroers del noi. Amb un gest suau però decidit vam veure com el va arrambar contra la paret. El noi va començar a fer més intensos els petons, que van passar dels llavis al coll d'ella. Estaven tan a prop l'un de l'altre que semblava que s'anessin a fusionar. Vaig fer-li un gest a en Daniel perquè m'esperés un moment. Potser la Jen havia vist la Lauren i sabia el que estava passant.

—Jen! —vaig cridar per sobre de la música i donant-li uns copets a l'esquena.

Ella va apartar una mica el noi per mirar-me.

—Què?

—Res, volia saber si va tot bé —vaig dir.

—Sí, que no ho veus? —Va somriure mossegant-se el llavi.

—Sí, sí... —Em vaig sentir ridícula.

Qui és la idiota que diu això quan la seva amiga s'està liant amb un altre?

De sobte va fer cara d'espantada.

—Tu estàs bé? —Es va apartar una mica del noi i em va agafar del braç.

—Sí —Vaig apropar-me a la seva orella perquè em sentís millor—. Estem buscant la Lauren! L'han vist a la festa! L'has vist?

Me'n vaig apartar i em va mirar amb sorpresa. Va negar amb el cap, arrufant les celles.

Vaig fer un gest indicant-li que no es preocupés i en girar-me per retrobar-me amb en Daniel, vaig veure que tenia la mandíbula tensa i els ulls més foscos que havia vist mai.

—No et ratllis. —Li vaig posar la mà al canell.

Ell va respirar fondo i vam seguir amb la cerca. Vam abandonar la sala i ens vam dirigir a la segona planta, on s'havia traslladat part de la festa. Hi havia molta gent asseguda a terra, en grup, parelles que buscaven més intimitat i gent que anava al lavabo. No havíem acabat de pujar les escales quan la vaig reconèixer.

La Lauren estava contra la paret, amb els seus cabells rossos, ondulats i llargs que li queien per les espatlles com una cascada. Tenia els llavis entreoberts, amb una barreja d'excitació i gràcia, mentre les mans d'un noi s'aferraven al seu vestit curt blanc de setí.

—No m'ho puc creure... —va deixar anar en Daniel, en un to de veu carregat de tristesa, ràbia i ironia.

La Lauren el va sentir i li va clavar els ulls d'un verd intens. Va entreobrir els llavis un parell de cops per finalment agafar aire i mirar-lo amb suficiència.

—Què et pensaves, que em quedaria mirant mentre te'n vas amb una altra? —va dir en un to punyent.

Estic segura que allò li va trencar el cor, a en Daniel. Gairebé podia sentir com s'esmicolava.

Però el pitjor va ser quan el noi que estava amb ella es va fer a un costat i es va girar cap a nosaltres.

—Tio, t'he fet un favor —va dir amb veu greu en Conrad.

Capítol 7

Havia estat contenint la respiració. No em podia creure el que estava passant. I semblava que en Daniel també estava en xoc. S'havia quedat quiet, amb els ulls fixos en la Lauren i amb el rostre completament desencaixat.

—Daniel... —vaig xiuxiuejar per veure si reaccionava.

No va dir ni fer res. La Lauren va allunyar-se de la paret i va apropar-se a nosaltres.

—Em sap greu que hagi estat així —no sonava gens penedida, al contrari—. Però ja està. —Va plegar-se de braços.

—Ja està...? —va fer ell amb un fil de veu, intentant entendre de què anava tot allò.

—Fa més d'un any que intento que et comprometis amb la nostra relació —va contestar com alliçonant-lo—. Els teus pares no paraven d'insistir que havíem de fer que això nostre funcionés, que m'assegurés que no te n'anaves amb una altra noia —em va gelar amb la seva mirada—, però últimament sento que estic perdent el temps.

—De què estàs parlant...? —En Daniel començava a reaccionar i jo li notava la respiració cada vegada més agitada.

—Per què creus que vaig començar a sortir amb tu? —Va fer un riure irònic i va posar els ulls en blanc—. Els teus pares m'ho van demanar!

—Què...? —Va fer una passa enrere.

—Saps perfectament que aquesta aliança ens convé —seguia dient en un to conciliador—. He intentat durant mesos que això funcionés, que només tinguessis ulls per a mi. Que sortís bé el pla de les nostres famílies.

—Espera, estàs parlant d'una unió concertada? —vaig interrompre jo. El cor se m'estava accelerant.

—Digue-li com vulguis. —Em va mirar amb menyspreu—. Per culpa teva tot se n'està anant a la merda.

Allò va ser el detonant final perquè en Daniel sortís de l'estat de xoc en què es trobava i reaccionés.

—M'has mentit des del principi?! —va començar a cridar, adonant-se del que estava passant.

Va agafar aire i va aixecar les mans cap als cabells, tirant-los cap enrere amb ansietat, com ja li havia vist fer altres vegades. Era mala persona perquè aquell gest que feia quan estava preocupat m'agradés tant?

—Daniel... —En Conrad va fer una passa i va posar les mans al davant, en un gest d'intentar tranquil·litzar-lo.

—I tu?! De què vas?! —va dir clavant-li una empenta a en Conrad, veient que s'apropava a ell.

—Daniel —vaig dir en un to conciliador agafant-lo pels canells—. Anem.

—Ves-te'n tu, Juls —va dir sense deixar de mirar en Conrad amb ràbia als ulls.

—Jo... Jo no vull problemes. —En Conrad va aixecar els braços en senyal de pau—. Un dia em donaràs les gràcies per això.

La Lauren va fer un gest de desaprovació per aquell comentari i en Daniel va intentar tornar cap a ell, aquesta vegada amb la intenció d'agafar-lo.

La meva primera reacció va ser cridar, cosa que va fer que tothom que hi havia al passadís es girés per veure què estava passant. Vaig córrer darrere d'en Daniel per agafar-lo per les espatlles i intentar que deixés anar en Conrad, a qui ja havia estampat contra la paret i el mirava a només un pam de distància, amb tota la ràbia continguda i intentant decidir què havia de fer a continuació.

—Daniel, no ho facis! —vaig cridar.

—Voleu parar de fer el ridícul! —va cridar la Lauren.

—Pega'm si vols —va murmurar en Conrad, molt seriós.

—Eh, va, ja està —va cridar un altre noi que s'havia apropat amb més gent per veure el que passava.

Al final entre uns quants van aconseguir calmar en Daniel i fer que deixés anar en Conrad, a qui havia tingut agafat per la camisa una bona estona.

Vaig agafar en Daniel pel braç, amb fermesa i suavitat, i vaig fer que fes unes passes enrere.

—Sortim a fora —li vaig ordenar amb tota l'autoritat que vaig poder.

Tenia tot el cos tens, la mandíbula més marcada que havia vist mai i els llavis havien passat d'aquell aspecte carnós habitual seu a estar més pàl·lids i formant una línia més fina. Havia d'allunyar-lo d'allà i que es tranquil·litzés.

Vam baixar les escales amb pressa, vam creuar tota la casa i ens vam allunyar del soroll de la gent i de la música. Un cop fora, vaig afluixar la pressió que exercia sobre el seu braç i vaig fer lliscar la meva mà sobre la seva, en un intent d'aportar calma a la situació. El vaig dirigir cap a l'entrada, on en aquell moment no hi havia ningú.

—Respira —vaig indicar-li, posant-li l'altra mà sobre el tors—. Respira —vaig repetir en veure que no em feia cas.

Va començar a inspirar i expirar, en un exercici que havia repetit mil vegades abans de ficar-me a l'aigua. Va tancar els ulls i vaig notar com feia un esforç per controlar el cabreig.

—Millor?

Va posar la seva mà sobre la meva, que encara descansava al seu pit. Va assentir i quan em va mirar vaig saber que havia pres una decisió.

—No vull tornar ara a la residència.

—Val, i què...? —No em va donar temps a acabar la frase. Em va portar a un dels laterals de la casa, va teclejar un número en una pantalla que hi havia a l'exterior i es va obrir la porta d'un garatge enorme.

—En Conrad i jo hem entrat mil vegades al garatge del seu pare. Però encara no he agafat mai cap cotxe —va resumir en un to fred.

Al garatge hi havia sis cotxes de diferents dimensions. Tots ells de gamma alta. Em vaig quedar allà a la porta. No en robaríem pas cap, oi? Des que havia arribat a la universitat m'havia atrevit a fer algunes coses que no havia fet fins aleshores... però allò era massa.

—No podem agafar un cotxe —vaig dir.

—I tant que podem. —En Daniel estava molt cabrejat—. El molt capullo segur que ha deixat les claus posades al Porsche. —Va mirar per la finestra d'un dels vehicles i em va picar l'ullet—. Bingo!

Va obrir la porta, es va ficar dins i vaig sentir el soroll del motor. Estava decidit a sortir d'allà amb el cotxe, i no volia deixar-lo sol amb la situació que estava vivint. Vaig estar dubtant durant uns segons i al final m'hi vaig acostar i vaig seure al seient del copilot.

—Daniel, no és una bona idea. —Vaig intentar que es fes enrere.

—Ho sé —va fer ell, sense donar-hi importància.

Vaig donar la batalla per perduda, així que vaig cordar-me el cinturó i el vaig mirar amb preocupació. Sabia que actuava així pel que havia passat. En una situació normal, no estaria fent aquella bogeria. O sí? En realitat coneixia bé en Daniel? I tots els altres? Només feia uns dies que estava amb ells. I si tot allò era un error? I si estava posant en perill la meva beca?

—Pirem d'aquí —va grunyir ell.

El motor del cotxe va rugir amb fúria, i en el que em van semblar dos segons, vam sortir del garatge i de la finca. Vaig agafar-me instintivament amb les mans al seient; era com si fos en una atracció de Port Aventura. El cotxe, més que no pas circular, sobrevolava els carrers deserts de la part alta de Barcelona. En Daniel semblava que tenia dominada la situació, però jo no feia sinó pregar per dins que no tinguéssim cap accident.

—No corris tant —em va sortir en un fil de veu.

Devia haver sonat espantada perquè em va mirar durant un instant i va canviar la cara.

—Merda —va reaccionar—. Juls, ho sento. —Va anar reduint la velocitat—. Merda, merda. —Veia com intentava calmar-se—. No volia...

No va acabar la frase perquè ens vam quedar muts en veure els llums d'un cotxe de la policia que teníem just darrere. Ens estaven demanant que paréssim.

—Joder... —va fer ell.

Va aturar el cotxe a un costat.

—Ho sento, Juls —va repetir, tirant el cap cap enrere i tancant els ulls—. T'he ficat en un embolic. Perdona. Ho sento.

Volia dir alguna cosa, fer-li entendre que estàvem junts en aquella situació, però no em van sortir les paraules. Vaig intentar pentinar-me els cabells i posar cara de llàstima per a quan arribés la policia. Si semblàvem innocents potser no passaria res, oi? Però en observar en Daniel vaig saber que estàvem fotuts. Tenia els cabells foscos despentinats, la camisa arrugada amb els punys fins als colzes de qualsevol manera i els ulls encara plens de ràbia i dolor. Vist així tenia pinta de ser un capullo.

Quan van arribar els agents i van comprovar que no érem els propietaris del cotxe i que en Daniel conduïa a una velocitat per sobre de la permesa, ens van fer anar a comissaria. No vam parlar durant el trajecte al cotxe de policia. Tenia l'estómac encongit i les mans fredes. No em podia creure que fos en aquella situació. Jo, que mai no m'havia ficat en problemes.

—Ella no té res a veure amb el que ha passat —va afanyar-se a dir en Daniel quan vam arribar a la comissaria—. He estat jo qui l'ha recollit amb el cotxe.

El vaig mirar, agraïda perquè intentés deslliurar-me d'aquell problema. I en realitat tenia raó, havia estat ell qui havia agafat el cotxe... Però jo no havia fet res per aturar-lo.

—Esperi aquí —em van ordenar.

Vaig aprofitar aquella estona per escriure a la Jen i explicar-li tot el que havia passat. Finalment, en Daniel va sortir de la sala on l'havien dut i em va picar l'ullet per fer-me entendre que tot anava bé.

Li havien posat una multa per excés de velocitat. Per sort

no havia arribat al límit màxim d'alcohol en sang. Ni tan sols havia pensat en allò quan havíem agafat el cotxe. Vaig sospirar, alleujada.

—Han trucat el pare d'en Conrad per avisar-lo que havia robat el seu Porsche. —Va fer un riure amarg—. Per sort l'home els ha dit que no passava res, que em coneixia.

Va seure al meu costat i va ficar el cap entre les cames.

—Perdona per haver-te ficat en aquest merder —va dir sense atrevir-se a mirar-me—. Hauries d'allunyar-te de mi. De tots nosaltres.

Vaig mossegar-me el llavi, perquè sabia que tenia raó, però no volia fer-ho.

—He demanat que passin a buscar-nos —va comentar, abatut.

—Sento el que ha passat amb la Lauren. —Vaig allargar la mà i la vaig deixar caure a la seva cuixa, esperant que notés que estava amb ell.

—Encara no m'ho puc creure. —Va negar amb el cap—. El pitjor és que ho tenia planejat des del principi, saps? Ha estat tot una mentida. Tot. Joder.

Li va tremolar el llavi i va apartar la vista perquè no notés com se li omplien els ulls de llàgrimes. Em feia mal veure'l així. Vaig deixar anar un sospir i li vaig recolzar el cap a l'espatlla. Va plorar en silenci, sé que ho va fer. Em van caure un parell de llàgrimes sobre la mà que encara tenia a la seva cama, però no vaig dir res. Sabia que en aquell moment necessitava que simplement la seva amiga estigués al seu costat sense ferli preguntes, sense dir res.

Ens va recollir un vehicle privat de la residència. El conductor no va intercanviar cap paraula amb nosaltres i jo ho vaig agrair per dins. No tenia ganes d'explicar-li el que havia passat. Vaig agafar el mòbil i li vaig fer un gest a en Daniel perquè mirés el missatge que li havia enviat.

Júlia: Estàs millor?

Daniel: No. No ho sé.

Júlia: En què penses?

Daniel: Que em sento traït. Confiava en la Lauren.

Val que les coses no ens anaven bé... I en el fons sabia que acabaríem trencant. Però no m'esperava això d'ella.

Va començar a sortir amb mi només per interès! I jo com un idiota fent tot el que ella volia.

Júlia: No eres idiota. L'estimaves.

Daniel: Suposo.

Em sento traït.

Júlia: Normal.

Però no val la pena que et facis més mal.

Daniel: El pitjor de tot és que jo creia que tots els pollastres que sempre em muntava eren per gelosia... I jo l'excusava! Pensava: «Oh, es posa així perquè m'estima...».

Júlia: Daniel, la gelosia no és amor, ja ho saps.

Daniel: Ho sé, però... Jo què sé, Juls, estava amb ella i volia que funcionés...

I resulta que, a més, el que tenia no era gelosia, si no por que me n'anés amb una altra i no complís les expectatives de les nostres famílies!

És que no ha estat sincera amb mi en cap moment!

Júlia: No m'imagino pel que deus estar passant...

Daniel: I a sobre això d'en Conrad...

Ja no sé en qui confiar.

Júlia: Pots confiar en mi.

Sé que ens coneixem de fa poc... Però t'asseguro que soc una bona amiga.

Digue'm què puc fer perquè confiïs en mi.

Daniel: Mmm...

Fem una cosa. Això no va que jo confiï en tu, va que tots dos confiem l'un en l'altre.

Què et sembla si cada vegada que parlem per aquí, acabem la conversa amb una veritat? Amb alguna cosa que ens importi i que vulguem que l'altre sàpiga.

Júlia: D'acord.

Potser jo hauria de començar confessant que m'ha fet por veure't conduir així.

Daniel: Ho sento, no sé en què pensava.

Júlia: A això et referies quan m'has dit que aquesta nit veuria una versió diferent teva?

Daniel: No. Juls, normalment no robo cotxes.

Em referia a passar-nos-ho bé.

No t'ho has passat bé?

Júlia: Fins que ha passat tot això, sí.

Daniel: Sé que t'ha agradat ballar amb mi.

Júlia: Haha, crec que t'ho tens molt cregut.

Daniel: Eh, que no ballo malament.

Júlia: No. Ja m'hi he fixat.

Daniel: Hem de repetir-ho més vegades.

Júlia: Sí.

Daniel: Gràcies per posar-te de part meva, senyoreta Juls.

Els que sembla que no estan de part meva són els meus pares.

Ja tinc dues trucades seves i whatsapps.

JÚLIA: Què diuen?

DANIEL: Sembla que la Lauren els ho ha explicat.
I volen parlar amb mi.

JÚLIA: I tu vols parlar amb ells?

DANIEL: No. Però vull saber quina merda d'excusa s'inventaran aquesta vegada pel que m'han fet.

JÚLIA: Potser no volien fer-te mal.

DANIEL: M'han enganyat. Ells i la Lauren havien pactat des del principi aquesta relació.

JÚLIA: Jo de tu escoltaria les seves explicacions i després decidiria.

DANIEL: És que no és la primera vegada que me'n fan una d'aquestes...

JÚLIA: A què et refereixes?

DANIEL: Des de petit que han volgut controlar la meva vida al màxim.
Sabies que vaig estar tot un curs sense anar a classe perquè pensaven que estar amb els amics em distreia dels estudis?

JÚLIA: Què?!

DANIEL: O que mai m'han donat la possibilitat d'escollir res tot sol?
Sempre han planejat tots els detalls de la meva vida. Però no m'imaginava que em farien això.

JÚLIA: Tela...

DANIEL: Per això et dic, Juls, encara ets a temps d'allunyar-te de mi.

JÚLIA: No penso anar enlloc.

DANIEL: Seria el millor per a tu.
No vull que t'emmerdis en els meus problemes.

JÚLIA: Haha, crec que ja és massa tard!
Mira com hem acabat aquesta nit!

DANIEL: Això no és res.

JÚLIA: No m'espantaràs amb aquest aire misteriós.
Ja t'he dit que no penso anar enlloc.

DANIEL: En sèrio. No vull que ho passis malament.
No m'ho perdonaria.

JÚLIA: Crec que podràs suportar-ho.
Ja et vaig dir que soc molt competitiva. No em rendeixo fàcilment. No em rendiré amb tu.

DANIEL: Merda, Juls.

JÚLIA: Què?

DANIEL: T'he de dir una veritat que em crema.

JÚLIA: Digues.

DANIEL: Em fa por pillar-me de tu.

Vaig aixecar la vista del mòbil i el vaig mirar. Ell havia fet el mateix. Just en aquell moment el cotxe es va aturar i vam baixar davant la porta de la residència. Ens esperava un dels responsables.

Ens va allargar a cadascun un document.

—Els informo que, a causa del seu comportament delictiu, la residència es pren la llibertat de posar-los un avís. Al tercer hauran d'abandonar les instal·lacions —va dir la dona en un to autoritari—. Així mateix, se'ls han restringit l'entrada i la sortida del recinte durant vint-i-quatre hores com a penalització i no podran fer ús dels espais comunitaris.

—Què?! —vaig fer un pas enrere, sorpresa.

Què era allò, una presó?

En Daniel no va semblar tan sorprès perquè va plegar el paper i se'l va posar a la butxaca, com si allò ja li fos familiar.

—Hi tenen alguna cosa a veure els meus pares? —va preguntar, amb una certa desgana—. Perquè si és així, ella no ha fet res.

—Vagin als seus apartaments —va dir la dona.

Vam passar pel seu costat, amb en Daniel encara remugant per sota el nas. Vam passar dissimuladament la targeta robada pels torns i vam seguir caminant junts pel passadís, sense dir res. No sabia com reaccionar després de l'últim que m'havia dit. Sort que ell va trencar el silenci.

—Eh —va fer suaument—. No et ratllis. —Segur que pensava que estava preocupada per l'avís de la residència—. No ens faran fora per això, segur que ha estat cosa dels meus pares.

—Ah... —vaig fer que sí, mirant a terra.

—Eh —va repetir. Se'm va apropar i em va agafar pel colze. Va deixar anar una petita rialla que em va recórrer el cos de dalt a baix—. De veritat, no et preocupis, no és res.

Vaig tornar a assentir, sense saber ben bé què dir.

—I ja saps que pots allunyar-te de mi. Evitaràs aquests problemes. No m'enfadaré si ho fas. —Va fer una pausa i em va posar la mà a l'espatlla—. De veritat —va dir amb sinceritat.

Vaig intentar desviar els meus pensaments fent-li una ganyota i posant els ulls en blanc.

Ell va riure.

—Val, val... Bona nit, senyoreta Juls —va fer amb un mig somriure.

Vaig marxar d'allà abans que els meus impulsos em fessin fer una bestiesa. En arribar a l'apartament, em vaig escarxofar al sofà, incapaç d'anar-me'n a dormir amb tot el que havia passat aquella nit. Vaig pensar a trucar a en Pau per desfogar-me, però eren les quatre de la nit. I la Jen no havia vist els meus missatges.

Vaig ofegar un crit contra el coixí abans de veure que en Daniel m'estava escrivint.

DANIEL: Desperta?

Ho sento, crec que abans t'he espantat amb el que t'he dit.

Quan t'he dit que em feia por pillar-me de tu... Vull dir que ets una bona amiga, i no m'agradaria perdre't.

A més, m'acaba de passar això de la Lauren.

Encara no ho he processat... I, joder, ho he donat tot per ella...

Em fa molt mal això que m'ha fet.

I no crec que estigui preparat per estar amb ningú durant un temps.

JÚLIA: Daniel, em sembla bé.

Som amics.

DANIEL: Podem fer veure que abans no t'he dit res?

JÚLIA: No et preocupis.

DANIEL: Val.

Em sento ridícul.

JÚLIA: Haha, Daniel, que no passa res!

DANIEL: És que fa temps que no sentia tanta confiança amb algú.

JÚLIA: Això és bo. La majoria de les amistats es trenquen per falta de confiança, per amagar secrets.

DANIEL: Mmm... Secrets? Me n'expliques algun de teu?

JÚLIA: Ja et vaig dir que no tenia gaire res per explicar.

Mira, podria dir-te que vaig arribar aquí amb por de no encaixar.

Pensava que tots seríeu uns estirats o que em costaria ferme amb la gent.

Daniel: En sèrio?

Júlia: Sí. Aquí tots esteu folrats, i jo he vingut amb una beca.

No ho sé, pensava que no voldríeu parlar amb mi...

Daniel: Ja veus que no és així.

I què pensen els teus amics que vinguis a aquesta uni?

Júlia: Em fa pena dir-ho però... només tinc un parell d'amics.

Daniel: Mentre siguin bons, n'hi ha prou.

Júlia: Són els millors.

És que no he estat mai de tenir gaires amics.

He estat molt ocupada intentant aconseguir beques i guanyant competicions.

Però ha estat arribar aquí i he fet amics més fàcilment del que em pensava.

I intento ser més jo i no tant la noia que ho feia tot correctament per arribar a l'objectiu...

Daniel: M'estàs dient que soc una mala influència?

Júlia: No! És que necessito... fer el que em doni la gana! Saps?

Daniel: Haha.

T'has convertit en una noia rebel.

Però espero que no et fiquis en més embolics per culpa meva.

Júlia: Segur que tots els problemes que em vindran seran per culpa teva.

Crec que me'n vaig a dormir, se'm tanquen els ulls.

Daniel: Val.

Júlia: Però abans de marxar, et toca a tu.

Daniel: Què?

Júlia: Dir una veritat.

Daniel: Mmm.

La meva veritat és que... tot i que ara encara em faci mal, no canviaria res del que ha passat aquesta nit.

Vaig passar el que quedava de nit tenint somnis d'allò més estranys. En aixecar-me vaig comprovar que tant la Jen com en Pau havien llegit els meus missatges. Vaig posar en Pau al dia i vaig vestir-me per anar directa a l'apartament de la meva amiga. En entrar la vaig trobar en pijama, i amb una fila de no haver dormit gaire.

—Passa, passa. —Va fer-se a un costat en veure que jo dubtava si entrar o no.

—Segur? Dormies?

—No, ja fa una estona que estic desperta. Des que he escoltat el teu àudio. Joder, que fort. —Va anar directament a la cafetera automàtica.

—Havien tingut alguna cosa abans, la Lauren i en Conrad? —Feia estona que donava voltes a aquella teoria.

—No que jo sàpiga —semblava impressionada amb el tema—. Però si en Conrad ni la suporta!

—Quan els vam pillar va dir alguna cosa així com que amb allò li estava fent un favor a en Daniel —vaig recordar.

La Jen va fer una rialla tan forta que em va espantar.

—Puto Conrad! —Em va donar una tassa—. Aquest és capaç d'haver-s'hi liat només perquè trenquessin.

Em vaig mossegar la llengua per no dir-li que em semblava una idea horrible i que tot allò li estava fent molt mal a en Daniel.

—Ja veuràs quan ho sàpiguen els pares d'en Daniel. Se'n muntarà una de ben grossa —va comentar distretament mentre repassava el mòbil—. Aquesta gent adora la Lauren... JO-DER.

—Què?

La Jen havia deixat la tassa a la taula i mirava el mòbil amb els ulls que li sortien de les òrbites. Va obrir la boca, intentant explicar-se.

—Què passa? —Vaig apropar-me a ella i li vaig treure el mòbil per esbrinar què estava passant.

Hi havia una foto meva i d'en Daniel que ocupava tota la pantalla. Jo apareixia d'esquena, i per sort no se'm veia la cara, però en Daniel havia quedat al mig de l'objectiu de la càmera. Era just el moment en què la policia ens havia demanat que baixéssim del cotxe del pare d'en Conrad. La foto l'havia publicat un diari en línia a les xarxes socials. Venia acompanyada d'un text:

> Ahir a la nit el fill de la multimilionària família Hakim va ser detingut per usurpació d'un vehicle i per excés de velocitat. En Daniel Hakim havia sortit d'una festa, de la qual va marxar d'amagat amb una noia misteriosa que no és la seva parella, la coneguda filla dels Buffet.

Vaig aixecar la vista. No sabia com sentir-me amb tot allò. Tenia raó en Daniel que estar a prop seu em podia ficar en problemes. El mitjà no havia esbrinat la meva identitat, però era qüestió de temps que algú em reconegués. No volia ser una figura pública ni que s'especulés sobre la meva vida privada. A més, aquella publicació insinuava coses que no eren certes...

—Bah. —La Jen em va treure el mòbil de les mans—. No en facis cas.

Però al cap de poca estona la foto es publicava a altres mitjans i apareixia a diferents perfils de xarxes socials. Tothom es preguntava qui era aquella noia. I jo em preguntava com collons ens havien fet la foto.

—Algú ens estava seguint. Si no, què feien de nit en aquell carrer? —No parava de donar voltes per la sala d'estar de l'apartament de la meva amiga—. Algú ens estava vigilant! —vaig insistir.

—Oh, sorpresa —va comentar la Jen amb ironia—. A veure, què esperaves? —S'estava impacientant—. La família d'en Daniel és una de les més riques i poderoses del continent. És que ni tot el que tenen els meus pares és un cinc per cent del que tenen ells! És que no t'ho ha dit? En Daniel sempre ha tingut guardaespatlles, ha anat a tot arreu acompanyat... I ara que ha fet els divuit anys, els seus pares no el deixarien pas que fes el que volgués! —Es va posar les mans a la cintura—. Mira, no em semblaria gens estrany que les fotos les hagi fet el mateix equip dels Hakim i les hagin publicat perquè us allunyeu l'un de l'altre.

—Però què..?

—Desperta! Aquesta gent no voldrà que el seu fill se'n vagi amb una tia que no té res, sense ofendre —va afanyar-se a dir—. Són el més horrible que hi ha. De petits no volien que jo fos amiga seva perquè segons ells era una mal educada i els meus pares, uns «nou-rics» —va dir posant els ulls en blanc.

Aquella situació m'estava sobrepassant. Era irreal. Això no passava a la meva vida.

—Val, Juls, no passa res, no ens posem dramàtiques —va dir en un to més pausat en veure'm la cara—. Saps què farem? Res. Això mateix. Ens quedarem aquí, ben tranquil·letes, i ja pot enfonsar-se tot allà fora. —Va assenyalar cap a la porta de l'apartament.

Vaig deixar que em guiés fins al sofà i em vaig deixar caure. Va posar una sèrie a la tele i ens vam quedar allà, deixant passar el matí. Vaig escriure a en Daniel, però no li va arribar el missatge. Mentrestant, em va obrir en Pau.

Pau: Els déus macizorros de l'Olimp, en la seva gran saviesa, m'han escoltat i t'han portat directament des del llunyà Orient un noi que està predestinat a satisfer els teus desitjos...

Júlia: Hòstia, Pau! Ja t'assembles a la Jen!

Pau: Perdona... No ho he pogut evitar!
Gairebé caic de cul en veure la foto.
Tela, no?

Júlia: Què?

Pau: Que t'hagis lligat a aquest ric buenorro sense dir-me res.

Júlia: No és el que et penses!
Només som amics.
Ja saps el que ha passat!

Pau: Sé la teva versió, però no la seva.

Júlia: T'asseguro que és la mateixa.

Pau: Segur que només sou amics?

Júlia: Sí.
Ell mateix m'ha dit que no pot pensar a estar amb algú...
Acaba de trencar amb la nòvia.

Pau: Espera, espera... T'agrada?

Júlia: Jo no he dit això.

Pau: Sí que t'agrada!

Júlia: Pau, només vull ser la seva amiga, ja està.
I ell m'ha deixat molt clar que només serem amics.

Pau: Doncs vigila.
Ja saps el que et vaig dir. No et facis mal.
Si tan clar ho té... No et pillis d'ell.

Júlia: No ho faré.

Pau: No vull que et trenquin el cor.

Júlia: No soc tan burra.

Soc la més responsable de tots dos, ja ho saps.

Pau: Et trobo a faltar.

Júlia: I jo a tu.

Pau: Què faràs amb això de la foto?

Júlia: Espero que ningú no descobreixi que soc jo.

Pau: Hauràs de pensar en un altre pla. Acabo de veure la teva descripció a Twitter, sort que no diuen el teu nom.

«Merda», vaig saltar del sofà i li vaig ensenyar a la Lauren el missatge d'un anònim que publicava detalls sobre quina carrera estudiava, horaris del curs i descripció física. Vaig denunciar el missatge, i, per sort, minuts després va desaparèixer.

—Necessito respirar —vaig dir més per a mi mateixa que per a la Jen.

Vaig aixecar-me i em vaig dirigir al passadís. La residència estava buida i hi havia un silenci estrany. Notava com de nou les càmeres seguien els meus passos, i en arribar al torn de seguretat em va saltar un avís d'àudio.

«La seva sortida ha estat denegada. Torni al seu apartament. Gràcies».

El missatge es va repetir tres vegades en idiomes diferents. Estava cabrejada, molt. Moltíssim. Tant que vaig començar a hiperventilar. Vaig tornar a l'apartament de la Jen i vaig tancar la porta amb força darrere meu.

—Què? No has pogut sortir, oi?

—Faig pinta d'estar fora? —vaig contestar, emprenyada.

—Aquesta nit, quan he tornat, jo també he rebut una sanció de vint-i-quatre hores. *He llançat tota la pota* al taulell de recepció —va explicar.

No semblava gaire preocupada per aquell entrebanc.

—Estem ben engabiades —va murmurar tranquil·lament mentre s'acabava les últimes crispetes socarrimades—. No creguis que em ve de nou això, eh?

—Què vols dir? Sabies que ens tancarien aquí?

—No, això no. De fet, pensava que tindria molta més llibertat en aquesta universitat... Però, quan vaig entrar i vaig veure l'ambient, les càmeres, això de posar el dit... em va recordar casa meva. Allà tot és així. Segons els meus pares és «per la seguretat de tots» —va dir en una veu aguda imitant la seva mare—. Doncs mira, puc viure sense tants luxes, eh?, no em cal tot això. Viure amb la preocupació de si en qualsevol moment entrarà algú a robar o, pitjor encara, segrestar-te..., doncs què vols que et digui, no em va.

Les peces van anar encaixant. Algunes de les famílies més poderoses d'Europa i d'altres continents enviaven els fills allà. Segurament ho feien per la bona educació que rebrien. Però i si potser també ho feien per la seguretat?

—Els meus pares sempre han confós la seguretat amb el control. Control total —continuava dient la Jen, més per a ella mateixa que per a mi.

Una residència on acollir aquesta elit jove, poderosa, successora de grans fortunes. Un lloc segur...

Tot allò em començava a causar ansietat. Li havia assegurat a en Daniel que estaria al seu costat, però estava començant a descobrir una realitat que s'escapava del meu control.

—Què faig, Jen? —em vaig queixar, a mitja veu.

Ella es va aixecar en silenci i em va fer una abraçada de les bones. D'aquelles que es fonen amb el teu cos, que queden per sobre teu com una manta càlida i tova, de la qual no vols sortir mai. Vaig sospirar i em vaig deixar abraçar. Era la primera vegada que em sentia realment tranquil·la des que havia arribat a aquell lloc. Els sentiments negatius van anar disminuint, dissolent-se dins del meu cos.

—Millor? —va murmurar.

—Sí, gràcies.

Va apartar-se suaument i em va agafar les mans, mirant-me fixament als ulls.

—Si vols sobreviure en aquest ambient, hauràs d'aprendre a jugar al seu joc. Creu-me, en soc una experta. No deixis que les emocions negatives et guanyin, sigues intel·ligent i busca escletxes. —Ho deia molt seriosament.

Vaig assentir, sense estar completament segura de com trobar aquestes escletxes de les quals parlava.

Però estava a punt de descobrir-ho.

Capítol 8

Dies després vaig comprovar que la gent no s'havia oblidat del tema. La residència s'havia començat a omplir d'estudiants i notava les mirades clavades en mi quan em creuava amb ells. El rumor que «la noia becada s'havia lligat el multimilionari amb nòvia» havia arribat a tot arreu.

—Que parlin, que parlin —deia la Jen—. T'ha d'entrar per un cantó i sortir-te per un altre. Ja els poden donar pel cul a tots —ho reblava en veu alta sense amagar-se.

Mentrestant, en Daniel m'havia demanat disculpes mil vegades i jo intentava semblar forta davant de la situació.

—He parlat amb els meus pares. Insisteixen que ells no hi han tingut res a veure i que necessito més protecció —va comentar una tarda a la gespa del campus—. Creuen que algú m'està seguint per destruir «la meva reputació». —I va fer cometes amb els dits.

—Et posaran una altra vegada aquell guardaespatlles? —La Jen va alçar les celles, visiblement emocionada—. Aquell tio de dos metres, d'ulls blaus, cabells recollits en un monyo...?

—En Kevin? —va endevinar—. Segurament.

La Jen, que estava asseguda, es va deixar caure d'esquena sobre la gespa.

—Per fi una cosa bona dels teus pares controladors! Agrrr!

—va mig grunyir—. Fes que aquest home torni a les nostres vides, si us plau! —va suplicar de manera gairebé còmica a en Daniel.

—En Kevin és el guardaespatlles que vaig tenir durant el batxillerat, abans que fes els divuit anys —va explicar-me—. I l'amor platònic de la Jen.

—Amor, aparició divina, polvo... Digue-li com vulguis —va fer ella.

Vaig riure amb l'escena que estava muntant. Era la primera vegada que estàvem més relaxats des de l'enrenou de la festa. Durant aquells dies havíem evitat parlar-ne. A vegades enxampàvem en Daniel pensatiu, amb la mirada perduda, i sabíem que encara estava de dol amb tot el que havia passat. La Lauren no havia donat senyals de vida i en Conrad havia passat un parell de vegades per l'apartament del seu amic per demanar-li perdó i parlar. En Daniel l'havia perdonat, però encara no estava preparat per fer com si allò no li hagués dolgut.

—He quedat amb ells aquesta tarda. Amb els meus pares, després de l'entrenament —ens va anunciar amb cansament a la veu—. Vull que em diguin personalment de què ha anat tot això de la Lauren. Fins a quin punt sabien que només estava amb mi per interès.

—Espero que no en sabessin res —vaig dir jo—. Vull dir, que els agradés la idea que estiguéssiu junts i que de passada allò unís les vostres famílies i negocis... Però que es pensessin que la Lauren t'estimava... —Volia pensar que els seus pares no havien estat tan cabrons per fer-li allò al seu únic fill.

—Ja ens ho explicaràs tot després. —La Jen li va fer una abraçada d'ànim quan tots dos ens dirigíem cap a la piscina.

Havíem quedat a les sis amb l'entrenador i només faltaven cinc minuts. Vaig intentar que no pensés en el tema dels pares fent una carrera fins a la porta de la piscina. Ell anava davant meu, girant-se de tant en tant sense deixar de córrer i rient. A l'últim moment vaig agafar-lo per la vora de la samarreta, impulsant-me cap a la porta, però ell va aconseguir girar el meu cos, i es va quedar d'esquena contra la porta de la piscina i jo contra ell. El cor em va començar a bategar més fort. «Ets estúpida o què et passa?», vaig dir-me, intentant que les pulsacions em baixessin i evitant pensar en les persones que podrien haver-nos vist creuant com bojos el tros fins allà.

—No sempre pots guanyar tu, Juls —va dir burleta, amb la respiració entretallada i els llavis mig oberts.

Vaig quedar-me un moment així, intentant respondre alguna cosa, fins que vaig fer un pas enrere, vaig posar distància entre tots dos i vaig negar amb el cap, reprimint un somriure.

Vam entrar a les instal·lacions i l'entrenador ens va saludar amb molta energia.

—Som-hi, equip! —va cridar excessivament—. Esteu a tope d'energia? No podeu afluixar el ritme, eh? Us vull aquí a dalt! —Va alçar la mà per sobre del seu cap—. Ment positiva! Ment alerta!

—Val. —Estava a punt d'esclatar a riure.

—Va, a canviar-vos i a l'aigua, cracs!

El seu entusiasme era contagiós, em sentia més a gust i positiva. En sortir del vestidor de les noies, vaig veure com en Daniel sortia del dels nois. Caminava distret mentre s'ajustava les ulleres de natació i mirava el mòbil, segurament per acabar de quedar amb els seus pares. Aquells segons en què ell estava ocupat em van servir per observar-lo tranquil·lament, sense que em veiés. El color morè de la seva pell contrastava amb el to pàl·lid del terra i les parets del centre de natació. Estava segura que en Daniel no era conscient de com d'atractiu era. Era massa guapo per no mirar-lo. I adorable. I bon amic. Un bon amic. AMIC.

—Llesta, sireneta? —va interrompre els meus pensaments en arribar al meu costat.

—Ja no soc senyoreta, senyoret?

Vaig començar a fer estiraments.

—Quan et llances a l'aigua deixes de tenir cames —va somriure—. Però crec que més que sireneta, ets un tauró.

—T'ho asseguro —vaig dir orgullosa.

Vaig intentar fer un entrenament amb unes bones marques, centrant-me en cada moviment i respiració, i intentant oblidar que tenia en Daniel al carril del costat. Quan quedaven només cinc minuts per acabar, l'entrenador va fer un senyal a en Daniel perquè s'hi apropés. Li va dir alguna cosa i va sortir de l'aigua, impulsant-se amb les mans a la vora de la piscina. Es va girar cap a mi i el vaig veure molt seriós. Després va girar-se cap a una de les cantonades de la piscina. Allà hi havia un home alt, espigat, amb la pell semblant a la d'en Daniel, potser un pèl més fosca, i molt ben vestit. De seguida vaig ser conscient que era el seu pare. La mirada de l'home es va trobar amb la meva i vaig apartar la vista ràpidament. Vaig acabar l'última piscina que em quedava, i en arribar al final, en Daniel i el seu pare ja no hi eren.

En tornar a l'apartament li vaig escriure.

Júlia: Com ha anat amb els teus pares?

Daniel: Ha estat estrany. No sé si creure el que em diuen.

Júlia: Què diuen?

Daniel: Que és clar que volien que la Lauren estigués amb mi, però que no la van obligar a res.

Júlia: Ja.

Daniel: I que es pensaven que ara estàvem bé.

Volen que torni amb ella, que la perdoni.

Júlia: I t'han preguntat a tu o a ella què és el que voleu?

Daniel: No. Però no ho fan mai.

No ho sé. Els he notat més distants. Més que de costum.

I també m'han preguntat per tu.

Júlia: Per mi?

Daniel: Tranquil·la. Els he dit que tot el que s'ha publicat eren mentides i que només som amics.

Júlia: I què t'han dit?

Daniel: Res. Crec que a la meva mare no li ha fet gràcia.

Júlia: Crec que no vull conèixer els teus pares.

Daniel: És millor.

No sé si la Jen t'ha explicat la seva experiència amb ells. Hahaha. Pobreta.

Júlia: Sí, una mica.

Són així amb totes les noies que s'apropen a tu?

Daniel: Ho dius com si fos un imant!

Júlia: Segur que tens moltes noies que et van al darrere.

Daniel: Per què ho dius?

Júlia: Home... Ets simpàtic, llest, guapo...

Daniel: Consideres que soc guapo?

Júlia: Objectivament.

Daniel: Ah.

Júlia: Bueno, vull dir, que no ets lleig.

Daniel: Haha. T'estava prenent el pèl.

Júlia: Daniel!

Daniel: Tornant a això. Sí, tinc noies que em van al darrere i gran part estan influenciades directament pels meus pares.

Júlia: Què?

Daniel: Abans que comencés a sortir amb la Lauren, no paraven de convidar a casa amics seus per presentar-me les seves filles.

Júlia: Quin horror.

Daniel: Ho sento més per elles.

Júlia: Ja... I no en vas voler conèixer cap?

Daniel: No és trist pensar que has de conèixer algú especial com si estiguessis anant a comprar? Com si escollissis entre peres i pomes?

Júlia: Doncs sí, em sembla penós.

Daniel: Per això no els vaig voler seguir el joc.
Tot i que al final vaig acabar sortint amb la Lauren...
Potser sí que es van sortir amb la seva.

Júlia: Però vas escollir tu, i ella. No ells. Això és el que és important.

Daniel: Sí... Tot i que ella ho fes amb unes intencions diferents de les que jo pensava...
En fi, no vull ratllar-te amb el tema.
Què fas demà després de la inauguració del curs?

Júlia: Res. La Jen té la tarda ocupada amb el directe per a una marca.

Daniel: Vols que sortim a fer una volta per Barcelona?

Júlia: Sí.

Daniel: Tot i que potser haurem de despistar una estona el guardaespatlles que els meus pares m'han obligat a tenir...

Júlia: En Kevin?

DANIEL: El mateix.

És tard. Descansa. Demà és el primer dia de classes.

JÚLIA: Sí... Però abans de desconnectar vull dir-te una veritat. Em sento afortunada per haver-te conegut.

DANIEL: Més aviat jo m'he de sentir afortunat perquè tu hagis acceptat coneixe'm.

Què acabava de fer? De veritat li havia dit allò? En què estava pensant? Tenia el cap ple de senyals d'alerta. Ell m'havia deixat molt clar que no volia pillar-se de mi, que no era el moment, que no podria sortir amb mi... I, d'altra banda, en Pau no parava de dir-me que vigilés, que podia acabar amb el cor trencat...

Vaig ficar-me al llit, donant-li voltes a la situació, fins que en algun moment em vaig adormir.

L'endemà al matí vaig afanyar-me per anar cap a l'aula on se suposava que ens donaven la benvinguda als nous estudiants. Volia agafar un bon seient entre les primeres files per no perdre'm res, però quan vaig passar per davant de l'apartament de la Jen, ella encara s'estava dutxant.

—Ves! Arribo en no res! —va cridar des de sota l'aigua.

La sala era un auditori que feia baixada, amb molts seients nous per estrenar i un escenari enorme. Vaig reconèixer a l'instant la dona que s'esperava de peu a la tarima. Era la rectora de la universitat. Vaig ser una de les primeres a entrar, i de seguida vaig notar com la gent em mirava. Eren imaginacions meves, o la rectora també m'observava de reüll?

Júlia: Ja soc a l'auditori.

Daniel: Mmm. No crec que arribi a temps.

Júlia: Per què?

Daniel: Estic preparant una cosa. Després ho veuràs.

Júlia: Què?

Daniel: És una sorpresa.

Júlia: No et deus estar ficant en un embolic?

Daniel: Jo? Hahaha. Per què ho dius?

Júlia: Res. Que no em diguis què és em fa sospitar...

Daniel: Hauràs de confiar en mi.

Júlia: No em queda cap altra opció.

Daniel: T'agradarà.

Júlia: Com ho saps?

Daniel: Ets una noia rebel, no?

Júlia: Mmm.

Daniel: Hahaha. No em diguis que ara et tiraràs enrere.
No m'ho facis això.
Serà divertit.

Júlia: Per què tinc la sensació que ens ficarem en problemes?

Daniel: No passarà res. T'ho prometo.

Vaig aixecar els ulls del mòbil. Em posava nerviosa no saber què estava tramant en Daniel. A més, no m'estava ajudant gens notar com la gent xiuxiuejava amb els altres en veure'm. Necessitava que arribés la Jen.

—EH, JULS! JULS! JÚLIA! EH!

Tothom es va girar per veure qui cridava. Amb allò, els pocs que encara no s'havien adonat de qui era jo segur que ho van fer.

—TIA, AGAFA'M LLOC!

Desenes de mirades van fer el recorregut des de la meva amiga cap a mi.

—Què passa? —va dir més calmada quan va arribar al meu costat.

—Ens està mirant tothom. —Vaig girar-me d'esquena a la gent.

—Millor. No hem vingut per passar desapercebudes —va comentar molt convençuda mentre es col·locava amb l'esquena recta al seient i treia pit.

Estant al meu costat era evident que el seu cos era com tres vegades el meu, en tots els sentits. El triple de voluptuosa, de sensual i d'orgullosa del seu cos. S'estava encarregant prou bé de no passar desapercebuda. Duia un vestit negre que no encaixava gaire, per ser les nou del matí, amb el fred que feia amb l'aire condicionat. Anava molt maquillada. Estava gairebé segura que havia necessitat un tutorial per fer-se tot allò. Semblava que s'hagués presentat a l'entrega d'uns premis de música pop o a la inauguració d'una discoteca. Tot plegat contrastava amb el conjunt senzill que jo havia escollit, de samarreta negra i texans. Em va agafar la mà.

—Estàs preparada?

—Per a què?

—Per viure l'any de les nostres vides.

Com li agradaven el drama i l'espectacle! A mi ja em semblava bé deixar-me emportar una mica per la seva bogeria, encara que no podia evitar continuar sent més prudent. No podia perdre de vista la beca.

—Mentre no ens fiquem en gaires problemes, em sembla bé. —Vaig riure, agafant-la pel braç.

—Res d'embolics. Només embolics dels bons, ja saps, amb un tio o una tia que estigui...

—Jen! —la vaig tallar. Els de darrere tenien l'orella posada en la nostra conversa.

Va fer un gest fent veure que callava mentre escanejava amb la mirada tot l'auditori. Encara seguien arribant persones. Molts dels estudiants tenien pinta de ser estrangers. La meva amiga va identificar alguns que coneixia de vista i va parlar-me d'ells.

—Aquella és de Madrid, la seva família és de la banca. Aquell és imbècil, no sé com vaig liar-me amb ell... Aquell d'allà és fill d'un dels millors amics d'Elon Musk. Està boníssim, però crec que nosaltres no li interessem, és gai. Aquella és d'una família de russos que dominen Marbella; no em preguntis a què es dediquen. Ah, el que acaba d'entrar és el fill d'aquell que va ser al Barça. —Els reconeixia gairebé a tots, i es quedava amb les cares d'aquells que no li sonaven de res.

En Conrad va aparèixer sol. Ens va mirar amb expressió de culpabilitat i va esperar una resposta per part nostra. No ens havíem vist des de la festa. La Jen va deixar anar un sospir de resignació i li va fer senyals perquè vingués fins on érem.

—Hola, noies... —va dir tímidament en arribar.

—Mira que ets burro. —La Jen es va acomodar més al seu seient—. De totes les burrades que t'he vist fer, aquesta ha estat la més grossa.

—Però ens hem deslliurat de la Lauren, no? —va intentar en un to innocent—. És el que li vaig dir a en Daniel, ha estat el millor...

—Calla. —La Jen li va plantar una mà davant la cara—. Calla perquè m'estàs emprenyant.

No vam tenir més temps per xerrar perquè va començar la sessió. La rectora va estar durant gairebé una hora donant-nos la benvinguda i explicant-nos el funcionament de la universitat.

—Tenim el privilegi de dir que som una de les universitats amb més exalumnes de gran èxit a escala mundial. D'aquí sortireu sent grans líders del futur. Teniu el poder de fer grans coses, de transformar la societat i el planeta. Aprofiteu amb saviesa els pròxims anys a la Universitat Internacional Empresarial de Barcelona.

Em sentia una mica fora de lloc. Líders del futur? Transformar el món?

—A aquest pas passaran quatre anys i encara estarem esperant que acabi el discurs —es va queixar la Jen en veu baixa.

Vaig mirar dissimuladament el mòbil i vaig comprovar que tenia missatges d'en Pau i la Laia. S'havien fet una *selfie* al sofà de casa la Laia i m'enviaven ànims per al primer dia oficial d'universitat.

—Qui són? —La Jen mirava la pantalla.

—Amics.

—Sembla que s'ho passen bé. Aquests serem nosaltres l'any que ve quan puguem sortir d'aquesta residència i llogar un piset. —Em va picar l'ullet.

—No em deixeu en aquesta presó. —En Conrad va intentar ficar-se en la conversa, en un intent per integrar-se—. Me n'aniré amb vosaltres.

La Jen li va fer una ganyota, però somrient al final, fent-li entendre que seguia emprenyada amb el que havia passat, però que no li duraria per sempre.

Quan la rectora va acabar el discurs, vam sortir al passadís.

Allà vaig comprovar que, efectivament, molts dels nous alumnes es coneixien entre ells. Jo anava darrere de la Jen, sense dir res i intentant passar desapercebuda. Mentrestant, ella anava d'un cantó a l'altre parlant amb els que coneixia i presentant-se a d'altres.

—Aquesta és la meva amiga, la Júlia. També és a la residència —afegia agafant-me del braç.

Molts d'ells eren estrangers i parlaven en anglès. D'altres en català o castellà. No havia vist mai un ambient tan internacional des que vaig anar un estiu tres dies a Mallorca. I això que estava acostumada a veure estrangers al restaurant.

—Carol, guapa! —La Jen va abraçar-se a una noia—. L'última vegada que vaig veure el teu germà no em va comentar que vindries a aquesta uni!

—Ja saps com és —va comentar l'altra, sense donar-hi importància—. Quan el vas veure? Vau quedar?

—No, no. Me'l vaig trobar per casualitat fa unes setmanes a Calella. Crec que va pujar amb uns amics. No ho sé, no vam parlar gaire. —Va somriure dolçament.

Quan es va girar cap a mi va alçar les celles i va ampliar el somriure. «A Calella? El noi amb qui estava al restaurant!», vaig pensar.

Volia demanar-li més detalls sobre aquest noi quan en girar-me em vaig topar de morros amb la Lauren. Duia talons, i em mirava des d'un pam per sobre meu. Somreia d'una manera dolça que no transmetien els seus ulls. Es va fer un silenci al voltant nostre.

—Podem parlar un moment?

No vaig contestar, pensava que l'hi deia a la Jen.

—És amb tu —va aclarir.

—Ah. —No em venia de gust parlar amb ella, però la curiositat em matava—. Sí.

La vaig seguir uns metres més enllà per no quedar-nos al mig del passadís i per allunyar-nos dels que ja estaven parant l'orella per saber què passava.

—Què tens amb en Daniel? —em va preguntar directament, sense perdre aquell somriure encantador que em començava a causar mal rotllo.

—Amb en Daniel? Què vols dir? —Necessitava guanyar temps per pensar la resposta.

—Vaig veure com sortíeu de la festa agafats de la mà. —Parlava amb tranquil·litat i amabilitat, com si tota aquella situació no fos incòmoda. Bé, era possible que per a ella no ho fos, però jo començava a tenir uns nervis horrorosos que em pujaven des de la boca de l'estómac.

—Ja, i?

«Merda Juls, pensa, pensa». Se m'estava acabant el temps.

—I? No he vist en Daniel agafar la mà de cap noia. A part de la meva —va dir, alçant una cella, com si intentés guanyarme una partida d'alguna cosa que s'estava gestant entre totes dues.

—Val. —Vaig fer una pausa, considerant les meves paraules i notant com se m'accelerava el cor—. I què vols que et digui? Ja no estàs amb ell, oi?

Va plegar-se de braços, va fer una ullada al voltant per assegurar-se que no hi havia ningú gaire a prop i va passar a un to més fred.

—Ara no estem junts, però això canviarà —va afirmar amb molta seguretat—. Així que aquesta fantasia que t'estàs creant al cap val més que l'oblidis. Ho dic pel teu bé, de veritat.

—Em va mirar de dalt a baix, amb una certa llàstima—. No val la pena que et trenqui el cor.

—Com tu li has trencat a ell? —vaig atacar.

Volia jugar? Doncs jugaríem. Tenia traça en les competicions.

—Ja li passarà. —Els seus llavis gruixuts es van contraure en prémer-los tant. Ja no li feia gràcia—. En Daniel sembla valent, però en realitat és molt innocent... Aviat s'adonarà que ell i jo hauríem d'estar junts, pel nostre bé. —Va encongir-se d'espatlles—. Així que no intentis ficar-te pel mig.

—Però si a tu no t'importa estar amb ell! —vaig mig cridar—. L'altra nit no pensaves en ell mentre et liaves amb en Conrad.

Ens vam quedar en silenci, mirant-nos.

—En Daniel i jo tornarem a estar junts —va repetir—. Ens casarem i unirem les nostres famílies. I si després vol veure't d'amagat, tant me fa. Però no espatllaràs els nostres plans —va assenyalar-me, abaixant la veu.

—Estàs sonada. Tu i les vostres famílies no esteu bé del cap. —Vaig fer una passa enrere—. Esteu jugant amb la seva vida.

—No entens res —va acabar dient amb un sospir de resignació—. Guapa, t'ho dic de veritat. Aquest joc no està fet per a tu. No saps de què va. És evident que ets aquí per casualitat. —Va obrir els braços i va mirar al voltant—. Ets aquí becada. Aquesta il·lusió d'estar entre nosaltres no durarà gaire. Què passarà quan hagis de tornar a casa? Creus que tota aquesta gent, que en Daniel, es recordarà de tu?

Allò em va escalfar. Qui era ella per jutjar la meva vida? Com s'atrevia a dir totes aquelles coses?

—En Daniel i jo estem sortint. Així que ja pots treure't tu

aquestes fantasies que tens al cap —vaig mentir amb tota la seguretat del món. Crec que m'haurien d'haver donat un Oscar per aquella actuació. O un premi Butaca, com a mínim.

Ella va fer un riure amarg i va apartar la mirada de mi, com si m'hagués convertit en el seu pitjor malson.

—El que faltava... —va remugar mentre tornava a posar el seu somriure encantador i clavava els ulls en algú que tenia al darrere.

Vaig girar-me, esperant trobar-me la Jen, però em vaig topar amb uns ulls foscos que venien cap a nosaltres. En Daniel feia cara d'amoïnat en veure que estàvem totes dues juntes.

—Què passa? —Va aturar-se dues passes abans d'arribar a nosaltres, fent entendre a la Lauren que no volia apropar-s'hi.

—Res. —Vaig donar l'esquena a la noia rossa—. Anem?

Vaig arribar al seu costat, el vaig agafar pel colze i me'l vaig emportar d'allà. Notava les mirades dels altres clavades en nosaltres. Vam passar per davant de la Jen i en Conrad i jo vaig moure els llavis per fer-li entendre que després li explicaria el que havia passat.

Em notava el cor a la gola. No m'atrevia a girar-me per mirar quina cara feia la Lauren, però tampoc tenia prou valor per girar-me cap en Daniel. No estava segura d'on anar per quedar al marge de mirades indiscretes, així que el vaig conduir fins a la piscina, on en aquella hora no hi havia ningú.

—Què ha passat? —va preguntar-me suaument, en un to més de preocupació que una altra cosa—. Estàs bé?

Vaig agafar aire. La Lauren i jo ens havíem dit moltes coses amb poques paraules.

—Bàsicament m'ha exigit que m'allunyi de tu —vaig resumir—. Creu que tornareu a estar junts.

—Què? —Va deixar lliscar l'esquena per la paret, fins a seure a terra, i va amagar la cara entre les mans—. No pararan. Ella i els meus pares no pararan. Són tots uns mentiders. Volen que tot surti com havien planejat, i no pararan —va repetir.

No acabava d'entendre com tot plegat podia ser tan complicat. Ell ja no volia estar amb la Lauren. Per què insistien? I ella, no en tenia prou? De veritat volia viure en una mentida constant només per les aparences? Per fer veure que eren la parella més poderosa d'Europa?

—Aquesta idea que li han ficat al cap de la unió de les dues famílies és absurda. —Va agafar aire, cansat.

—Doncs et semblarà encara més absurd el que li he dit perquè et deixés en pau —vaig temptejar el terreny.

Encara no sabia si havia estat una bona idea dir-li allò a la Lauren. I si tot s'embolicava més?

—Què li has dit?

—Una mentida —vaig començar—. Ja sé que potser no ha estat el millor, però no sabia què dir-li perquè et deixés. —Vaig agafar aire—. Li he dit que es tregui del cap tornar amb tu perquè tu i jo estem junts.

Vaig aguantar la respiració, esperant-ne la reacció. Per un moment es va quedar assimilant el que havia dit. Jo ja pensava que l'havia cagat, quan va començar a riure. M'hi vaig afegir.

—En realitat, no és un mal pla. Potser si ella i la meva família pensen que estem sortint junts, deixaran de perseguir-me. —El seu to de veu va posar-se més seriós—. Però només ho farem veure. No estic preparat per estar amb ningú amb el que m'acaba de passar amb la Lauren —va voler deixar clar.

Notava com se'm posaven les galtes vermelles.

—És clar! —vaig dir en un to massa alt—. Em referia a això, que ho féssim veure. Només som amics.

—Val, només amics —va repetir ell, com tancant les portes a cap altra possibilitat—. No m'agradaria que esperessis alguna cosa més i patissis per culpa meva.

—Què t'has pensat? —Vaig fer un riure irònic i em vaig plegar de braços—. Que cauré enamorada als teus peus o alguna cosa semblant?

—Sé que és difícil resistir-se a mi... —va dir bromejant, aixecant-se i picant-me l'ullet.

—Em sembla que t'ho tens molt cregut. —Li vaig clavar una empenta que no el va moure del lloc i vaig fer mitja volta per sortir d'allà.

—Eh! —Va venir corrents darrere meu—. Si hem de fer veure davant de la Lauren i els meus pares que estem junts, potser t'agradarà el pla que tinc per a aquesta tarda.

Em vaig girar amb interès.

—Què estàs tramant?

—Ja ho veuràs —va fer amb un somriure trapella que va desestabilitzar el meu punt de gravetat.

Vaig intentar amagar totes aquelles sensacions en un racó minúscul del cervell i vam anar cap a la nostra primera classe. En arribar, vam haver d'esperar un parell de minuts a fora perquè obrissin l'aula, i mentrestant va arribar la Lauren, que va clavar la mirada en en Daniel, disposada a parlar amb ell.

—Ja hi torna una altra vegada... —vaig murmurar jo perquè només em sentís ell.

Per resposta, en Daniel va rodejar-me amb els braços i va fer-me un petó entre els cabells. Vaig notar un petit tremolor a la punta dels dits, i, per un moment, no vaig estar segura de poder seguir el pla que jo mateixa havia ideat.

L'estratègia va funcionar perquè la Lauren va aturar-se a mig camí, fent cara de pomes agres. Després va baixar la vista de nou cap al mòbil i va començar a moure els dits per escriure amb ànsia.

Quan vam entrar a l'aula, la Jen em va agafar pel canell i em va fer seure al seu costat.

—Què ha estat això? —Va assenyalar amb el cap en Daniel, que s'havia assegut una fila més endavant per no molestar-nos.

—El què?

—Això. Tu. Ell. Què collons ha estat això?

Vaig fer un sospir i li vaig indicar que mirés el mòbil. Mentre el professor es presentava i començava la classe, vaig explicar-li el que en Daniel i jo havíem planejat. Bé, el que jo havia planejat. Quan vaig haver acabat, em va mirar i va pronunciar amb els llavis: «Esteu sonats», i va fer un gran somriure, aprovant aquella bogeria.

Vaig dedicar les hores següents a estar tan concentrada com fos possible en les explicacions del professor, allunyant tots els pensaments que em distreien.

Encara no havia tingut temps de deixar el portàtil a l'apartament quan en Daniel em va enviar un missatge.

Daniel: La Lauren ja li ha dit als meus pares que ens ha vist junts.

Júlia: Com ho saps?

Daniel: M'ha trucat la meva mare i s'ha posat a cridar.
Encara no entén que no penso tornar amb la Lauren.

Júlia: Sento molt dir-ho perquè són els teus pares, però no estan gaire bé del cap...

Daniel: Li he penjat el telèfon. No la vull sentir.
Uff... M'estic estressant.
Quedem d'aquí a una hora a l'entrada de la residència?

Vaig fer-me un plat de pasta i vaig dinar mentre enviava missatges als meus amics i els posava al dia. Poc després va aparèixer la Jen, vestida ja per al directe que faria al cap de poca estona. El model d'aquell dia era una col·laboració amb una marca de moda molt coneguda que li havia regalat una samarreta de màniga llarga en un to gris transparent que se li adheria a la pell com si fos un tatuatge. Segurament si m'ho hagués posat jo hauria estat ridícula, però a ella li quedava espectacular; li potenciava totes les corbes.

—Bé? —Va fer una desfilada per la sala.

—Estàs genial. Creus que hauria de canviar-me? —Vaig abaixar els ulls cap el meu top blanc i els texans foscos.

—Et sents bé així?

—A mi m'agrada.

—Doncs ja tens la resposta —va fer—. Estàs guapa sempre, Juls. L'important és que vagis com a tu t'agradi. I a en Daniel li agradaràs amb aquesta roba o sense res. Segurament millor sense res —va bromejar.

Vaig posar els ulls en blanc perquè sabia que aquella era una batalla perduda.

Poc després era al passadís dirigint-me a la recepció. Ja hi arribava quan vaig distingir la silueta d'en Daniel, amb una mà a la butxaca dels pantalons i l'altra remenant-se els cabells amb nerviosisme. Al costat hi havia la Lauren, amb els braços plegats i amb aspecte d'estar emprenyada.

—Què no ho veus? Et destrossarà la vida! Amb mi tindràs seguretat, què més vols? Si els teus pares... —va tallar el discurs quan em va veure aparèixer.

—Què passa? —vaig preguntar, col·locant-me al costat d'en Daniel.

—Res —va afanyar-se a respondre ella—. Mira, Júlia, sembles bona noia i, de veritat, no tinc res contra tu. Però això que teniu —va assenyalar-nos—, sigui el que sigui, no és real. No tens ni idea de com és el nostre món.

—No em cal saber-ho, ni vull —em vaig defensar—. I no tens cap dret a dir què és real i què no després de com vas enganyar en Daniel.

Va deixar anar una rialla ofegada, incrèdula amb el que escoltava. Va plegar-se més de braços.

—No ho entens, Lauren... —va dir ell, cansat.

—Què vols que entengui? Que et sents sol i has trobat un passatemps que d'aquí a poques setmanes ja hauràs oblidat? Madura, Daniel. Fes-nos un favor a tots dos. No m'importa que estiguis amb ella d'amagat mentre que això nostre sigui oficial. De fet, ho prefereixo així.

No donava crèdit al que deia aquella noia.

—No vull estar amb tu, Lauren. No puc estar amb tu, encara que sigui sobre el paper. Encara que només sigui per dissimular davant de tothom. No és el que jo vull. —Va buscar la meva mà i la va agafar amb força—. I sé que tu tampoc no ho vols.

—Això no acabarà bé —va sentenciar entre dents abans de fer mitja volta i anar-se'n.

Gairebé podia sentir els batecs del cor d'en Daniel al palmell de la mà.

—Sortim d'aquí —va dir.

Vam passar el torn de seguretat. A l'entrada ens esperava el seu guardaespatlles, un home alt, fort i que feia pinta de fer *crossfit* tot el dia.

—No agafarem el cotxe, Kevin —li va dir en Daniel—. Ens segueixes?

No entenia el que estava passant. Si no anàvem amb cotxe, com baixaríem fins al centre de Barcelona? Quedava molt lluny. Abans de tenir temps a preguntar-l'hi, va posar-se al costat d'una de les motos que hi havia al pàrquing privat de la residència i em va allargar un casc.

—Preparada? —va animar-me mentre es posava el casc.

Vaig quedar-me un segon dubtant. Dies abans en Daniel m'havia espantat per com havia conduït aquell cotxe, i no estava segura de voler repetir-ho en una moto amb mi de paquet.

—Tranquil·la, no aniré ràpid —em va endevinar el pensament.

Vaig accedir, em vaig posar el casc i vaig seure darrere seu, rodejant-li la cintura amb els braços.

—Preparada?

Vaig assentir, sense estar segura de si era una bona idea, però amb ganes de fer-ho.

Va arrancar el motor i vam començar a circular amb suavitat. El cotxe del guardaespatlles ens seguia a només uns metres. Vam anar baixant de la part alta de la ciutat per endinsar-nos a les arteries que l'envoltaven i començar a creuar carrers per on no havia passat mai. En Daniel no parava de mirar el retrovisor per controlar el vehicle que ens seguia a pocs metres.

Teníem davant un semàfor que estava a punt de canviar d'ambre a vermell quan en Daniel em va cridar:

—Agafa't!

Vaig reaccionar just a temps per arrambar el cos contra la seva esquena i notar que accelerava. Vaig tancar els ulls, espantada i sense voler saber què passava al voltant. Quan pocs segons després els vaig tornar a obrir, em vaig adonar que el cotxe del guardaespatlles s'havia quedat atrapat entre els vehicles que esperaven que el semàfor es posés en verd. Quan ell pogués passar, nosaltres ja estaríem uns quants carrers més avall.

Vam aparcar en un carrer estret poc transitat.

—Ho sento —va disculpar-se amb un somriure gamberro mentre m'ajudava a baixar de la moto.

—Ets idiota —vaig queixar-me sense poder evitar un somriure.

—No ha passat res. —Va riure—. Teníem via lliure. No ho hauria fet si hagués vist que podia posar-te en perill.

—Ja.

—A més, pensava que eres una gamberra. Aquestes coses van amb tu, oi? —va picar-me.

Vaig esbufegar i li vaig tornar el casc. Vam començar a caminar sense un rumb fix fins que vam acabar en una antiga gelateria del centre de Barcelona.

—Quin és el teu gelat preferit?

—Mmm... Ja sé que és una combinació una mica estranya, però llimona amb xocolata —vaig dir.

—Doncs m'agafaré aquest —va decidir, picant-me l'ullet.

Ja podia estar el gelat ben fred.

Vam seure al final de tot, en una taula petita que quedava

en un racó. Vam estar fent bromes, explicant-nos coses, viatges que volíem fer...

—M'encantaria anar a Londres, no hi he estat mai. —Em vaig ficar un bon tros de gelat a la boca. Em feia una mica de vergonya confessar-li allò, quan segurament ell havia recorregut mig món.

—Podries venir amb mi la pròxima vegada que hi vagi —va dir, com si res—. Podríem fer una ruta.

Per què tot allò semblava una cita? Havíem quedat que només ho faríem veure. Només érem amics, i només seríem amics, però cada vegada se'm feia més difícil recordar que hi havia aquella línia que no havíem de creuar. Em vaig quedar un moment absorta mirant-lo mentre menjava aquell gelat. La llengua recorrent-li els llavis freds per atrapar el gelat de llimona que s'havia quedat sobre la pell, la mandíbula tensant-se...

—Tinc res? —Va clavar els ulls en els meus, i vaig tenir por que s'enfonsés en mi i pogués llegir-me els pensaments.

—No, però... —Vaig aixecar-me una mica, com intentant arribar a ell, i de sobte vaig agafar el gelat que s'estava menjant i li vaig plantar a la cara—. Ara sí!

Vaig esclatar a riure i ell no va poder evitar unir-s'hi també mentre es treia gelat de la cara i me l'estampava a la meva. Jo intentava que les seves mans no arribessin a mi, però era impossible. Al final vam acabar tots dos amb les cares empastifades.

—Estàs ple de llimona i xocolata —vaig aconseguir dir entre rialles, amb una mà a l'estómac de tant de mal que em feia de riure.

—Ah, mira, no és la teva combinació preferida? —va fer

ell, mentre es netejava el que quedava amb uns tovallons de paper.

El vaig mirar. Havia volgut dir alguna cosa més amb allò o m'ho estava imaginant?

—Ho prefereixo fred i en una terrina amb cullereta, si us plau —vaig dissimular.

Va fer que no amb el cap i es va apartar els cabells. Ho hauria donat tot per saber què estava pensant.

Abans de marxar vaig proposar-li de fer-nos una foto. Ens vam fer una *selfie* a l'entrada de la gelateria. Ell va agafar el mòbil, ja que tenia els braços més llargs, i em va rodejar amb l'altre braç la cintura per ajuntar més els nostres cossos i sortir bé a la foto. Ens en vam fer una mirant a càmera. Ja pensava que no ens en faríem més quan va deixar anar un comentari que em va fer riure, i en aquell instant em va plantar un petó a la galta. La foto va sortir moguda, borrosa i perfecta. Aquells érem en Daniel i jo aquella tarda, despreocupats, divertits. Dos amics que s'estaven fent inseparables.

Fosquejava i vam decidir fer el camí de tornada seguint el mateix recorregut que abans. Vam continuar fent bromes, despreocupats de tot. Tant de bo tots els instants de la vida fossin així, en què rius i corres pels carrers de la ciutat, amb la posta de sol a l'esquena i un munt de somnis per complir. Innocents, lliures.

El guardaespatlles ens esperava amb el cotxe al costat d'on havíem aparcat la moto. Feia cara d'estar molt emprenyat. En Daniel es va avançar per parlar-hi. Vaig sentir com intercanviaven unes paraules i en Daniel acabava remugant alguna cosa en àrab, la llengua del seu pare. Al final, va venir cap a mi amb les celles frunzides.

—Ha trucat als meus pares i els ha dit que ens havíem escapat. —Va pujar a la moto—. Ara segur que es posaran més pesats —va esbufegar.

Vam tornar a la residència amb el cotxe del guardaespatlles darrere nostre. Es va fer fosc mentre recorríem la ciutat i les llums van començar a donar un toc diferent als carrers. No volia que aquell viatge acabés tan aviat. Volia que s'allargués, però no vam trigar a arribar al campus universitari. Vaig baixar de la moto i em va agafar el casc.

—Avui m'he divertit —va dir en un to més tímid del que em tenia acostumada—. Feia temps que no reia tant.

—Crec que estic guanyant tots els punts perquè em comencis a considerar la teva millor amiga —em vaig obligar a dir per tocar de peus a terra. Amiga. Una bona amiga. Amics. Això era el que érem.

Va deixar anar una rialla.

—Bona nit, Juls. —Vam fer-nos una abraçada que va durar menys del que hauria volgut. Quan es va separar va evitar el contacte visual.

No entenia gaire bé què havia estat allò. El vaig veure anar-se'n, amb pas decidit però pesant, amb una mà a la butxaca dels pantalons, el cap mirant a terra i l'altra mà al clatell, com si intentés deslliurar-se d'alguna cosa que l'angoixava.

Vaig anar directament al meu apartament, vaig seure al sofà i vaig trucar a en Pau per saber què era d'ell i posar-nos al dia de tot el que passava. El meu amic començava a recuperar-se del seu cor trencat i seguia de ben de prop tot el que vivia jo. En penjar, vaig estar una estona a les xarxes socials, entretenint-me amb alguns dels últims vídeos de la Jen i les publicacions dels meus antics companys d'institut. Estava fent això quan em va arribar la notificació que m'havien enviat una foto. I allà estàvem, tots dos, jo mirant a càmera, rient, mentre ell em feia un petó a la galta i es veia la gelateria de fons. Tot i que la foto era borrosa, em va semblar que era una de les millors que m'havien fet mai. La vaig mirar durant una estona i la vaig guardar, amb un somriure que vaig agrair que no veiés ningú. Poc després em va obrir.

Daniel: Tu tampoc pots dormir?

Júlia: No.

Daniel: Ha estat intens, el dia d'avui.

Júlia: Sí. Ho hem de repetir.

Daniel: Sí.

Júlia: Menys les discussions amb la Lauren.

Daniel: I les dels meus pares.

Júlia: Creus que s'han enfadat molt quan han sabut que ens hem escapat amb la moto?

Daniel: Segur. Tinc tres trucades perdudes del meu pare i missatges de la meva mare. Li he escrit dient que em deixin tranquil.

Júlia: Mare meva...

Daniel: A sobre la meva mare m'ha preguntat si estic fent tot això per tu.

Júlia: Per mi?

Daniel: Diu que ets una mala influència.

Júlia: Què?! A sobre! Però si jo no he fet res!

Daniel: Ja l'hi he dit.

I m'ha demanat que m'allunyi de tu.

Júlia: No hi toca.

Daniel: Estic tan cansat que vulguin controlar la meva vida...

Júlia: Jo crec que en algun moment ho hauran d'entendre. Ja tens divuit anys. No poden seguir així.

T'han de donar més llibertat, encara que els faci por.

Daniel: Segur que els teus pares no són així d'estrictes.

Júlia: Ja... No conec el meu pare. La meva mare és genial, mai m'ha imposat res... Però a vegades m'he sentit sola. Em donava tanta llibertat que a vegades no hi era quan hi havia de ser...

Daniel: Vaja...

Júlia: No té res a veure amb els teus. La veritat és que és genial.

Daniel: Tant de bo els meus arribin a assemblar-se encara que només sigui una mica a la teva mare.

M'encantaria que ningú ens espiés i que en qualsevol moment poguéssim decidir fer una bogeria.

Júlia: Hahaha, una bogeria? Com ara què?

Daniel: Podríem marxar lluny. Demà mateix.

Júlia: I deixar-ho tot? No em sembla mala idea...

Daniel: Podríem fer tot el que no hem fet durant anys.

Júlia: Sona genial.

Daniel: Ja saps, quan somies no hi ha límits.

Júlia: I què més somies?

Daniel: Imagino que acabem en una platja.

Júlia: A Mèxic?

Daniel: Per què no? La que tu vulguis.

Júlia: I què més?

Daniel: És de nit, tenim tota la platja per a nosaltres.

Fa calor, l'ambient és molt humit, i decidim fer una carrera per arribar a l'aigua.

Júlia: Guanyaria jo.

Daniel: Sens dubte.

Ens traiem la roba ràpidament per quedar-nos amb el banyador i quan me n'adono tu ja ets gairebé a l'aigua.

Els teus cabells formen una estela a l'aire que em convida a seguir-te.

Surto corrents cap a tu i t'atrapo just quan l'aigua t'està començant a arribar a la cintura.

T'agafo i fem que ens enfonsem junts a l'aigua. El canvi de temperatura fa que se'ns posi la pell de gallina.

Caic d'esquena a l'aigua, amb tu a sobre. Encara sento el teu crit de sorpresa abans d'enfonsar-me.

Fora de l'aigua ets ràpida, però a dins encara més, i aconsegueixes treure el cap abans que jo.

Quan surto et veig davant meu, rient. L'aigua està freda. Tot està molt fosc. Sort que hi ha un quart de lluna que il·lumina una mica la platja allunyada de la ciutat.

Estem tan a prop que les nostres respiracions es compassen.

Et miro.

Rius. Jo també ric.

T'aparto aquest floc de cabells que sempre et cau davant dels ulls.

I quan et torno a mirar m'adono que m'encanta tenir-te a la meva vida.

Capítol 9

Després d'aquells últims missatges, en Daniel s'havia desconnectat, i jo no vaig saber què dir. Sabia que entre nosaltres només hi havia amistat, però... Tot allò m'estava tornant boja. Cada vegada estava més confosa i no sabia si seguir protegint el meu cor o llançar-me de cap a la piscina.

Després de tot el que m'havia dit a la nit, notava que vivia en una muntanya russa. Vaig llegir la conversa unes quantes vegades. Vaig visualitzar cada instant que havia descrit i... Desitjava que algun dia fos real. M'imaginava el final. Aquell que ell no havia descrit. No sabia si ell s'imaginava el mateix que jo. I si tot era al meu cap? Però, llavors, per què havia acabat així?

No sabia a què estàvem jugant, però cremava.

Aquell matí no teníem classe fins a les onze, i tot i així em vaig llevar ben d'hora. Estava hiperactiva i no parava de donar voltes per l'apartament, intentant fent coses per estar ocupada i no ratllar-me més del compte. Però el meu niu em semblava massa gran i silenciós, així que vaig decidir vestirme i anar a visitar la Jen. Vaig picar a la porta unes quantes vegades i va passar una bona estona fins que no em va obrir. Des de la porta vaig veure que a dins estava tot fosc i que ella s'acabava de llevar. Portava un pijama curt de tirants i es tapava els ulls amb la mà per evitar el contrast amb la llum del passadís.

—Què passa? Només són... —va intentar endevinar l'hora.

—Són ja dos quarts de deu.

—Doncs això.

—Em deixes passar, bella dorment?

—Tia, què fas aquí tan d'hora? —va fer mentre badallava i s'estirava.

—No sabia res de tu —vaig dir distretament, agafant una magdalena que hi havia en una bossa mig oberta a l'illa de la cuina.

—Uf... Deixa'm que em faci una dutxa ràpida per despertar-me. —I va anar directament cap a la dutxa.

Va trigar menys del que m'esperava. Al cap de cinc minuts ja estava asseguda al sofà amb mi, amb una tovallola tapant-se el cos i una altra embolicant-se el cap. La del cos era tan petita que duia els pits mig enfora i li arribava just per sobre de la cuixa. Ella semblava d'allò més còmoda. De fet, no m'hauria sorprès gens si en algun moment s'hagués tret la tovallola i s'hagués quedat en pilotes.

—I bé? —Estava impacient.

—Què?

—Ahir a la tarda vas estar desapareguda amb el teu nòvio de pega! —va fer ella, donant-me peu a parlar.

—Ah. —Ara que la tenia al davant, em feia por obrir-me i explicar-li el que sentia—. Vam trobar-nos la Lauren abans de marxar. Crec que sí que es pensa que estem sortint junts, perquè fins i tot ha menjat el coco als pares d'en Daniel amb aquest tema —vaig recordar.

—I què vau fer?

—Res, vam baixar al centre. Vam anar a una gelateria. Espera... —Vaig agafar el mòbil i li vaig enviar la nostra foto. La va mirar i va alçar les celles.

—I...?

—I...?

La meva amiga esperava alguna cosa més.

—Va, Juls! Que et penses que soc cega o que soc imbècil?! És evident que entre vosaltres hi ha alguna cosa! —Em va donar un cop al braç, entre divertida i emprenyada perquè no li digués la veritat.

—Eh! —Em vaig queixar fregant-me el braç—. De veritat, només som amics...

—I no va passar res?

—No.

—I aquella abraçada abans d'entrar a classe? —va insistir.

—Estàvem fent teatre davant la Lauren. I a més, què passa, no t'abraces amb els teus amics? —vaig contraatacar jo.

—Sí, però no com ho fèieu vosaltres. —Va entretancar els ulls i em va mirar fixament—. Em sembla fatal que em menteixis, eh.

—En Daniel no està preparat per tenir una relació tan aviat. I jo no estic pillada per ell. I et prometo que no hi ha res entre nosaltres.

Era veritat. O no. Bé, en realitat tècnicament no havia passat res. Res de res. Oi?

—Ja... Nena, espavila. —Va aixecar-se, em va donar l'esquena i va obrir-se la tovallola per tornar-se-la a col·locar bé, deixant tot el seu gran cul a l'aire—. Perquè, si no, penso anar a totes amb ell.

—Què?! —Em vaig aixecar del sofà d'un bot.

—Ahà! Ho sabia! Tu mateixa t'has delatat! —va dir assenyalant-me.

Vaig posar els ulls en blanc i vaig deixar-me caure de nou al sofà.

—Fes-t'ho mirar. —Em va picar l'ullet i se'n va anar cap al dormitori a vestir-se.

Durant els dies següents ens van donar molta feina i hi va haver moltes ponències. Entre les classes, les ponències d'assistència obligatòria, els entrenaments i l'acadèmia d'anglès a la qual m'havia apuntat al campus, no tenia temps per a gairebé res. La majoria de les nits queia mig morta al sofà o al llit, o em quedava a mitja conversa amb els meus amics, incloenthi en Daniel. Ell també anava fins al capdamunt de feina, i a això s'hi va sumar una visita sorpresa dels seus pares. El matrimoni eren un dels principals mecenes de la universitat, i la rectora els va acompanyar per diferents zones de tot el campus. No van quedar del tot satisfets amb la visita perquè de seguida van insistir que s'havia de reforçar la vigilància i el control dels estudiants per a la seva seguretat.

—Confiem en aquest centre perquè sabem que és capaç d'oferir la protecció que necessiten els nostres joves —va comentar el senyor Hakim després de fer tot el *tour*—. Però s'ha de millorar. Famílies com la nostra estan en el punt de mira de persones que busquen beneficiar-se, i no seria la primera vegada que utilitzen els fills com a esquer —va puntualitzar.

La directora va assegurar que seguirien les seves indicacions.

Després d'això van tenir una conversa amb el seu fill a

l'apartament. En Daniel ens va explicar que els seus pares semblaven preocupats perquè tenien problemes amb algunes empreses, i que estaven adonant-se que tenien «enemics amb pocs escrúpols», paraules literals del pare.

En Daniel es va prendre seriosament aquestes advertències, i tot i que els pares havien aprofitat per insistir que tornés amb la Lauren i ell els havia dit que no, sí que els va fer cas en això del perill. Va decidir quedar-se uns dies tancat a l'apartament, esperant que la residència acabés d'incorporar més vigilants, cossos de seguretat i càmeres en punts estratègics del campus. Tot finançat per la família Hakim.

Així que vaig passar uns quants dies sense veure'l, només parlant quan podíem per missatges.

Durant els entrenaments estava bastant distreta, cosa que l'entrenador va notar.

—Quan hi ha en Daniel estàs més motivada —va comentar un dia quan em va veure sortir de l'aigua.

—Què? —vaig balbucejar.

—Sí, ets més competitiva. Necessites algú a qui guanyar, si no falles en tècnica i velocitat —va rumiar.

—Ah, ja —vaig respondre, alleujada.

Comptava els dies que faltaven perquè en Daniel sortís del seu món. Però alhora estava espantada per si aquells mals presagis de la seva família es feien realitat... I tampoc no em feia gràcia que haguessin començat a reforçar encara més la vigilància a la residència, tot i que, si era pel seu bé, i per la resta d'estudiants, ens hi hauríem de conformar.

Aquells dies més tranquils em van servir per pensar i analitzar-ho tot. En Pau no estava segur que ser amiga d'en Daniel fos gaire bona idea.

PAU: Des que els vas conèixer no has parat de tenir problemes.
I el tema aquest de la protecció em posa els pèls de punta.
No vull que corris perill per cap d'aquests.

JÚLIA: Són els meus amics.

PAU: Fa un mes no els coneixies.
Creus que si hi hagués cap problema, ells ho donarien tot per tu?
Deixa'm que ho dubti.

JÚLIA: T'estàs passant, Pau.

PAU: Només dic que vigilis.

JÚLIA: Vas ser tu qui em va dir que no pensés tant les coses i em divertís més.

PAU: Ja... Però una cosa és divertir-se, i una altra, jugar amb foc.
Només estic preocupat per tu. Ves amb compte.

I tenia bones raons per preocupar-se. La tarda que en Daniel va poder sortir de l'apartament, vam quedar al tros de gespa del campus que ja havíem fet nostre. En Conrad havia aprofitat l'absència dels darreres dies d'en Daniel per fer-se més amb nosaltres. Apareixia en qualsevol moment, seia amb totes dues a classe i ens feia tota mena de favors. Suposo que intentava guanyar-nos per oblidar tot l'afer amb la Lauren i aplanar-li el terreny a en Daniel per a quan tornés.

—Ens hem barallat moltes vegades des que érem petits —va comentar aquell dia just abans que aparegués en Daniel—. Però no l'havia vist mai així. Espero que li hagi passat.

Em feia fins i tot una mica de llàstima. Jo també creia que la idea que havia tingut en Conrad per fer que la parella trenqués era horrible, però havia fet efecte...

—Ja ve.

Vaig girar-me cap a on mirava la Jen. No vaig poder reprimir un somriure quan el vaig veure. M'ho semblava a mi o li havien crescut una mica els cabells durant aquells dies? Els tenia més rinxolats, i alguns flocs li queien descontroladament, cosa que feia que hagués de passar-s'hi els dits per tirar-los cap enrere. Duia una samarreta negra i uns pantalons de xandall grisos. Va fer les últimes passes mig corrents i es va abalançar sobre nosaltres.

—Les meves noies! —va dir mig rient i cridant, fent que rodoléssim tots tres a la gespa.

—De teves, res! —va protestar la Jen, rient i donant-li un copet al pit per apartar-lo—. No saps que tranquil·les que hem estat sense tu! Oi, Juls?

—Molt —vaig seguir-li el joc.

—Ja veig que us heu avorrit sense mi. —Em va picar l'ullet i vaig notar com s'obria una escletxa al mur que havia construït al meu voltant durant els darreres dies.

«Merda», vaig mossegar-me el llavi, preocupada.

—Eh. —En Conrad va alçar la mà per saludar en Daniel. Aquest se'l va quedar mirant un instant, dubtant, però finalment va prémer els llavis i va apropar-se per fer-li una mitja abraçada.

No tornarien a estar com abans encara, però era un començament.

—No sé si us ve de gust —va temptejar la Jen després d'estar una estona xerrant i veure que l'ambient entre els nois s'havia relaxat—. Però m'han regalat entrades per al festival universitari de dijous, i hi ha concerts que estan bé.

—Hauré de veure què faig —va rumiar en Daniel—. Suposo que hauré d'anar acompanyat del meu guardaespatlles.

—Perfecte. —La Jen va fer-li una ganyota d'aprovació.

—M'hi apunto! —vaig dir, perquè des que havia arribat a aquella universitat, quan havia dit que no a un pla?

Vam quedar-nos una estona més, estirats a la gespa i aprofitant els últims dies de calor. En Daniel s'havia deixat caure al meu costat i m'havia convidat a repenjar el cap a la seva espatlla. S'hi estava bé. Massa bé.

Feia gairebé una hora que estàvem així quan vaig rebre un missatge d'en Pau.

PAU: Ho has vist?

JÚLIA: Què?

PAU: No ho has vist.

JÚLIA: Pau, de què parles?

PAU: Han tornat a publicar fotos teves i d'en Daniel. I aquesta vegada se't veu la cara i donen el teu nom.

Vaig incorporar-me de cop i vaig clicar a l'enllaç que m'havia passat. Era una publicació en una xarxa social. Apareixia la foto que ens havíem fet a la gelateria, però també una altra a la porta de la residència i una tercera a la gespa. Vaig mirar al voltant. Ens l'havien fet feia poc.

—Però què...? —La Jen havia vist la meva expressió de sorpresa i s'havia apropat a mirar el mòbil.

Feia pocs minuts que s'havia publicat tot allò, però ja s'estava omplint de comentaris. Vaig passar el dit i vaig llegir-ne alguns:

«No sap res, aquesta! Vol el *pack* complet: fortuna per a tota la vida i el tio que està per menjar-se'l!».

«Jo no dic res, però... ves a saber què ha fet per tenir-lo així de penjat per ella...».

«Però ell no estava amb aquella altra noia? L'altra és molt més guapa».

«Flipo. Qui és aquesta?».

«No ho entenc, no és que sigui gaire guapa».

També hi havia comentaris defensant-nos, però eren menys nombrosos:

«I a vosaltres, què us importa? És la seva vida».

«Mare meva, no em puc creure que precisament hi hagi noies criticant-la. I a sobre sense conèixer-la... Després dieu que sou feministes, però vinga criticar!».

El mòbil em va saltar de la mà quan la Jen me'l va treure d'una revolada.

—Deixa de llegir això.

—Però... Què..? —No sabia ni per on començar.

—Tranquil·la, respira. —En Daniel em va posar les mans a les espatlles i va fer que el mirés mentre em feia respirar lentament—. Respira. Respira.

Vaig estar uns segons fent exercicis de respiració per no explotar dels nervis.

—No és res. —La Jen intentava treure importància a la situació però feia una cara d'amoïnada que no li havia vist mai abans—. Són fotos normals.

—Però surto jo! —vaig mig cridar—. I estan parlant de mi, inventant-se coses i...

«Merda. La meva mare. Els meus antics companys d'institut. La gent del poble. Els de la uni. Els pares d'en Daniel...». El cervell se'm va omplir de persones que podrien estar mirant aquella publicació i llegint els comentaris.

—Ha estat la Lauren. —N'estava segura.

La Jen em va mirar d'una manera estranya, sense dir res. Llavors me'n vaig adonar.

—Li vas passar la nostra foto? —Vaig mirar-la amb els ulls entretancats, desitjant que allò no fos veritat.

Va obrir la boca, però no va contestar.

—Joder, Jen...! —En Daniel es va aixecar i va mirar al voltant, com si estigués decidint què havia de fer.

—No pensava que faria això! —va defensar-se—. L'altre dia em va enviar un whats per parlar amb mi i em va començar a fer pena.

—Pena? —En Daniel començava a cabrejar-se.

—Ha estat amiga nostra durant molt temps! —Ella també es va aixecar—. I és cert que ha comès errors, però ella també és una víctima! Els seus pares i els teus no paraven de pressionar-la! —havia agafat embranzida—. Em va dir que estava destrossada per haver-te fet mal i que si tornés enrere, no ho tornaria a fer.

—Ja, és clar... —Ell mirava cap a un altre costat.

—No ets l'únic que pateix amb les decisions de la família. Joder, Daniel, no ets el puto centre de l'univers! —Tothom al nostre voltant seguia la discussió—. I sí, li vaig enviar la foto perquè veiés que tu ja estaves millor! I que no ha de sentir-se tan culpable pel que us ha passat. Jo només volia que tots passéssim pàgina d'aquesta merda i tornéssim a estar bé, com abans.

—Ah, i llavors per què ha enviat aquestes fotos!? —va tallar-la ell.

Va sonar un mòbil.

—Ja m'estan trucant els pares... —va fer en Daniel, remenant-se els cabells amb ansietat.

Em sentia terriblement exposada. Començava a entendre el que m'havia dit la Lauren sobre allò de no tenir la més petita idea d'on m'estava ficant.

Jo, que tenia tots els perfils de les xarxes socials en privat i que publicava molt poques fotos... De sobte, la meva imatge era a tot arreu. Vaig notar com em començaven a arribar notificacions sense parar. En mirar el mòbil per sobre, vaig veure que hi havia missatges de la meva mare, d'en Pau, de la Laia, del grup de companyes del batxillerat i fins i tot d'un grup que tenia de natació.

La veu també havia corregut per la residència, perquè els pocs estudiants que hi havia a la zona enjardinada ens miraven de reüll i parlaven entre ells. En cosa de minuts havia passat de ser completament invisible per a tota aquella gent a ser el centre d'atenció. Era la noia que, suposadament, havia conquistat un dels nois més rics d'Europa i de part d'Àsia. Vaig començar a rebre trucades i no em venia gens de gust donar explicacions. Vaig escriure un missatge general i el vaig enviar a la meva mare, a en Pau i a la Laia.

Estic bé. No et preocupis. No passa res. No et creguis tot el que han publicat. Estic intentant solucionar-ho. Et truco més tard.

Vaig posar el mòbil en mode avió.

—Daniel... —Vaig agafar-lo pel braç.

—Estàs bé?

Tenia la cara tensa, tensa de preocupació.

—Vols que marxem d'aquí?

—Si us plau —vaig respondre.

M'era igual on anéssim, però necessitava sortir d'allà i allunyar-me de les mirades que ara estaven clavades en nosaltres. Vam recórrer el campus intentant no mirar al voltant, directes cap a la recepció. Era evident que havien reforçat la seguretat perquè hi havia més vigilants.

—Què fem?

Segur que el guardaespatlles estaria esperant-nos per seguir-nos tan bon punt poséssim un peu fora de la residència. En Daniel em va fer un gest per quedar-nos mig amagats en una cantonada sota la càmera de seguretat, on quedàvem fora de la vista del seu abast, i va fer una trucada.

—Kevin? He tornat a l'habitació. Podries demanar de muntar guàrdia al davant? Que traslladin a tothom de l'entrada principal al passadís. —Va fer una pausa—. Sí. Gràcies.

Poc després, la recepció es descongestionava i nosaltres passàvem desapercebuts mentre els recepcionistes feien el canvi de torn. Tenia la sensació que algú identificaria en Daniel abans que sortíssim, però no va ser així. Un cop a fora, em va indicar que el seguís, caminant força arrambats a la paret de la residència, fins que vam entrar al pàrquing subterrani per a treballadors. En Daniel va treure unes claus d'una butxaca dels pantalons i es van encendre els llums d'un cotxe que vaig reconèixer a l'instant.

—No és el cotxe del teu guardaespatlles? —vaig murmurar.

—Sí i no. És de la meva família, i en Kevin treballa per a mi, així que... podríem dir que és meu? —Em va picar l'ullet, divertit amb aquella escena.

—Ara ja sé d'on va venir la idea d'agafar cotxes sense demanar permís... —vaig remugar mentre el seguia—. Ho fas sovint, això?

—No gaire —va admetre—. Només últimament. Ets una mala influència. —Va riure fluixet.

—Ja, és clar, no ets tu... —Vaig posar els ulls en blanc, però vaig pujar al cotxe.

Vam sortir d'allà amb el motor rugint amb fúria a l'aparcament. El meu cor es va accelerar recordant el perill de l'última i primera vegada que havia pujat en un cotxe amb en Daniel. Ell va notar el meu nerviosisme perquè va començar a conduir amb una certa calma. Vam deixar enrere la zona de Barcelona on érem i vam començar a pujar cap a la muntanya. Feia un dia espectacular i els colors vius de la ciutat contrastaven amb tota la tempesta d'emocions que tenia a dins.

Ja feia una estona que conduïa quan va decidir aturar-se en un pàrquing de sorra a la zona de Collserola. Hi havia poques persones, però totes es van girar en veure el cotxe de luxe que s'estava omplint de pols. Em feia una mica de vergonya baixar-ne sabent que aquella gent ens mirava. Vaig mirar en Daniel, que no semblava gens cohibit amb la situació, com si aparcar un cotxe d'aquell tipus en un pàrquing de sorra no fos res. Em semblava surrealista estar al costat d'una persona que provenia d'aquella realitat on els diners no havien estat mai un problema.

—On anem? —Estàvem una mica en mig del no-res.

Ell va mirar al voltant i va assenyalar un petit camí que pujava per un turó. Em va fer la sensació que estàvem més segurs allà que a la residència. Segur que a ningú no li passaria pel cap buscar-lo allà, en un turó mig sec, entre matolls i en companyia meva.

—Ja arribem. —Va oferir-me la mà per ajudar-me a pujar l'últim tram que s'havia mig ensorrat amb les darreres pluges d'estiu.

Un cop a dalt, vaig deixar escapar un sospir de sorpresa. Barcelona quedava als nostres peus, com si fos una fotografia. Però el més impressionant era el cel, blau, enorme. Al turó hi havia un arbre que ens feia ombra i que tenia un gronxador.

—Per què hem vingut aquí?

—Fa temps em van parlar d'aquest lloc i esperava que avui no hi hagués ningú. —Tenia una mirada un pèl trista—. Necessitava escapar una estona de la realitat, després de tot el que ha passat.

—Què fem? Vull dir... creus que ha estat la Lauren qui ha enviat aquestes fotos i ha donat el meu nom? —Necessitava parlar del tema, no ho podíem ignorar eternament.

Va respirar fondo i va passar-se les dues mans pels cabells, per acabar deixant-les al clatell, com intentant pensar. Va tancar els ulls i vaig témer que estigués considerant que el pla que havíem dut a terme per allunyar la Lauren hagués estat un error. La culpa de tot el que estava passant era d'ella, no nostre. D'ella i de les famílies.

—No ho sé, Juls —va confessar—. Sí que crec que ha estat ella; si no, qui ha enviat la foto? Em sap greu que estiguis enmig d'aquest problema.

—No és culpa teva —vaig consolar-lo.

—Però me'n sento responsable. I no m'hauria imaginat mai que la Lauren pogués arribar a ser tan venjativa. —Va sospirar—. Però és evident que no la coneixia gens.

Ens vam quedar mirant la ciutat. No podia ser tot tan complicat.

—Parlaré amb la Lauren perquè pari ja. Això no és un joc.

—Es va recolzar a l'arbre, amb els braços plegats, i em va mirar amb preocupació—. I tindré també una xerrada amb els meus pares.

Vaig assentir. Tenia tants dubtes que no sabia ni per on començar a preguntar.

—Els parlaràs de mi? —Aquesta pregunta implicava moltes coses.

—Els diré que parlin amb els pares de la Lauren. Els problemes que tinguem entre nosaltres són cosa nostra. La Lauren no té dret a ficar-te al mig. —Va mossegar-se el llavi, pensatiu, decidint si havia de dir o no el que tenia a dins. Ho va deixar anar a continuació—: Crec que el millor és que tu i jo fem veure que tot això que ha passat no té importància, així farem que tothom passi del tema i et posarem fora de la diana de la Lauren.

—Vols dir que la gent pensi que no t'importo i que no m'importes a mi —vaig endevinar.

—Que passem l'un de l'altre. Que no t'importo. Segueix amb la teva vida, Juls. No val la pena que taquis la teva reputació per mi.

Vaig fer un riure amarg que va morir gairebé a l'instant. Em vaig plegar de braços i em vaig plantar davant seu.

—Doncs.... quina llàstima. —Vaig encongir-me d'espatlles—. Perquè puc fingir davant dels altres, però no tinc intenció de desaparèixer de la teva vida.

Va alçar les celles, sorprès pel comentari, i deixant entre nosaltres un silenci que es va allargar massa. Vaig obligar-me a trencar el contacte visual asseient-me al gronxador. Vaig fer unes passes enrere per agafar impuls, però ell es va posar davant meu, col·locant les mans a les dues cordes i quedant una mica per sobre de la meva vista.

—Què fas? —Se'm va escapar el riure—. Apa, deixa'm.

—No et fa por res, oi?

—Ho dius per tots els problemes en què em fiques o pel gronxador?

Vaig fer un parell de passes més enrere i vaig aixecar els peus de terra. Ell va somriure i es va apartar. Sentia com si estigués sobrevolant Barcelona. Per un moment, les meves preocupacions van desaparèixer. En estirar les cames em va semblar com si els meus peus caminessin per sobre de la ciutat. Em sentia vulnerable i valenta alhora. Tenia cap sentit?

Ell em mirava des del costat, amb les mans a les butxaques dels pantalons i un gran somriure. També s'havia oblidat de les preocupacions que teníem instants abans.

—Atent, que salto —vaig anunciar.

—Què? No, espera! Està molt alt!

Vaig calcular el moment exacte en què havia de saltar per no caure rodolant turó avall i em vaig deixar anar amb un crit. En tocar a terra l'impuls em va obligar a fer un parell de passes més i per mig segon vaig quedar balancejant-me de puntetes al precipici. Les seves mans van rodejar-me la cintura. Em va atrapar entre els seus braços, i va fer que el meu cos anés cap enrere i no es precipités endavant. Em vaig girar, però ell seguia envoltant-me.

—Joder, Juls, quin ensurt m'has donat.

Em va girar, em va apropar al seu pit i em va estrènyer fort.

Si abans tenia clar que no volia deixar d'estar a la seva vida, en aquell moment sabia que no volia deixar d'estar entre els seus braços. Vaig repenjar la barbeta a la seva espatlla. Notava com el cor li bategava contra la meva pell. Com podia ser que poques setmanes abans no ens coneguéssim i ara em semblés tan coneguda aquella escalfor?

—Ha estat divertit —vaig dir en un xiuxiueig.

—Em faràs tornar boig. —Va deixar caure el cap a la meva espatlla i va sospirar.

Ens vam quedar així un moment, fins que em vaig alliberar dels seus braços per tocar de peus a terra. M'estava deixant emportar massa. Vam decidir baixar fins a un altre mirador que hi havia més avall, i vam estar xerrant fins que es va començar a fer tard.

—Hauríem d'anar tornant. —No tenia ganes que allò s'acabés, però començava a tenir gana i estava cansada.

Havia estat una bona tarda, i per una estona m'havia oblidat de tot el que havia passat hores abans. Estava endarrerint el moment de tornar a connectar el mòbil, perquè sabia que el tindria ple de missatges i trucades. No tenia ganes d'enfrontar-me a tot allò. Només volia seguir gaudint d'una estona més amb aquell noi d'ulls foscos. Ell tampoc no semblava que tingués pressa per mirar el mòbil, per això ens va agafar de sorpresa trobar-nos els seus pares a l'entrada de la residència. Anaven acompanyats de quatre escoltes.

Vam aparcar al costat d'on eren i vam sortir del cotxe.

—Pares... —va saludar en Daniel, aturant-se a uns metres de distància.

La parella imposava i tenien expressió d'estar passant una estona desagradable. El pare era un home alt, prim, amb els cabells una mica canosos, pell morena com la del seu fill, i aspecte autoritari. La mare era més baixeta, d'aspecte elegant, i s'havia fet tants retocs estètics que no podria encertar quina edat devia tenir.

L'home va fer un gest perquè els seguíssim i tots vam entrar a la residència, on ens van portar a una sala privada per a les famílies. Hi havia dos sofàs al centre, l'un davant de l'altre. La parella va seure en un i en Daniel i jo a l'altre. Em van començar a suar les mans.

—No contestaves les trucades, has enganyat el teu equip de seguretat i hem estat tota la tarda esperant que apareguis —va renyar-lo el pare.

—Les coses bones es fan esperar —va intentar fer broma sense gaire èxit.

Es va fer un silenci d'allò més incòmode. Jo intentava fixar la vista en un punt de la corbata de l'home. A ella ni m'atrevia a mirar-la.

—No ens presentes la teva amiga? —va fer la dona en un to amistós gens convincent.

Era evident que no li agradava gens que fos amiga del seu fill.

—És la Júlia, és amiga meva i també som companys de natació. Júlia, els meus pares.

Vaig fer un somriure que em va quedar forçat. Tots dos em miraven de dalt a baix, examinant-me, traient les seves pròpies conclusions.

—Teníem ganes de conèixer la noia misteriosa de les fotos. Els nostres amics i familiars no paren de demanar-nos-en més detalls. —El to de la dona transmetia un gran disgust, però somreia d'una manera amable, intentant semblar natural.

Per un moment vaig témer que aquella dona m'ensumés la por, com un felí que sap que té a punt la presa.

—La Lauren m'ha trucat —va seguir la mare, ignorant-me per complet—. Està molt dolguda amb tot el que ha passat... Hauries d'escoltar-la i intentar solucionar les coses.

—Mare..., si us plau, no comencem amb això —va bufar en Daniel, deixant caure l'esquena sobre el respatller del sofà i amb les mans als genolls.

—Ha estat tot una confusió. —Va riure, com si en Daniel no entengués res—. És clar que va començar a sortir amb tu perquè nosaltres i els seus pares hi vam insistir... Però fèieu tan bona parella! Hauries de mirar de solucionar...

—Mare, no. Després de tot el que ha passat ja no vull seguir amb ella. Mai m'ha estimat com jo em pensava que ho feia. I jo ja no l'estimo.

La situació s'estava posant tensa i començava a tenir la sensació que hi sobrava.

—Dius que no estimes la Lauren —va intervenir el pare, que feia una estona que no deia res—. És a ella a qui estimes, doncs? —I em va assenyalar.

Va haver-hi un petit silenci en què em va passar de tot pel cap.

—Només som amics —vaig atrevir-me a dir, veient que en Daniel no responia—. Li puc assegurar que entre nosaltres no hi ha res més que una amistat.

En Daniel es va remoure al seient.

—Amics? —La mare es va aixecar, va plegar-se de braços i ens va donar l'esquena, mirant cap al jardí del campus, que quedava rere uns finestrals de vidre.

—És veritat. Som amics i només serem amics —va reforçar en Daniel—. Acabo de trencar amb la Lauren —els va recordar.

—I aquestes fotos que s'han publicat?

—Han muntat una història al voltant d'aquestes fotos que no és certa.

Aquella resposta va agradar a la mare, perquè es va girar i va inspeccionar-nos amb un rostre més relaxat. La dona es va apropar a mi i em va fer un darrer interrogatori.

—Això és veritat?

—Sí.

—Surts amb algú?

—No.

—Conec la teva família?

—Ho dubto.

—Ho dius per...?

—Soc a la universitat amb una beca.

—Ets amiga del meu fill per interès?

—No.

—Creus que és possible que te n'acabis enamorant?

—No.

Havia trigat massa a respondre a aquella última pregunta. Només havia estat una mil·lèsima de segon, però estava segura que ho havia notat.

—Mare, ja prou... —va demanar en Daniel, mirant-me per un segon amb ulls de disculpa.

—Si algú s'apropa a tu, necessito saber qui és. Per la teva seguretat —va defensar-se la dona, ignorant-me del tot—. No saps si aquesta noia està intentant estafar-te, enganyar-te o fer creure al món que surt amb tu per escalar més amunt.

—Com vau intentar fer vosaltres amb mi i la Lauren?

Silenci absolut. Estava indignadíssima amb tot el que havia insinuat la dona de mi i no suportava estar més estona allà, escoltant com ens humiliaven. Em vaig aixecar.

—T'espero fora —vaig dir a en Daniel, sense ni tan sols mirar-los.

No vaig esperar cap resposta, em vaig dirigir a la sortida. A fora, em va rebre el murmuri llunyà d'alumnes que tornaven cap als apartaments. Vaig quedar-me repenjada a la paret freda, intentant calmar el cos de tota la ràbia que tenia encesa a dins. No m'havia agradat deixar en Daniel sol amb la seva família, però no podia aguantar ni un segon més aquella situació.

Necessitava parlar amb algú del que estava passant, així que vaig connectar el mòbil i vaig escriure a en Pau.

Júlia: Hi ha els pares d'en Daniel a la residència.

La mare s'ha posat molt pesada i m'ha fet un munt de preguntes.

Pau: Hola! Què dius?! Què t'ha preguntat?

Júlia: M'ha demanat per la família, que si soc amiga d'en Daniel per interès, que si crec que és possible que me n'acabi enamorant...

Pau: I què li importa a ella, tot això?! Flipo.

Júlia: Ja.

Pau: I què li has dit?

Júlia: Sobre què?

Pau: Sobre si és possible que te n'acabis enamorant.

Júlia: Que no.

Només vull ser amiga seva.

Pau: Juls...

Sento dir-t'ho, i t'ho vaig advertir... però crec que te n'estàs començant a penjar.

Júlia: Què?

No.

El conec de fa poques setmanes.

Pau: Què sents per ell?

Júlia: Joder, Pau... És que és millor si no compliquem les coses. No ho sé... Crec que m'estic tornant boja.

Pau: I si hi parles?

Júlia: No! Ell no està preparat per tenir res més que una amistat i jo no el vull perdre com a amic.

Pau: No ho sé, Juls. El que veig és que ni tu mateixa tens clar què és el que sou.

Júlia: És complicat.

I absurd.

Només li agrado com a amiga.

I potser els seus pares tenen raó quan diuen que jo no formo part del seu món...

Pau: A vegades em venen ganes de donar-te un clatellot a l'estil de la meva àvia, amb afecte, de les burrades que arribes a dir.

Júlia: Crec que ja surt. Després parlem.

Però no era ell qui sortia de la sala. Era la seva mare. La dona es va apropar a mi, amb un posat seriós i impassible.

—I bé, ja ho has decidit? —De prop el seu rostre sense ni una arruga era encara més inquietant.

—El què? —vaig intentar mantenir un to fred semblant al seu, fent veure que no m'imposava. En realitat, tremolava per dins.

—Si arruïnaràs la vida del meu fill o no.

No m'ho podia creure. Vaig necessitar un parell de segons per assumir el que m'acabava de dir.

—De veritat creu que jo vull arruïnar-li la vida? —M'estava començant a escalfar—. Són vostè i el seu marit qui l'estan amargant!

—Jo només vull el millor per a ell. No espero que ho entenguis, bonica. —Parlava tranquil·la mentre em somreia, com si pensés que jo era imbècil.

—Com té la barra de...? —No podia ni acabar la frase—. Però què s'ha cregut? El seu fill no és feliç per culpa seva.

—Seria feliç si ens escoltés, si pensés en el seu futur... Però mai no ho ha fet. Sempre ha tingut el cap als núvols i el defecte de no saber escollir bé els amics. —Va fer un sorollet de desaprovació—. Pensava que quan anés a la universitat deixaria de veure aquests amics de l'institut, que en faria de nous...

—Jo soc amiga seva —la vaig tallar.

—Però en comptes d'això —va seguir com si no m'hagués sentit—, ha continuat veient-se amb aquella tarada i el delinqüent. —Vaig intuir que es referia a la Jen i en Conrad—. I ha deixat la Lauren...

—Ho han deixat —la vaig corregir.

—Tornaran —va assentir, segura del que deia—. Ella és una noia realista, que estén perfectament el joc, que sap què dir i com, què pot fer en públic i què en privat... Quan vam parlar amb els seus pares, tot va encaixar. Ella era just la persona que buscàvem per al nostre fill. Per a la nostra família.

—La persona que buscaven? Però que no veu que va enganyar el seu fill de la pitjor manera possible? —La veu em començava a tremolar—. Va fer que s'enamorés d'algú que no l'estimava, li va fer creure que entre ells dos hi havia una cosa real i... —El cor se m'anava accelerant.

—I? —Ella seguia tan tranquil·la—. Era perfecte. Ell era feliç, la Lauren estava contenta amb la seva decisió, i nosaltres també. Si no hagués estat perquè tot es va espatllar... Quan acabessin la universitat, ja estarien casats.

—Estan bojos... —Ja en tenia prou—. No només van pactar una relació, sinó que a ell no li van dir res i volien arribar fins al final. És que al·lucino...

—Com t'he dit abans, no espero que algú com tu ho entengui. —Va apartar-se els cabells amb un gest de superioritat.

—Algú com jo? Vol dir pobra? Bona persona? —vaig suggerir.

—Vulgar —va acabar sentenciant.

—Si ha vingut a insultar-me, no tinc per què parlar amb vostè.

Em vaig apartar de la paret amb la intenció de marxar d'allà i allunyar-me d'aquella dona, però em va interceptar.

—En realitat, t'he vingut a veure per fer-te un favor. —Va apropar-se una mica més i em va mirar fixament, canviant el somriure fred per una expressió de ràbia continguda.

—Un favor? A mi? —Em vaig plegar de braços.

—Vinc a avisar-te que encara ets a temps d'allunyar-te'n —va insistir.

—Crec que el seu fill ja l'hi ha deixat prou clar.

—No estic parlant amb ell, estic parlant amb tu. —Era dura—. Fes-te un favor i allunya-te'n. L'estàs posant en perill, per culpa teva no està vigilant i això pot tenir conseqüències. —Ho va dir marcant cadascuna de les paraules amb les mans—. Creus que és molt divertit intentar lligar-te un dels joves més rics del món. És això, oi?

—Però què diu! —Vaig riure amb estupefacció—. Si quan el vaig conèixer no sabia ni qui era! I ja li he dit que només som amics i a més...

—Doncs fes-te a un costat —em va tallar—. I deixa que torni amb la Lauren o que trobi una noia que li agradi. Una noia que haguem aprovat...

—Però que no ho entén? El seu fill no sortirà amb ningú simplement pel fet que vostès ho hagin aprovat! És lliure de sortir amb qui vulgui. —Allò era com tenir una conversa amb una paret.

—Ho sé. No tornarem a fer-ho com ho vam plantejar amb la Lauren. Aquesta vegada serà diferent. Li presentarem obertament noies que siguin dignes d'ell i de la nostra família. —Per com ho deia, semblava que ho tenia tot ben estudiat—. És el millor per a ell. Tindrà una noia de la seva mateixa classe social, que l'entengui... I si després de tot vol veure't d'amagat per passar l'estona, no hi tindré cap problema.

—Com?! Però què s'ha cregut...?

M'explotava el cap.

—Si no te n'allunyes, seguirà fent tonteries com la d'aquesta tarda, que l'exposen al perill.

—No és culpa meva —vaig insistir—. Ja és prou grandet per prendre les seves decisions.

Just en aquell instant en Daniel va sortir de la sala, mentre de fons se sentien els crits del seu pare, que el renyava. Vaig aixecar les celles, esperant que digués alguna cosa. Va quedar-se un moment sorprès de trobar-nos a totes dues parlant i tot seguit va reaccionar:

—Marxem? —va dir-me, ignorant la seva mare.

Vaig assentir, i no vaig esperar que ell prengués la iniciativa. Vaig passar pel torn de seguretat i vaig començar a caminar carrer avall, sense mirar enrere, amb en Daniel trepitjant-me els talons. Volia córrer, fugir lluny d'aquella gent, dels seus insults, de les seves insinuacions, del seu control...

Vaig notar com en Daniel se situava al meu costat.

—M'han tret el cotxe i la moto... —va comentar, com si intentés esbrinar què havia de fer a continuació.

—És igual, seguim caminant i ja demanarem un Uber o el que sigui —vaig contestar. No volia esperar que arribés un cotxe per recollir-nos.

Estava molt cabrejada, i en aquell moment no vaig considerar que potser precisament a allò es referia la mare d'en Daniel, al fet que l'estava exposant a un segrest, un robatori, un atac.

—No et preocupis, tot sortirà bé —va llegir-me els pensaments—. Sé on podem passar la nit.

Capítol 10

Estàvem segurs que els seus pares o els guardaespatlles sortirien carrer avall a buscar-nos. Per això vam serpentejar la zona, creuant parcs i vigilant si ens seguien. Quan vam poder, vam demanar un cotxe, que ens va passar a buscar al cap de pocs minuts. Des d'allà vam anar baixant per la ciutat fins a arribar a la zona marítima. S'havia fet fosc i havia començat a ploure. En Daniel ens havia reservat dues habitacions en un hotel que coneixia força bé, i on sabia que estaríem segurs.

—He vingut aquí altres vegades quan he necessitat fugir dels meus pares —es va limitar a dir—. Hi venen molts famosos i gent de negocis; tenen bona seguretat.

Allò em va tranquil·litzar. Després del discurs d'aquella dona, el que menys volia era que li passés alguna cosa a en Daniel per culpa meva.

—He reservat dues habitacions. Ja podem pujar.

L'hotel era tranquil, amb un cert aire antic però sense deixar de ser modern. El grum ens va acompanyar a les habitacions i va fer una llista de totes les coses extres que necessitàvem, com ara pijames. Les habitacions eren exactament iguals. Eren d'estil minimalista, però molt acollidores. Les parets eren blanques, amb fotografies antigues en blanc i negre de Barcelona. Hi havia un parell de butaques d'un to gris perla, una saleta amb zona d'estudi, un bany que era més gran que l'habitació de casa meva i un llit on podrien haver-hi dormit perfectament quatre persones. L'habitació estava lleugerament il·luminada per uns llums que hi havia a les tauletes de nit.

El millor de tot eren les vistes. Cada habitació tenia un gran finestral abocat al mar. Estàvem a primera fila, sense cap edifici que ens les tapés. La foscor de la nit no ens permetia gaudir del tot del paisatge, però les llums dels altres edificis hi donaven un toc especial. Com que plovia, tot plegat transmetia a aquella habitació un ambient de refugi.

Em vaig apropar al finestral, per acabar d'observar bé el paisatge, mentre en Daniel seia a la vora del llit. El podia veure a través del reflex del vidre. Tenia una mirada cansada, però no li restava atractiu. «Per què m'ho posa tan difícil?», vaig pensar. Era esgotador sentir-se físicament atreta per un amic.

—Què ha passat amb el teu pare? —vaig dir a mitja veu. Encara no ho havíem comentat.

—No volen que m'apropi a tu.

—Doncs no els ha sortit gaire bé la jugada. —Vaig girar-me, per dedicar-li un somriure trist.

—No... —Em va semblar que li feia gràcia la meva actitud—. Creuen que em posaràs en perill.

M'hi vaig acostar i vaig seure al seu costat, agafant-li la mà. Ens vam quedar en silenci, escoltant com queia la pluja. Les gotes impactaven contra la finestra de l'habitació, i creaven una melodia que envoltava els nostres pensaments.

—Pots quedar-te aquesta nit aquí? —vaig demanar-li sense pensar-ho gaire. No volia estar sola.

—És clar, em quedaré —va contestar gairebé en un murmuri.

Em va estrènyer la mà, com volent dir alguna cosa, i va aixecar-se.

—Pots dormir al llit, jo em quedaré al sofà. —I va seure en un sofà gris que hi havia contra una paret i va començar a treure's les sabates.

Per un segon vaig tenir la temptació de dir-li que podíem dormir tots dos al llit, ja que era enorme. Però el sol fet d'imaginar-nos al mateix llit va fer que l'estómac se'm regirés tot i notés una ingravidesa molt perillosa. No era una bona idea. Ell estava trist, emprenyat, decebut, preocupat... I jo estava enrabiada, descol·locada i amb ganes d'abraçar-lo i enredar-me en els seus cabells. Definitivament, no era una bona idea.

Vaig agafar el pijama que m'havien donat a l'hotel i vaig anar al lavabo a canviar-me. El bany era estrany. Era una barreja d'antigor i modernitat. Quan em vaig veure al mirall circular, em vaig sorprendre. Seguia sent la Júlia de sempre, però hi havia alguna cosa en mi que havia canviat. Potser era el meu comportament, més ferm. Era allò, ja no era tan dòcil. Vaig treure'm les arracades i la roba per posar-me el pijama blau.

—Ja hi pots entrar... —vaig anunciar sortint del bany.

Em vaig quedar allà plantada a mitja frase. Estava d'esquena a mi i ja s'havia canviat de roba. Duia uns pantalons de pijama negres, curts, i anava sense samarreta. Ja l'havia vist altres vegades d'aquella manera a la piscina, però allò era diferent. L'ambient fosc de l'habitació, l'escassa llum que creava ombres al voltant de la seva pell morena, els músculs de l'esquena contrets per la tensió... En girar-se, el cor se'm va aturar. I en mirar-me amb els seus ulls foscos, ho vaig saber. Estava del tot acabada. I allò em va fer por. Vaig obligar-me a desviar la mirada per no fer cap bogeria.

—Hauríem de descansar —vaig dir com si res, mentre me n'anava cap al llit i em ficava entre els llençols més suaus que havia tocat mai la meva pell—. Demà tenim entrenament.

—Sí... —El seu to semblava trist—. Espero que ja no hi siguin quan tornem —va afegir referint-se als seus pares—. Ens haurem de llevar d'hora. Ja et despertaré, no et preocupis per res, descansa.

Va anar fins al llum i el va apagar per després tornar al sofà. Vaig veure com s'estirava de panxa enlaire i desbloquejava la pantalla del mòbil, amb la qual cosa se li va il·luminar el rostre i part del pit. Aquell era l'aspecte que tenia quan m'escrivia a les nits?

Em va entrar una notificació al mòbil, i en comprovar qui era vaig deixar anar una rialla silenciosa.

DANIEL: Hola.

JÚLIA: Hahaha. Què fas? Ets a pocs metres, al sofà.

DANIEL: No volia faltar a la nostra cita de cada nit.

JÚLIA: Està bé.

DANIEL: Em sap molt de greu el que ha passat aquesta tarda.

JÚLIA: Tampoc no esperava que els teus pares fossin comprensius.

DANIEL: Jo tampoc, i ni tan sols esperava que acceptessin que tu i jo som amics.

JÚLIA. No sé com poden fer-te això.

DANIEL: M'és igual, que es passin amb mi. El que no vull és que tu en paguis les conseqüències.

Júlia: Ja... Quan he vist la cara que feien els teus pares en veure'm... I després tot el que han comentat... Em poso malalta.

Daniel: A vegades desitjaria haver nascut en una altra família.

Júlia: El que fan amb tu no és protegir-te ni preocupar-se pel teu futur.

El que fan és tenir controlats tots els aspectes de la teva vida.

Daniel: Ho sé.

M'agradaria deixar-ho tot enrere.

No vull dependre'n més. Vull espavilar-me i començar a guanyar diners per mi mateix. Així no podran ficar-se tant en el que faig.

Júlia: No hi ha ningú de la teva família que et pugui ajudar?

Daniel: No. Són com els meus pares.

Júlia: Deu ser dur no tenir a ningú en qui poder confiar...

Daniel: Et tinc a tu.

Júlia: Em tens a mi.

Daniel: Però només si tu ho vols. I fins quan tu vulguis.

Si en algun moment vols allunyar-te de mi, ho entendré.

Júlia: Saps que no ho faré. No penso deixar-te sol.

I necessito dir-te una veritat que tinc a dins des de fa uns dies.

Daniel: Et llegeixo.

Júlia: Entre ser amics, fingir davant la Lauren que som més que amics, les fotos publicades, la teva família...

Saber que et conec només des de fa unes setmanes, però que no vull que desapareguis de la meva vida...

Jo ja no sé què som ni què no som.

Daniel: Juls...

Jo tampoc no ho sé...

Però vull seguir sent-ho.

Júlia: Però aquesta nit no puc pensar-hi.

Estan passant massa coses i crec que cap dels dos no podem pensar amb claredat.

A més... m'estic adormint.

Daniel: Dorm tranquil·la, soc aquí.

Júlia: Daniel?

Daniel: Mmm?

Júlia: No vull dormir sola. Vens aquí?

El sostre va deixar d'estar il·luminat per la pantalla del seu mòbil. Es va acostar al llit i es va fer un lloc al meu costat. Va abraçar-me per darrere, i en aquell moment vaig notar com totes les partícules del meu cos es posaven en alerta en entrar en contacte amb les seves. Sentia que aquell moment havia de durar per sempre. Ell va aferrar-se una mica més a mi, va fer un sospir i va col·locar el seu cap a l'espai entre el meu coll i l'esquena.

—Dorm tranquil·la, Juls —va repetir amb la veu més greu que li havia sentit fins llavors.

No vaig respondre ni em vaig moure. Tenia la sensació que, si feia qualsevol cosa, el cos se'm desconnectaria del cap, i m'atreviria a fer coses que no havia confessat a ningú. I no era el moment. No així. No amb el que acabàvem de viure.

Estava a punt de quedar-me adormida entre els seus braços, mentre la llum de la mitja lluna s'escolava pel finestral de l'habitació, quan va dir les últimes paraules d'aquella nit.

—Bona nit —va xiuxiuejar-me a cau d'orella.

Després va apropar-se i va fer-me un petó suau i gairebé

imperceptible a la part del darrere del coll. La meva pell es va quedar cremant amb aquell contacte i vaig tancar fort els ulls per no girar-me.

Després d'allò la seva respiració es va anar tornant més pausada, fins a adormir-se. Vaig mirar-li la mà que tenia a la meva cintura. Vaig abaixar la meva i vaig entrellaçar els seus dits amb els meus. I així, sense saber què érem però tenint més clar què significàvem l'un per l'altre, ens vam adormir en una estranya nit a Barcelona.

Els dies següents van ser un caos. En tornar a la residència, la rectora va parlar amb nosaltres per intentar que la situació es calmés. La família Hakim l'havia pressionat per assegurar-se que en Daniel anés acompanyat pel seu equip de seguretat. Això va fer que estiguéssim molt incòmodes, ja que el seguien a tot arreu; fins i tot feien guàrdia a la porta mentre érem a classe. Tot plegat va alimentar encara més els rumors i les enraonies entre els estudiants de la universitat.

La Jen ens havia demanat perdó unes quantes vegades per haver enviat aquella foto a la Lauren, i la vaig perdonar. Sabia que la meva amiga no ho havia fet amb mala intenció.

—Però ja has vist que la Lauren no és de fiar. —Ens vam fondre en una abraçada—. Ja sé que sembla que ella també hagi estat víctima de tot plegat, però això no li dona dret a fer el que ha fet.

—Tens raó. —Va agafar-me del braç i vam començar a caminar pel passadís—. Oblidem-nos de tot això. —I va espantar els pensaments sacsejant el cap—. Com van els entrenaments? Teniu competició d'aquí a poc, oi?

L'entrenador s'havia posat més dur amb nosaltres en els darrers dies. Teníem la primera classificatòria per al Campionat Universitari de Natació, que ens serviria d'entrada per a l'Europeu. El nostre centre havia aconseguit medalles en els últims anys, i no podíem afluixar el ritme.

—Va, som-hi, equip! —cridava quan ens veia aparèixer—. Ho tenim! Ho tenim!

A més d'anar als Europeus, esperava que ens poguéssim classificar per anar als pròxims Jocs Olímpics. Tant a mi com a en Daniel ens semblava un somni massa irreal, però l'entrenador estava convençut que podíem aconseguir-ho. Havia millorat les meves marques, i cada vegada estava més motivada. Intentava centrar-me tant com podia en l'esport i els estudis, ja que el semestre començava a complicar-se, i no volia perdre la beca. Necessitava treure bones notes i que la universitat no em veiés com un problema.

Semblava que les coses amb els Hakim s'havien calmat bastant. En Daniel no els havia donat més motius per posar-se nerviosos, en part perquè estàvem tan ocupats que no ens quedava temps ni forces per voler sortir de la residència.

—A veure si comencen a oblidar-se de mi... —va comentar una tarda abans de ficar-nos a l'aigua.

—Tu creus? —Vaig riure—. Sembla que en Kevin i companyia no pensen deixar la guàrdia. —Vaig assenyalar amb el cap el grup de quatre guardaespatlles que vigilaven els accessos a la piscina.

A l'entrenador no li agradava gaire la presència d'aquells homes.

—Fan que això sembli una presó.

—Ah, que no ho és? —va remugar en Daniel.

Hi havia certa calma en la nostra rutina, però se'l notava tens. A vegades l'enxampava mirant l'infinit amb les celles arrufades i els punys estrets sobre els genolls. No estava bé.

—Què et passa? —vaig gosar preguntar-li amb tacte un dia després de l'entrenament.

Ell va negar amb el cap, com si no volgués pensar en el tema.

—Res. —I em va dedicar un somriure trist.

No havíem parlat del que havia passat aquella nit a l'hotel de Barcelona, i tampoc no em veia prou valenta per fer-ho. Esperava que ell, en les converses que teníem de nit, digués alguna cosa, però no ho va fer. «Què esperaves? Que es llancés als teus braços poc després de trencar amb la nòvia? Encara s'està recuperant», em recordava a mi mateixa. Però quant de temps trigava a recuperar-se un cor trencat?

Pau: Depèn.

Júlia: De què?

Pau: Suposo que de la persona i del tipus de ruptura.

Júlia: Tu t'has recuperat?

Pau: Si et soc sincer... no.

Júlia: Com ho saps?

Pau: Encara em fa mal quan penso en l'Adrien... I encara no em veig amb ganes ni forces d'estar amb una altra persona.

Júlia: Crec que a en Daniel li passa el mateix.
Encara pensa en la Lauren.

Pau: El temps ho cura tot.

Mentrestant, la meva mare havia començat a trucar-me cada dia per saber com anava tot. Des de la publicació d'aquelles fotos, tot el poble estava revolucionat amb la notícia. No paraven de preguntar per mi. Havia passat de ser una veïna més a estar en boca de tothom. Ella intentava mantenir els rumors a ratlla, però estava preocupada pels comentaris que veia a les xarxes socials, on encara es parlava de mi i d'en Daniel.

—Podríem denunciar-ho —va oferir-me—. No pot ser que publiquin fotos teves sense permís i que especulin sobre la teva vida.

—És igual. Prefereixo no donar-hi més importància. Si ho ignorem, acabaran oblidant-se del tema —li vaig dir, recordant les paraules de la Jen.

—Segueixo pensant que hauríem de fer-hi alguna cosa. Vols que vingui a veure't?

—No, no —vaig afanyar-me a dir. Només em faltaria que es presentés allà—. Estic molt ocupada. Tinc molta feina de la uni, i quan no estudio, estic entrenant.

—Sempre t'has esforçat tant... —Es va fer un silenci a l'altra banda de la línia—. Intenta no ficar-te en més problemes.

—No ho faré. —No n'estava gaire convençuda.

Evidentment que no volia tenir més problemes, però últimament semblava que els atreia. Sabia perfectament que estar envoltada d'aquella colla estava fent que tot semblés una muntanya russa, però també em sentia més viva que mai. No volia deixar-los de veure. Només havíem d'intentar seguir les normes d'aquell lloc. Al cap i a la fi, teníem de tot a la residència. No ens feia falta res més...

Però els meus pensaments més racionals s'enfonsaven cada vegada que el grup proposava un nou pla.

—Vindràs al concert, oi? —va insistir la Jen un matí després de classe.

—Ah... —Ja no me'n recordava—. Suposo que sí. Tot i que en Daniel no crec que vingui.

—No cal que vagis amb ell a tot arreu. —Semblava una mica molesta.

—Ja ho sé. —No calia que m'ho digués—. A més, crec que encara no li ha passat del tot el cabreig amb tu.

—Ja us he demanat perdó! —Semblava cansada d'aquell tema.

—Eh —li vaig donar un copet al braç—, jo t'he perdonat! Però crec que a ell li costarà més.

En Daniel m'havia explicat que l'havia molestat més que la Jen defensés la Lauren que no pas el tema de la foto.

—Ja sé que eren amigues... I potser ho segueixen sent... Però sap perfectament que em va enganyar, no té dret a excusar-la —es va defensar ell quan li vaig aconsellar que la perdonés—. Acabaré perdonant la Jen perquè és la meva amiga, però encara estic cabrejat. No puc fer com si no hagués passat res.

Allò, sumat al fet que encara es posava tens amb en Conrad, no ajudava que el grup estigués unit.

—Hi anirem amb en Conrad —va proposar la Jen—. Ens ho passarem bé.

—Però res de problemes —vaig insistir.

—Res de res —va assegurar-me.

No sabia si creure-m'ho. Vaig estar a punt de fer marxa enrere i passar del pla, però necessitava desconnectar una mica de les obligacions dels últims dies. Aquell dia, just abans de marxar cap al concert, vaig escriure a en Daniel.

Júlia: Segur que no vols venir?

Daniel: Vols que estiguem allà rodejats pels meus guardaespatlles mentre tothom ens mira?

Júlia: Home, dit així...

I no hi ha cap altra manera perquè vinguis?

Daniel: Tens una capa d'invisibilitat?

Júlia: Ja m'agradaria!

Daniel: Necessitaria ser invisible per sortir d'aquí.

Júlia: Ja...

Daniel: Acabo de tenir una idea.

Júlia: Quina?

Daniel: No sé si funcionarà.

Júlia: Digue'm què estàs pensant.

Daniel: Potser hi ha una manera de poder sortir de la residència sense que ningú em vegi.

Júlia: Ja, però si surts, no serà perillós que no hi hagi el guardaespatlles?

Daniel: No si tothom es pensa que soc aquí dins... Qui em buscarà a fora?

No crec que vingui ningú a matar-me. Hahaha.

Júlia: Et mataré jo si segueixes ficant-me en problemes.

Daniel: Bah, si sé que t'encanten.

Júlia: Els teus problemes?

Posa'm a prova.

Daniel: Ves cap al concert. Ens veiem allà.

No estava segura de saber quina en portava de cap aquella vegada en Daniel. «És millor que no ho sàpigues», em va dir una veueta dins del cap. Vaig arribar a la porta de l'apartament de la Jen, on ja ens esperava en Conrad. El noi s'havia posat una samarreta d'un grup, pantalons curts i vambes. El notava diferent, vestit així.

—Et queda bé anar informal —vaig dir en arribar al seu costat.

—I a tu anar sense en Daniel. —Va fer amb una ganyota—. Auix! Què? —Es va queixar del cop que li vaig donar al braç—. Últimament esteu tot el dia junts!

No vaig tenir temps de respondre a aquella insinuació, perquè la Jen va sortir de sobte de l'apartament.

—Res de drames! —va cridar en veure les nostres cares—. Avui no vull drames —va tornar a repetir, com si ens estigués alliçonant—. Anem a passar-ho bé, val?

Ella també havia optat per posar-se un top negre amb el logo d'un dels grups que anàvem a veure, amb uns texans de tir alt que li realçaven les corbes.

Un cotxe ens va portar fins a l'entrada del minifestival, que no quedava gaire lluny de la residència. S'havia fet de nit, i el terreny de sorra on es feien els concerts ja estava pràcticament ple. Vam comprar begudes i vam fer-nos un lloc entre la gent. Durant l'hora següent vam cantar, saltar i ballar com si ens hi anés la vida. La Jen anava i tornava portant beguda, tot i que jo no vaig seguir-li el ritme.

—No vull —vaig rebutjar.

—Més per a mi! —va cridar ella per sobre de la música.

S'estava passant i començava a amoïnar-me. En Conrad anava i venia entre la gent, totalment despreocupat. La Jen es va abraçar a mi per cantar una cançó juntes, mentre alçava per sobre dels nostres caps el got que ja tenia buit. Estàvem així quan de sobte va cridar.

—Has vingut! —Va fer uns salts.

Esperava trobar-me en Daniel, però quan em vaig girar, gairebé vaig tenir un curtcircuit neuronal. Vaig tornar a girar-me cap a la meva amiga.

—Què fa aquí la Lauren?

—L'he convidat! —Estava molt borratxa—. No passa res! Va, és amiga meva! Està una mica tarada i ha fet coses que no... —li costava trobar les paraules—, que no estan bé, però no passa res! Tornem tots a ser amics com abans! Val?

Jo no era ningú per dir-li de qui podia ser amiga i de qui no, però no em feia cap gràcia estar amb aquella noia. Em vaig tornar a girar cap a ella.

—Hola, Juls! —va fer amb el seu somriure fals—. Sento tot el que ha passat... Comencem de nou?

No me'n creia ni una paraula.

—Jo... No ho sé —vaig aconseguir dir—. No ho crec.

Va plegar-se de braços i em va mirar, ofesa.

—No ho saps o en Daniel no et deixa? —va picar-me.

—Perdona? Però què t'has cregut?! —vaig cridar.

I no sé si va ser per culpa de la beguda o pel fet que en el fons feia massa dies que estava enrabiada amb tot el que havia hagut de suportar per culpa d'ella i dels Hakim, però el cas és que li vaig clavar una empenta que la va fer caure de cul a terra.

—Què fas?! —va cridar exageradament.

—Joder, Juls, què fas? —La Jen va allargar la mà per ajudar la Lauren a aixecar-se—. Se te'n va l'olla o què?

—Està boja! —va seguir la Lauren.

—Què està passant? —Havia arribat en Conrad.

—La vostra nova amiga! —La Lauren va posar una veueta desagradable—. Vol pegar-me!

—Mira que ets mentidera! —Vaig estrènyer els punys—. Dius mai la veritat?! Eh?!

—Juls... Calmem-nos. —En Conrad em va posar una mà a l'espatlla.

Notava com l'escalfor em pujava a les galtes i em tremolaven els dits. M'estava cabrejant. Vaig treure'm la mà d'en Conrad de sobre amb un gest ràpid i massa brusc.

—Eh —va queixar-se—. Tampoc cal posar-se així.

—Ho veus? —va dir la Lauren en to burleta, avançant una passa més cap a mi—. Només s'ha apropat a tots nosaltres per interès. Jo tenia raó.

Allò va ser massa. No vaig poder controlar els meus impulsos i li vaig tornar a clavar una empenta. Aquesta vegada va caure contra un grup que teníem al costat.

La situació es va descontrolar. Jo em vaig descontrolar. La Lauren es va rebotar i se'm va abraonar, feta una fúria. Sort que la Jen i en Conrad es van ficar pel mig, per separar-nos. Al voltant nostre, la gent s'havia començat a girar per veure què passava.

Vaig respirar fondo i em vaig obligar a fer mitja volta i sortir d'allà. Quan vaig estar prou lluny de la música, vaig trucar a la primera persona que em va venir al cap.

—La Jen ha convidat la Lauren... I... —Necessitava respirar—. Ha tornat a ficar-se amb mi i... —No podia—. No puc, Daniel, vull marxar d'aquí! —Vaig obviar la part en què l'havia empès.

—Vinc a buscar-te. —I em va penjar sense afegir res més.

Al cap de pocs minuts apareixia en cotxe amb el seu guardaespatlles. Hi vaig pujar i vaig agrair que aquell vehicle estigués blindat i esmorteís els sorolls que venien de fora. Li vaig resumir tot el que havia passat, entre sanglots, i ell em va escoltar en silenci, sense interrompre'm.

—Vols que tornem a la residència? —va preguntar.

—No... —Li volia preguntar una cosa, però no estava segura de si era massa—. Vull anar-me'n a casa.

Em va estrènyer la mà i va assentir. Després va parlar amb el guardaespatlles i vam posar rumb a la Costa Brava. Vaig avisar la mare i els amics. Amb sort, arribaríem abans de mitjanit.

Vam fer gairebé tot el trajecte en silenci. Estava cansada físicament i emocionalment per tot el que havia passat. No soc una persona violenta, i no em podia creure que hagués reaccionat d'aquella manera.

En arribar al poble, vaig guiar el xofer fins a la porta de casa meva, on la meva mare i en Pau ja ens esperaven. Quan vam sortir del cotxe, vaig veure la cara de sorpresa total de la mare. Segurament no s'esperava que arribéssim amb aquell cotxe luxós i amb xofer. Suposo que era conscient de qui era en Daniel, per la informació i les fotos que s'havien publicat a internet, però una cosa és saber-ho i una altra de ben diferent és veure-ho amb els teus propis ulls.

—Collons amb la tia...! —va deixar anar en Pau corrent cap a mi—. Juls!

No vaig tenir temps de dir res perquè el meu amic va arribar com un coet i va enlairar-me mentre m'abraçava. Vaig començar a riure, no m'esperava tant d'entusiasme per part seva. Quan em va deixar a terra, el vaig mirar amb deteniment. Era cosa meva o estava més prim? Li havien crescut una mica els cabells i els portava com si no s'hagués pentinat des de feia dies. Feia cara de cansat; tenia unes ulleres pronunciades sota els ulls, que tenia inflats, com si hagués estat plorant fins feia poc. Somreia, però no com sempre; ho feia amb un punt de tristor a la mirada que em va fer mal. Havia de trobar un moment amb ell a soles per parlar-hi.

En Daniel parlava amb el guardaespatlles. Acabaven de reservar en línia dues habitacions en un hotel proper.

—És encara més guapo en persona —em va comentar a cau d'orella en Pau mentre el tornava a abraçar—. Mare meva, com està...

Li vaig clavar un copet a l'espatlla i vaig posar els ulls en blanc.

—Júlia... —La meva mare es va apropar i em va fer un petó a la galta—. Si ens haguéssiu avisat abans que veníeu, hauria preparat sopar...

—Sí, ja saps, una rebuda per tot el poble com si fóssiu de la reialesa, amb pancartes, una banda amb gaites... —va bromejar en Pau.

—Ens el presentes? —va dir entre dents la mare.

Em vaig girar i vaig fer que s'apropés.

—És el meu amic Daniel. —Vaig accentuar la paraula *amic* i vaig obrir molt els ulls mentre em mirava en Pau.— Daniel, aquesta és la meva mare, i aquest, en Pau.

En Daniel es va apropar i els va fer una breu abraçada.

—La Juls m'ha parlat molt de vosaltres. —Va somriure, un pèl nerviós.

—Doncs a nosaltres no ens ha parlat gaire de tu —va dir en Pau—. Hem hagut de treure-li informació a poc a poc...

—Bé, deixa que s'instal·lin i es canviïn. Teniu gana?

—Gràcies, sí. Però en Daniel haurà d'anar a l'hotel a deixar les seves coses.

—A l'hotel? De cap manera! —Va rebufar la mare—. Tenim una habitació de sobres a casa. Pot quedar-se aquí!

—Eh... Crec que la seva família preferirà l'hotel, mare —vaig insistir—. Ha vingut amb el guardaespatlles.

—També pot quedar-se! Ara mateix obro el sofà llit del menjador —els va oferir.

—El que vostè digui em semblarà bé —va aclarir en Daniel, somrient amb les seves dents perfectes.

Ella va fer un riure nerviós i jo vaig posar els ulls en blanc. Si la mare d'en Daniel m'odiava, estava segura que amb la meva passaria tot just el contrari. L'acabava de conèixer i ja l'adorava. Em semblava molt bé, però no volia que semblessin massa desesperats per incorporar-lo a la família. Perquè no estàvem preparats. Ni tan sols estàvem gaire a prop de ser en aquell punt. Dies abans m'havia fet il·lusions, però la situació era complicada i encara no tenia clar si en Daniel volia tenir res amb mi. Estava començant a sospitar que realment només em veia com una amiga, una bona amiga que era al seu costat en els mals moments i que no l'abandonaria mai. Però res més. No ho volia admetre, però les paraules plenes de verí de la seva mare m'havien despertat una lluita interna. Creia que tenia part de raó quan deia que segurament en Daniel acabaria trobant una noia de la seva classe social amb qui estigués bé. I sonava egoista, però tenia por d'acabar sent l'eterna amiga enamorada de l'amic, aquella que no l'abandona mai però que sempre té el cor destrossat. Si ell no tenia cap intenció de passar a un altre nivell, havia de deixar de muntar-me històries al cap i protegir-me. Necessitava parlar de tot allò amb en Pau, perquè tenia un caos mental.

—Doncs pugeu les coses a les habitacions i baixeu a sopar alguna cosa —va dir la mare.

Encara no els havia explicat la meva sobtada decisió de visitar-los a aquelles hores de la nit, però no semblaven gaire sorpresos. Potser es pensaven que havíem passat el dia pels voltants, i que havíem acabat allà per casualitat.

—La Laia és a baix, al restaurant. Estaré amb ella —em va comentar en Pau—. Després parlem.

Em va fer un petó a la galta i va dir adeu a en Daniel amb la mà. Vaig guiar-lo per la casa. El terra era fosc i antic, les parets estaven pintades d'un groc força cridaner i hi havia coses per tot arreu: decoració, fotos, revistes, llibres...

—Sí, ja ho sé, és una mica caòtic —vaig dir com mig disculpant-me.

—A mi em sembla acollidor. —Observava tots els detalls.

Aquell comentari em va sorprendre i em va agradar. Tenia por que es trobés massa fora de lloc. Vam pujar les escales i li vaig mostrar les habitacions. La primera era la de la mare, al final de tot hi havia la meva, i al mig la de convidats.

—Pots quedar-te a la de convidats, és la millor. Normalment a l'estiu la mare la lloga a turistes que venen a passar uns dies a la platja. I és la que té més bones vistes. —Vaig obrir la porta per entrar-hi.

L'habitació no era gaire gran, però era la que tenia més estil i estava més endreçada. Hi havia un llit doble, dues tauletes de nit de fusta i un mirall. El millor de tot era el petit balcó que donava directament al mar. Vaig apropar-m'hi i vaig obrir les portes de vidre. En notar la brisa del mar a la pell, vaig somriure. Ho havia trobat a faltar.

—La casa no és gran cosa, però tenir això no té preu —vaig comentar recolzant-me a la barana del balcó.

—No té preu —va repetir en Daniel, assentint.

Es va quedar una altra vegada amb el rostre pensatiu i per un moment vaig témer haver dit alguna cosa que no li hagués agradat. Després em va passar el braç per l'espatlla i es va repenjar en mi.

—Crec que a la teva mare li caic bé. —Va riure.

—Crec que a aquest pas li cauràs millor que jo.

Vaig desfer-me de l'abraçada perquè notava que m'estava fonent, i volia evitar-ho. Com a mínim fins que ell tingués clar de què anava tot allò.

—Vaig a canviar-me. Ens veiem a l'entrada? —No vaig esperar la seva resposta; vaig dirigir-me a la meva habitació i vaig tancar la porta darrere meu.

Vaig seure un moment al llit per respirar profundament. Aquelles quatre parets no havien canviat gens en el temps que havia estat fora, però notava que jo havia tornat sent una altra persona. Vaig anar a l'armari, on sabia que tenia un dels meus texans preferits i una samarreta que havia portat durant anys. Vaig recollir-me els cabells en una cueta i vaig buscar les velles Converse que tenia guardades en algun racó. Em vaig mirar al mirall. Aquella era jo. La Júlia de tota la vida. La que tenia clares les coses, la que visualitzava els seus objectius, la bona amiga, la que no perdia el temps amb coses que no valien la pena, la que no confiava en la gent però que ho donava tot pels que se'n guanyaven la confiança. I tot i semblar la Júlia de sempre, sabia que per dins tot havia canviat.

Pau: Baixeu?

Júlia: Sí.

En Daniel ja m'esperava a la sala, mentre mirava alguna cosa al mòbil. Quan em va veure, el va guardar ràpidament a la butxaca.

—Espero que tinguis gana, perquè la meva mare segur que voldrà que mengis de tot.

—Doncs sí, crec que se m'està fent un forat a l'estómac —va bromejar.

Ell també s'havia canviat. Havia substituït el xandall per uns pantalons llargs foscos i una camisa curta. Li donava un toc arreglat però *casual*. Li quedava molt bé. De fet, tot el que es posava li quedava bé. A més, el to blanc de la camisa feia que aquella pell naturalment bronzejada destaqués encara més. La barreja de gens europeus i àrabs li conferia un aspecte d'allò més atractiu.

Segurament la Laia també ho va pensar, perquè quan va sortir de la cuina per rebre'ns va mirar-lo de dalt a baix i em va fer un gest d'aprovació. Si en Daniel se'n va adonar, no va dir res.

Vam sopar tots junts a la terrassa del restaurant. Ja havia acabat el torn i la teníem per a nosaltres sols.

—I bé, Daniel, què et sembla tot això? —va preguntar la mare.

—És genial. M'hi quedaria a viure.

—Jo encantada, eh?, aquí tens una habitació per a quan vulguis —va seguir la mare, fent-li ullets—. A veure, que segur que estàs més acostumat a anar a hotels d'*alt standing*, i això de luxe en té poc, però...

—Mama —la vaig interrompre, obrint molt els ulls.

—No passa res —va restar-hi ell importància—. Soc conscient d'on vinc i qui és la meva família... Però li puc assegurar que ho canviaria tot per això.

Aquella confessió els va agafar a tots per sorpresa i no van saber què dir. Per la meva mirada, ningú no es va atrevir a fer més preguntes sobre el tema.

—Et trobem molt a faltar per aquí —va dir-me la Laia.

—Soc a poques hores, podria pujar més sovint.

—No dissimulis, estàs molt ocupada amb en Daniel. I, eh?, no te'n culpo pas. —Va riure en Pau, traient la llengua cap a en Daniel perquè entengués que feia broma.

—En Daniel és tan amic meu com vosaltres. Només que passem molta estona junts entre els entrenaments i...

—Que era broma, Juls —va aclarir la Laia, veient que se m'estava fent bola—. És normal que passis molt de temps amb ell. Pau, no li diguis aquestes coses —el va renyar.

—Perdó —va esbufegar.

—I què hi ha de cert en tot plegat? —va preguntar la meva mare, ja que estàvem ficats en el tema.

—De què?

—De les fotos. Esteu sortint junts? —I va deixar caure la bomba.

—Mama, ja t'ho vaig dir. Allò era algú que volia venjar-se d'en Daniel o guanyar uns diners amb una història inventada. Només som amics —vaig repetir per enèsima vegada.

Tots van assentir i van guardar silenci. Ningú no es creia la meva versió, però no m'importava. En Daniel em va donar un copet a la cama per sota de la taula, com per donar-me ànims, i sense voler el vaig mirar. Segur que tots van veure la cara que feia en mirar-lo perquè la Laia i la mare es van aixecar alhora amb l'excusa de recollir la taula i anar a la cuina. En Pau, però, no es va moure.

—Fins quan us quedareu?

—Demà hem de tornar —vaig contestar, mentre m'acabava la crema catalana—. Anem a fer ara una volta?

—Aneu-hi vosaltres, segur que teniu moltes coses de què parlar —va dir en Daniel.

Es va aixecar i em va fer un petó a la galta per acomiadar-se. Després va xocar les mans amb en Pau i va entrar al restaurant per dir-li a la meva mare que pujava a descansar a l'habitació. En Pau va alçar les celles i em va somriure, divertit. Es notava que estava desitjant dir alguna cosa. Quan en Daniel va haver desaparegut escales amunt, vaig parlar:

—A veure, què em vols dir? —El coneixia massa bé.

—I aquest petó? —Somreia encara més—. De què va?

—Res. —Vaig intentar sonar al més passota possible—. Ell és així.

—Mmm. Li hauré de demanar que també em faci aquests petons a mi —va burlar-se'n, mossegant-se el llavi.

—Tu mateix. —Vaig fer veure que no m'importava.

Vam acabar de desparar la taula i vam marxar tots dos a passejar sota la llum dels fanals. La Laia encara havia d'acabar el seu torn, i la mare es quedava a tancar la caixa. Vam baixar uns esglaons i vam començar a passejar molt a poc a poc, vorejant la platja. Era un recorregut que fèiem sovint quan necessitàvem parlar.

Estava a punt d'explicar-li el que m'havia passat aquella tarda al concert, quan es va posar intens.

—Juls, escolta'm bé perquè et diré una cosa que no has d'oblidar.

—El què?

—Si estimes algú, digue-l'hi, no perdis el temps. No saps mai quin serà el vostre últim moment junts.

Allò em va agafar de sorpresa.

No vaig poder contestar, el vaig abraçar de nou i vaig deixar que el silenci s'apoderés del moment.

—És més complicat del que penses —vaig murmurar—. No és tan fàcil, saps?

—Ho seria si ho volguessis —va contraatacar.

—No, no ho seria.

—I què si als seus pares no els caus bé? Importa?

—No és això... —Com l'hi podia explicar?

—Llavors, què és? —S'estava impacientant.

—No està preparat per tenir una relació. Que la Lauren i la seva família l'hagin enganyat d'aquesta manera l'ha deixat destrossat —vaig resumir.

—Això és una tonteria. Si t'agrada algú, t'agrada i punt. Si t'agrada de veritat, la resta no importa —va acabar dient.

En part tenia raó. Però és que no sabia què pensava en Daniel. Jo li agradava? I si li agradava, volia intentar-ho amb mi? Per què no m'havia dit res? Esperava que jo li digués alguna cosa? Vam seure.

—La família d'en Daniel és molt poderosa, més del que et puguis arribar a imaginar. Els seus pares m'odien, la seva mare m'ha amenaçat i a sobre creuen que, si algú li arriba a fer mal, serà culpa meva per fer que s'exposi al perill. —Vaig posar els ulls en blanc.

—Tela, Juls. Encara no surts amb ell i ja teniu muntat tot això? No ho sé... —va rumiar—. Crec que has de pensar bé si realment val la pena, fins on estàs disposada a arribar i fins on ho està ell. Si arrisques coses per ell, ha de saber que n'esperes alguna cosa a canvi. Sento sonar tan pràctic. —Va recolzar una mà al meu genoll—. Però jo de tu no faria un pas sense tenir-les totes. El primer és esbrinar si t'agrada i si ell sent el mateix. Enamorar-se pot ser el millor que et pot passar a la vida, o el pitjor.

Vaig interioritzar els seus consells. Tenia raó: abans de fer cap pas, necessitava estar-ne molt segura.

En tornar a casa, vaig veure que el guardaespatlles era al menjador, amb una tassa a la mà, assegut al sofà llit. Era evident que no li feia cap gràcia tot el que havia passat. El vaig mirar amb cara de disculpa, desitjant que no xerrés res de tot allò als Hakim. Quan vaig pujar al segon pis, en passar per davant de l'habitació on era en Daniel, vaig cridar-lo per saber com estava.

—Estàs cansat? —vaig dir traient el nas per la porta de l'habitació de convidats.

—Sí. Però he estat molt a gust amb la teva família i amics. —El notava tranquil però alhora inquiet—. Estàs bé, Juls? —va preguntar-me fent referència clarament al que havia passat al concert.

Vaig assentir, sense voler parlar-ne.

—Me'n vaig a dormir. Bona nit. Gràcies per haver-me portat a casa.

A la meva habitació vaig posar-me el pijama i vaig ficar-me entre els llençols, disposada a no donar més voltes al tema, quan va vibrar el mòbil. Un missatge.

DANIEL: Estàs desperta?

JÚLIA: Sí.

DANIEL: Estàs bé?

JÚLIA: Sí. Per?

DANIEL: Has marxat molt de sobte a la teva habitació...

JÚLIA: Ja.

DANIEL: Sé que segueixes cabrejada.

JÚLIA: Una mica.

DANIEL: Em sap greu tots els problemes que t'estic causant.

JÚLIA: Saps que no és culpa teva.

Daniel: M'ha agradat conèixer els teus amics.

Júlia: Són els millors.

Daniel: Això m'ha fet pensar...

Júlia: El què?

Daniel: Si ja els tens a ells, que són bons amics, no em necessites a mi, que només et fico en problemes.

Júlia: No saps el que dius.

Daniel: Aquesta nit t'he vist feliç.

Júlia: També ho soc quan estic amb tu.

Daniel: Segur?

Júlia: Sí.

Però estic començant a sospitar que tu no ho ets.

Daniel: És clar que sí. Ets el millor que m'ha passat en molt de temps.

Júlia: Però?

Daniel: No vull fer-te mal. I tinc la sensació que des que vaig aparèixer a la teva vida no faig res més que això.

Júlia: Vols deixar de veure'm? Pensava que significava més per a tu.

Daniel: És clar que no vull deixar de veure't.

Per tu faria el que ningú no ha fet mai per mi.

Vull que estiguis segura i siguis feliç, que puguis complir tots els teus objectius. Per això no sé si estar a prop meu pot ser un obstacle per a tot això.

Júlia: Crec que això ho hauria de decidir jo.

Daniel: Juls, no m'ho poses fàcil...

Júlia: Tu a mi tampoc.

Puc venir a la teva habitació?

Daniel: T'estic esperant.

Quan em vaig despertar, vaig necessitar uns segons per ubicar-me. Era a l'habitació de convidats de casa meva, i de la meva cintura penjava la mà d'en Daniel, que seguia adormit al meu costat. La nit anterior havia estat estranya. Després d'escriure'ns, havia anat al seu dormitori i sense dir-nos res m'havia ficat al seu llit i m'havia adormit com ho havia fet aquella altra vegada. Sense paraules, sense petons, però estant l'un a prop de l'altre. A més, si havia de passar alguna cosa per primera vegada, no em venia de gust que fos a l'habitació del costat de la meva mare.

Vaig llevar-me a poc a poc, intentant no despertar-lo. No portava samarreta. Vaig contenir uns segons la respiració. Vaig sortir de puntetes del dormitori i me'n vaig anar al meu. Un cop allà, vaig escriure a en Pau per explicar-li el que havia passat. Segurament encara dormia, perquè no em va respondre.

Vaig dutxar-me, vaig vestir-me i fins i tot vaig tenir temps de preparar un bon esmorzar. Va ser llavors quan va aparèixer en Daniel, i per sort per a la meva salut física i mental, amb una samarreta posada.

—He dormit massa bé. —Va somriure amb cara d'adormit.

—Això significa que estaves tranquil. Jo també he dormit bé. —Vaig notar una escalfor a les galtes.

Es va esbullar els cabells i se'ls va despentinar encara més. Vaig empassar-me la saliva.

Havíem de recollir-ho tot per marxar al cap d'una estona, ja que teníem planejat no arribar tard a Barcelona i poder fer un entrenament a la tarda. L'entrenador es devia estar enfilant per les parets en veure que no apareixíem.

En Pau va venir a acomiadar-se, fent-me prometre que hi tornaria aviat.

—Pau, no et posis a plorar o faràs que em quedi aquí —el vaig mig amenaçar, de broma però seriosament.

—No ploro —va assegurar—. Però torna aviat.

—T'ho prometo. Mentrestant, parlem cada dia.

La mare també em va fer prometre que tornaria aviat, però més perquè portés en Daniel que no pas per mi. Li vaig fer un petó i vam pujar al cotxe. En realitat, tenia ganes de quedar-me a casa una mica més, però havíem de tornar; no podíem estar més temps fora.

En arribar a la universitat vam entrar tan tranquils a la zona de la residència, però en voler passar pel primer control, la màquina va emetre un soroll estrany i les barreres no es van moure. Ho vam provar tots dos de nou, però no hi va haver manera. Vam pensar que segurament era un error del sistema.

—Les identificacions, si us plau —ens va demanar una de les conserges que hi havia al mostrador.

Li vam donar els carnets de la universitat i la dona va comprovar unes dades a l'ordinador. Uns segons després va tornar a mirar-nos i va observar la pantalla.

—Esperin un moment, si us plau. —I va desaparèixer per una porta que hi havia darrere el mostrador.

Quan va tornar, anava acompanyada de la rectora de la universitat i un altre home, aparentment algú de seguretat.

—Se'ns ha notificat que ahir va sortir de les instal·lacions al vespre acompanyat d'un membre de seguretat, però que no va tornar. —Mirava directament en Daniel—. La residència ha fet un esforç per complaure les necessitats de la seva família, i sembla que vostè no ho està valorant, perquè de seguida que pot fa el que vol, sense avisar. —Estava molt enfadada.

—Anava acompanyat del meu guardaespatlles —va rebufar, incrèdul amb el que escoltava—. No sabia que hagués de comunicar les meves hores de sortida i d'entrada.

—No necessitem tots els detalls, però sí saber que vostè està compromès amb la seva seguretat com ho estem nosaltres. Si no, els nostres esforços no serveixen de res. —La dona va mirar-lo de dalt a baix, amb desaprovació—. Tenim molts estudiants a la residència, no podem centrar tota la nostra atenció en vostè.

—Ni la vull. —Va riure ell amargament.

—Aquest és l'últim avís. I si no està d'acord amb la situació, té tot el dret a renunciar a la matrícula i marxar —va sentenciar la rectora.

Va girar sobre els talons i va marxar. En part estava agraïda perquè no m'hagués dit res a mi. Notava com en Daniel tenia la respiració accelerada. Un membre de seguretat ens va acompanyar als nostres respectius apartaments. Un cop al meu, vaig agafar un coixí del sofà i vaig amagar-hi el cap per fer un crit esmorteït, maleint la situació.

En Daniel em va avisar que aquell dia no sortiria de l'habitació, que li digués a l'entrenador que es trobava malament. Suposava que devia estar ratllat amb tot el que estava passant. El dia se'm va fer llarg, massa. Havia rebut missatges de la Jen, i fins i tot ella havia trucat a la porta del meu apartament, però no tenia ganes de veure-la. Em sentia enfadada i avergonyida pel que havia passat al concert. I també, per què no admetre-ho, una mica dolguda perquè defensés la Lauren. Sabia que eren amigues des de feia anys, i no esperava que trenqués la seva relació amb ella, però...

Es va encendre la pantalla del mòbil. Ja havia sopat i feia estona que estava estirada al sofà amb una pel·li de fons. Era gairebé mitjanit. Em vaig incorporar en veure que el missatge no era de la Jen, sinó d'en Daniel.

DANIEL: M'he barallat amb els meus pares.

JÚLIA: Què?

DANIEL: Els he trucat per dir-los que deixessin de controlar-me, que què és això de voler saber on soc en tot moment.

JÚLIA: Segur que no s'ho han pres bé...

DANIEL: Gens.

Els he dit que n'estava fart, i que ja podien fotre's pel cul tot l'equip de seguretat que tinc al meu voltant, que puc cuidar-me jo sol.

Passo que la rectora torni a dir-me que està deixant de banda els altres alumnes per mi.

No val tant la pena.

No em cal.

A la merda.

JÚLIA: I què t'han dit?

DANIEL: Que si vull destrossar el meu futur, que jo mateix.

Què collons saben ells del meu futur...

I han retirat tot l'equip de seguretat. Fins i tot ha marxat en Kevin.

JÚLIA: Sí home!

DANIEL: Això és per posar-me a prova. Segur que demà ja seran aquí altre cop amb el seu discurs. O potser em deixaran de pagar la universitat, ves a saber.

Juls, no vull que estiguis enmig en tot això. No puc ser tan egoista per fer que estiguis al meu costat.

Júlia: Vols que m'allunyi?

Daniel: No. En realitat, no.

No puc fer veure que no m'importes.

O que ets una amiga més.

No puc.

És que Juls... quan et veig, noto que ja no puc mirar res més.

Que em moro simplement per entrellaçar els meus dits amb els teus.

Que sento que ho arriscaria tot per tu.

Júlia: Daniel...

Daniel, què som?

Daniel: No sé què significo jo per a tu.

Ni si té un nom.

Només sé que jo estic en aquella fina línia entre la valentia d'arriscar-me i la por d'enamorar-me.

I mai m'ha agradat que em guanyi la por, així que...

Júlia: Daniel...

Daniel: Juls, tinc ganes de no estar amb ningú més que amb tu.

No necessito que responguis. Només volia que ho sabessis...

Em vaig quedar contenint la respiració fins que vaig notar que em començava a marejar. El cap em donava voltes, el cor m'anava a mil per hora i els pensaments se m'havien aturat. En Daniel va passar d'estar en línia a desconnectat, i jo em vaig quedar pensant què havia de fer. M'hi arriscava? Això em portaria més problemes? Valia la pena?

L'endemà no vaig poder parlar amb ell durant tot el dia. Tenia tres classes seguides i una prova que es va allargar fins a la tarda. Em vaig creuar amb ell un parell de vegades a classe, però tots dos vam apartar les mirades, sense saber com havíem de reaccionar. No podíem fer com si no hagués passat res després d'aquella conversa. Per això estava desitjant que arribés la nit per poder tornar a parlar.

JÚLIA: Ets aquí?

DANIEL: Sí.

JÚLIA: Avui no hem parlat a classe... Tot bé?

DANIEL: Des que et vaig explicar com em sento i el que em vas dir...
Necessito veure't.
No em puc treure del cap tot el que ens vam dir.
Encara que això signifiqui posar de cap per avall tota la universitat.
I que la meva família lluiti perquè això no es faci realitat.
Si tu vols, és clar.

JÚLIA: És clar que et vull veure.
Fa setmanes que no deixo de pensar en tu.
Cada cop que m'agafes la mà em moro perquè et quedis agafat a mi una mica més.

DANIEL: Per què no m'ho havies dit?

JÚLIA: Com volies que t'ho digués?
Des del primer moment em vas deixar clar que només seríem amics, que no estaves preparat per estar amb algú encara...

DANIEL: Però, Juls...

JÚLIA: No volia perdre la nostra amistat!
En poques setmanes has passat de ser un complet desconegut a convertir-te en algú molt especial per a mi.
Al principi pensava que estava bé ser només la teva amiga.

Però cada dia se m'ha anat fent més difícil.

He tingut molt de temps per pensar.

Realment, no et necessito. Tinc amics fantàstics, una bona vida, i un futur que espero que sigui genial.

No et necessito per ser feliç.

Però Daniel... Et vull.

I és que com més et conec, més vull estar amb tu.

La meva felicitat s'expandeix quan estic amb tu.

No sé si tot això és una bogeria o què... Però és el que sento.

I saps què? Potser ho tenim tot en contra i això no porta enlloc, però vull anar-hi.

DANIEL: Uf, Juls, no puc esperar a veure't.

T'envio una foto. A veure si saps on soc.

Daniel ha enviat foto.

JÚLIA: Ets a la piscina!? Què fas? Estàs boig? I si t'enxampen?

DANIEL: Juls.

Ho tinc tot a punt.

A les dotze en punt surt de l'apartament.

Has d'anar cap a la piscina pel camí llarg.

Gira tota l'estona a la dreta.

No et trobaràs ningú.

Quan arribis a la porta de la piscina, obre-la a poc a poc, sense fer soroll. I torna-la a tancar.

T'estaré esperant allà.

Capítol 11

El cor m'anava a mil. Vaig mirar l'hora, encara faltava una estona per a les dotze. Aquells minuts se'm farien eterns. No sabia si parlar-ne amb algú o guardar-ho en secret. Vaig decidir no dir res fins més tard. Estava tan nerviosa que comentar-ho amb en Pau em posaria encara pitjor. Vaig donar voltes i més voltes per l'apartament. No sabia què posar-me per a aquell moment. No podia anar massa arreglada, però era millor que em canviés aquella samarreta vella i les malles d'esport que duia. Vaig remenar-ho tot per acabar decidint-me per uns texans i un top blau que encara no havia estrenat.

Al cap d'una bona estona, ja era a la porta de l'apartament, a punt de sortir d'allà. Vaig respirar fondo, buscant el valor per girar el pany. Tot estava completament en silenci i a través del pati interior s'escolava la claror de la lluna. Els passadissos estaven il·luminats amb la llum tènue que utilitzaven a aquelles hores. Vaig fer el recorregut tal com m'havia indicat en Daniel. Per si de cas, anava descalça per fer menys soroll. Potser era paranoia meva, però creia que anant descalça tindria més probabilitats d'èxit. Caminava amb molta cautela i arrambada a la paret. Vigilava que no se'm pogués veure des de cap altre punt de l'edifici, però tenia la sensació que m'enxamparien en qualsevol moment.

En arribar a la porta de la piscina, la vaig obrir molt a poc a poc. Un cop dins, vaig respirar més tranquil·la i vaig recórrer tota la zona de *fitness* com un ninja en la foscor.

En passar a l'espai de la piscina, ja estava feta un mar de nervis. El lloc estava força fosc, només il·luminat per uns llums d'emergència i la claror que s'escolava per les finestres superiors. Tot plegat creava un ambient molt diferent del que tenia de dia. El vaig albirar a l'altra punta de la sala. Estàvem l'un davant de l'altre, però ens separava tota una piscina olímpica. No sabia si anar cap a ell o esperar que ell vingués a mi. Va esbullar-se els cabells, com sempre que estava nerviós, i va fer un mig somriure. Pensava que em diria alguna cosa, però simplement va clavar els ulls foscos en mi, i va fer que el terratrèmol que tenia a dins augmentés uns quants graus a l'escala de Richter. De tot el que podia passar, el que menys m'esperava és que ell comencés a despullar-se. Amb un gest ràpid i gairebé imperceptible, es va alliberar de la samarreta de màniga curta, per deixar el tors completament nu. Les pulsacions se'm van accelerar i vaig notar que em faltava l'aire. Va seguir amb els pantalons, per quedar-se en banyador. S'havia mogut dues passes enrere i no podia veure ben bé quina cara feia. Quina devia estar fent jo? Sort que no em podia veure bé... Va avançar cap a l'aigua i va llançar-s'hi de cap, sense ni tan sols fer soroll, per sortir uns metres més enllà, i, aquesta vegada sí, somriure amb ganes. Era precisament aquell somriure el que no podia treure'm del cap, i el que em va convèncer sense necessitat de paraules perquè m'unís a ell. Vaig apartar tots els dubtes i les pors que encara m'havien acompanyat fins allà.

No havia portat banyador perquè ni m'havia passat pel

cap que la nostra trobada secreta seria a l'aigua. Però, què hi feia? Vaig treure'm la roba, per quedar-me amb roba interior. Vaig deixar la samarreta i els pantalons a terra, sense preocupar-me perquè es mullessin.

Vaig imitar-lo i vaig llançar-me de cap a l'aigua, amb un moviment que formava part de mi des de sempre. Sentir l'aigua contra la pell em va relaxar i em va donar més seguretat en mi mateixa. Estava en el meu element. Vaig gaudir d'uns instants sota l'aigua, notant-me el batec del cor i preguntant-me si ell també el podia arribar a sentir. Crec que mai m'havia notat tant el cor. Ni tan sols la vegada que vaig estar a punt d'ofegar-me.

En treure el cap, el vaig veure a pocs metres de mi. Dels cabells molls li queien gotes, i algunes li anaven a parar als llavis entreoberts. Vaig desitjar poder atrapar aquelles gotes amb els meus. Tot ell creava un magnetisme que m'estava atrapant.

Em tremolava el cos, potser del canvi de temperatura, dels nervis o del recorregut frenètic que feia la meva sang. Volia eliminar els pocs metres que ens separaven, però tenia por. Mai m'havia liat amb ningú. I si no estava a l'altura de la situació? I si no sabia què fer? I si a ell no li agradava? I si a mi no m'agradava? I si es trencava tota la màgia?

Crec que va notar la meva preocupació perquè va ser ell el que es va decidir a acostar-se a mi. Ho va fer lentament, sense deixar de mirar-me, i quan el vaig tenir a pocs centímetres, tots els dubtes i totes les pors es van esfumar, com si no haguessin existit mai.

Podia observar cada detall del seu rostre i va ser com veure'l per primera vegada. Mai abans no m'havia permès observar-lo tanta estona i amb aquella intensitat que posava al descobert totes les meves intencions.

—Juls... —va dir a mitja veu.

Va apropar una mà per agafar-me per la cintura sota l'aigua. Li notava les cames movent-se, buscant estar tan estable com fos possible. No sé com aguantaríem enmig de l'aigua, sense tocar el terra. Però ja se sap el que diuen: a vegades l'única manera de recuperar l'estabilitat és perdre l'equilibri.

Em va atraure cap a ell, i va col·locar l'altra mà a l'alçada de la meva mandíbula. En aixecar la vista, vaig sentir com perdia el control en veure que passava de tenir els llavis entreoberts a mossegar-se'ls, com si intentés resistir-se al que era inevitable.

Vaig agafar-me als seus braços i em vaig apropar als seus llavis. El primer contacte va ser com un alliberament, un instant on tot va explotar i alhora va quedar en una pau eterna. Tenia els llavis calents i humits. Al principi va ser suau i es notava que tots dos estàvem nerviosos. Cada moviment em produïa una onada que en demanava més i més, d'aquell petó. Vam separar-nos un instant, sense deixar-nos anar. La seva respiració es barrejava amb la meva i jo en volia més, d'aquells llavis. Ell també devia voler el mateix perquè va agafar-me la mà, com havia fet altres vegades, i em va guiar cap a una de les cantonades de la piscina, sense deixar de menjar-me amb els ulls. Així, davant meu, amb la seva pell morena contrastant amb la meva, més pàl·lida, vaig preguntar-me per què no havíem fet tot allò abans. Perquè, ara que ja havíem començat, no creia que pogués parar.

Quan vam arribar a la cantonada de la piscina, ell va fer que intercanviéssim les posicions amb un gest suau però contundent. Vaig quedar-me amb l'esquena contra la paret i vaig haver d'agafar-me a la seva espatlla per sostenir-me. Ell va posar els seus avantbraços a la vora de la piscina, fent que els nostres cossos quedessin l'un contra l'altre, i que, alhora, ens poguéssim mantenir sense tocar a terra.

Va abaixar la vista i va trobar-se amb els meus ulls, que l'esperaven.

—No saps quantes vegades he somiat aquest moment... —va xiuxiuejar en un to més greu de l'habitual.

No vaig poder respondre perquè no sé si va ser ell, jo o tots dos, però els nostres llavis tornaven a estar l'un contra l'altre. Aquesta vegada, però, ja s'havien conegut i es buscaven més. Al principi, el petó va ser tímid i tremolós, però aviat va començar a descontrolar-se a mesura que en necessitàvem més. Les meves mans s'enredaven en els seus cabells, els llavis em cremaven i notava tot el seu cos envoltant el meu. El petó es va fer més profund i les nostres llengües es van trobar, fent que el foc que sentia dins s'intensifiqués. Ell sabia el que es feia perquè controlava el ritme del petó, deixant-me espai perquè jo anés descobrint cada sensació. Aquell contacte m'estava tornant boja i cada vegada tenia la respiració més entretallada. Vaig trencar el petó un moment per recuperar una mica el control de la respiració. Li vaig veure pupil·les dilatades i la mandíbula més marcada. Va somriure, com si no es cregués el que estava passant, i jo també ho vaig fer. Li vaig posar les mans contra el pit, i vaig notar com tot el seu cos pujava i baixava amb la respiració, i vaig tornar cap als seus llavis, aquells que ja no podia parar de desitjar. Em va sorprendre quan em va mossegar lleugerament el llavi inferior, fent que els entreobrís, cosa que va fer que ell aprofités per buscar de nou la meva llengua, que ja l'esperava. No vaig poder evitar emetre un petit gemec, que va escalfar més el foc que hi havia entre nosaltres. Volia fondre'm amb tot ell, quedar-nos així per sempre.

Vaig atrevir-me a rodejar-li la cintura amb les cames, fent que els nostres cossos estiguessin tan a prop com era possible. Ell també va gemegar amb aquell nou contacte. Sabíem que en algun moment havíem de parar, però es feia molt difícil.

Com havia estat capaç d'estar tant de temps tan a prop d'ell sense besar-lo? Sense notar el seu cos tan a prop del meu? Sense compartir el mateix aire?

Em sentia poderosa i vulnerable alhora. Notava que podia vèncer tot el que em plantegessin el present i el futur i alhora tenia por que allò acabés en qualsevol moment.

A poc a poc, i amb esforç, vam intentar parar perquè no se'ns anés de les mans. Al cap i a la fi, en qualsevol moment algú podia entrar a la piscina i enxampar-nos. Ens vam separar, però quedant-nos a escassos centímetres, amb els fronts l'un contra l'altre i gairebé tocant-nos les pestanyes en entreobrir els ulls. Encara podia sentir l'escalfor dels seus llavis sobre els meus, i el fet de notar que respiràvem el mateix aire em temptava de tornar a besar-lo.

Tenir el seu cos arrambat al meu i no seguir besant cada racó de la seva pell era gairebé una tortura. No m'importava que la seva família no em volgués a prop seu o que la gent s'inventés coses de nosaltres.

A la merda tot, a la merda tothom.

El vaig atraure més cap al meu cos, i vaig repenjar el cap entre l'espatlla i la corba del coll.

—I ara, què? —vaig deixar anar en un xiuxiueig.

—Ara? Vols dir ara mateix? Demà...?

—Sempre —vaig dir sense pensar.

Potser aquell *sempre* havia estat massa. No volia que em mal interpretés.

Per resposta, va buscar els meus llavis i va tornar a besar-me, amb intensitat i un punt de ràbia. Vaig notar una punxada de decepció en notar que ràpidament s'apartava, però se'm va escapar un gemec quan va començar a recórrer-me el coll. Em cremava cada centímetre per on passava, notava perfectament el frec dels llavis sobre la meva pell, i no volia que parés. Quan va arribar a l'alçada de la clavícula, va deixar-me una mica marcada la pell i no vaig poder evitar fer un lleu gemec. Si no parava...

—Això —va respondre tornant a l'altura dels meus ulls—. Això podríem fer ara, demà i sempre que ho vulguem.

Jo encara m'estava recuperant del que acabava de passar, tenia el cor a mil, i agraïa que hagués parat, perquè alguna cosa estava començant a despertar dins meu, i no tenia fre.

—Em sembla bé —vaig aconseguir dir amb un gran somriure.

Ell va mossegar-se lleugerament el llavi i em va mirar amb intensitat, potser debatent-se entre què fer o què dir a continuació.

—Merda, Juls... —Va somriure i va tancar els ulls.

—Què?

Va tornar-los a obrir.

—Fa unes setmanes estava convençut que no tornaria a estar amb ningú d'aquesta manera...

—D'aquesta manera?

—No és només que m'agradis. —Va passar-me un floc de

cabells molls per darrere l'orella—. És que em fas sentir com no ho ha fet ningú.

—Ni la Lauren? —vaig preguntar, estranyada.

Va negar amb el cap i va agafar aire.

—Ella m'agradava i simplement em feia sentir... còmode, per dir-ho d'alguna manera. Però amb tu em sento més jo, més segur i...

Vaig esperar que continués, però es notava que la poca timidesa que tenia no l'hi posava fàcil.

—I a ella no tenia ganes de fer-li petons com les que tinc amb tu —va acabar confessant.

Aquesta vegada vaig ser jo la que es va mossegar per reprimir acostar-me a ell i fer que tot es descontrolés. Estava segura que si tornava a tocar els seus llavis ja no podria parar.

—Fa dies que tenia por.

—Per què? Ho dius pels teus pares?

—No. —Va passar-se la mà pels cabells—. Estava tan segur que podíem ser només amics, que no em vaig adonar que a poc a poc m'anaves agradant més i més... I va arribar un moment en què ja no m'ho vaig poder negar. I vaig començar a espantar-me. Ja saps que et vaig dir que no estava preparat per estar amb ningú.

—Ja...

—Però és que quan et veig se'm passa.

—El què?

—La por, els dubtes, tot...

—A mi també —vaig dir a mitja veu.

Ens vam quedar un moment així, abraçats, i evitant pensar més enllà d'aquell moment.

Era estrany saber que fora de la piscina hi havia una família controladora que s'estava oposant al fet que estiguéssim junts, una rectora d'universitat mig comprada, paparazzis que es morien per tenir una foto d'en Daniel amb aquella noia que no coneixia ningú, gent fent suposicions sobre mi i les intencions de fer-me milionària a costa seva...

És que, quan estava amb ell, ni recordava que era una de les persones joves més riques del continent. Quina importància tenia tot allò? A més, ell mateix tampoc no és que anés presumint de tot el que tenia la seva família. No ho veia com una característica de la seva personalitat. En Daniel era, simplement, en Daniel. Aquell noi sensible, una mica gamberro, de cos atlètic, mirada fosca, pell bronzejada, braços forts que em rodejaven, llavis que no podia parar de mossegar...

—En què penses? —Va interrompre els meus pensaments.

—Que jo també volia que passés alguna cosa entre nosaltres —vaig admetre mirant-lo directament als ulls—. Però pensava que no passaria. Em vas deixar tan clar que només seríem amics...

Va fer un somriure amarg, potser penedint-se per haver-me fet mal.

—I tampoc no et volia perdre com a amic. Si no podíem estar mai junts, preferia tenir-te a la vida com a amic que no tenir-te —vaig explicar amb sinceritat.

Va somriure.

—He intentat ser el teu amic, però... —va deixar la frase a mitges.

Aquesta vegada vaig ser jo la que el va arrambar contra la paret de la piscina. Ell va alçar una cella, sorprès, i allò em va encendre encara més. Va subjectar-se amb una mà a la vora per no enfonsar-se, i jo vaig fer el mateix. Amb l'altra mà, va agafar-me, fent que les nostres cintures quedessin juntes. Li vaig posar la mà que em quedava lliure entre el coll i la mandíbula. Ell va seguir somrient. Era increïblement excitant veure'l així.

—No vull que ens controlin més —vaig dir a escassos centímetres dels seus llavis.

Estava decidida a plantar-los cara.

—Jo tampoc. —Va arrufar les celles, preocupat—. Però no vull que corris perill.

—Daniel, arribats a aquest punt —vaig apropar-m'hi una mica més—, no crec que puguem dissimular més.

Ja no podia fer veure que érem amics, perquè era clar que no ho érem. Després del que estava passant a la piscina, com podia fer veure davant de tothom que no hi havia res entre nosaltres? Em seria impossible!

—Tens raó —va comentar pensatiu—. Ho solucionarem.

Ho faríem, ho havíem de fer. Aconseguiríem passar desapercebuts, com dos estudiants més, i podríem complir els nostres somnis i objectius junts. Estava emocionada.

—Sortim de l'aigua? —vaig proposar.

Vam seure una estona a la vora de la piscina, amb els peus a l'aigua. Vam estar una estona parlant de tot una mica, fent bromes i menjant-nos l'un a l'altre amb els ulls. El veia més guapo que mai, potser perquè tenia una brillantor diferent a la mirada, perquè no parava de somriure, o perquè podia mirar-lo directament, sense por que m'enxampés entretinguda en el seu cos mig despullat.

—Digue'm una cosa —li vaig dir—. Des de quan tenies planejada la trobada d'aquesta nit?

—He recreat aquest moment al meu cap més d'una vegada. —Somreia, un pèl avergonyit però alhora atrevit.

Em va costar molt no abalançar-me sobre seu. El vaig mirar, però no vaig dir res, esperant que seguís.

—Aquests dies que hem passat junts... m'han fet veure que no podia negar més el que sentia per tu, però no estava segur que tu sentissis el mateix.

Vaig emetre un so semblant a una rialla i em vaig tapar la cara amb les dues mans.

—Uff, ja veuràs quina tabarra em donarà en Pau quan s'assabenti de... —vaig dir.

—Per què?

—Li he repetit com un milió de vegades que només érem amics i que no hi hauria mai res entre nosaltres. —Vaig posar els ulls en blanc. Me n'esperava una de grossa.

—L'hi has dit moltes vegades?

—No parava d'insistir que hi havia alguna cosa entre nosaltres.

—Al final tenia raó. —Va riure.

—Sí, i això em perseguirà per sempre. —Vaig riure jo també.

—Li pots dir que no t'has pogut resistir als meus encants —va bromejar.

—Seràs...! —vaig dir fent-me l'ofesa—. Però si has estat tu qui...

No vaig poder acabar la frase, perquè va incorporar-se amb rapidesa, va posar-me les mans a la nuca i em va fer callar amb un petó. Em va agafar de sorpresa i això li va donar avantatge per fer-se lloc entre els meus llavis i mossegar-ne l'inferior. Vaig prémer els dits contra la seva esquena, intentant no perdre el nord. La seva llengua recorria la meva i amb cada petit contacte tenia una sensació al baix ventre que anava creixent i que m'ennuvolava la ment. Les meves mans van passar de l'esquena al tors; el van recórrer de dalt a baix, aturant-me just a la línia del banyador, temptada a seguir...

Just en aquell moment va separar-se una mica de mi. Vaig obrir els ulls i vaig veure que em feia un senyal perquè callés. S'havia encès un llum a la zona del gimnàs. Ens vam aixecar molt a poc a poc, i vam anar cap a la paret del recinte, on hi havia un petit racó que ens deixava fora de la vista de qualsevol que tragués el cap per la piscina. Ens vam quedar allà, agafats de la mà i immòbils. Van sentir-se unes passes i la llum d'una llanterna va recórrer part de la piscina, sense arribar a on estàvem agafats. Les passes es van allunyar i vam esperar una mica més fins que vam comprovar que, fos qui fos, ja havia marxat. Vam respirar tranquils.

—Deu ser un dels de seguretat —vaig comentar a mitja veu.

—Hem de tornar als apartaments —va dir, una mica més seriós que abans.

—I com tornarem sense que ens vegin?

En Daniel va mirar l'hora al rellotge i cronòmetre digital que hi havia en una de les parets laterals del recinte.

—D'aquí a tres minuts hi hauria d'haver canvi de torn. Si és així, fes exactament el mateix recorregut sense aturar-te, sempre arrambada a la paret.

—D'acord. —Estava una mica nerviosa.

Vaig assentir.

—Ens veiem d'aquí a unes hores. —Va somriure i va apropar-se als meus llavis, fregant-los però sense arribar a besarlos, fent que allò m'embogís encara més i que quan se separés de mi em trobés amb una mirada profunda que em va treure l'aire.

Potser a partir d'aquell moment viuria així, prescindint de l'oxigen.

Vaig marxar lentament, pensant que gairebé no caminava, sinó que flotava. Vaig recollir la roba que havia deixat a terra i em vaig posar la samarreta per sobre per no anar amb roba interior. Abans de creuar la porta, em vaig girar i vaig veure que ell ja era a l'altra punta de la piscina, on hi havia una altra sortida. Tots dos vam somriure i vam alçar lleugerament la mà, acomiadant-nos. No ens vam entretenir, no teníem gaire temps. Havíem d'arribar als apartaments sense aixecar sospites. Vaig concentrar-me en cada passa que feia, sense fer soroll. Els passadissos estaven buits. Abans d'arribar a les cantonades m'aturava un moment i parava l'orella. Al cap de pocs minuts ja era a l'habitació.

Vaig anar directament a eixugar-me els cabells amb una tovallola i treure'm la roba mullada. Després d'allò, no vaig poder dormir. Em vaig quedar al sofà, escoltant música i recordant cada instant viscut.

Era molt fort el que havia passat. Molt.

En pocs dies la meva vida havia canviat del tot i sentia que just era al començament d'una nova etapa que desitjava viure. Vaig somriure pensant en el pròxim cop que ens veuríem. Volia repetir aquella nit una i mil vegades.

A més, no podia negar que havia estat intens. No només era la primera vegada que em passava allò amb en Daniel, era la primera vegada que besava a algú. La situació havia trigat a arribar a la meva vida, però havia valgut la pena.

I ara que ho havia provat, ja no em veia prescindint dels

seus llavis. Només de recordar-ho, ja començava a sentir de nou una escalfor a tot el cos, i un pessigolleig a l'interior... Vaig tancar els ulls per recordar el seu cos a l'aigua, els cabells mullats i la intensitat de la mirada. Era massa atractiu. I el fet que ell gairebé no se n'adonés el feia encara més irresistible.

Vaig riure i vaig negar amb el cap recordant les dues nits en què havíem dormit junts. De com tots dos havíem dissimulat i no havíem intentat res per respecte a l'altre i per por del rebuig. Sense saber que estàvem desitjant que allò passés. Potser estava predestinat que passés just aquella nit, a la piscina, on ens havíem conegut i en l'element en què ens sentíem més a gust.

Era clar que cada vegada que tornéssim a entrenar recordaríem aquell moment. I que havia descobert que hi havia coses millors per fer en una piscina que nedar.

En algun moment mentre estava immersa en els meus pensaments, vaig quedar-me adormida al sofà, i no em vaig llevar fins que el sol va tocar-me de ple a la cara. Quan va passar, vaig rememorar breument les hores anteriors i vaig decidir que necessitava explicar-ho a algú de confiança perquè, si no, explotaria. Vaig menjar-me l'orgull i vaig escriure a la Jen, que segur que ja devia estar desperta. No podia estar enfadada amb ella tota la vida.

JÚLIA: Jen, estàs desperta?

Ok, ja veig que no.

És igual, ja ho llegiràs quan et despertis. Necessito explicar-te el que va passar ahir a la nit amb en Daniel.

Encara no m'ho puc creure. Volia que passés alguna cosa, però no sabia que arribaríem tan lluny. Vaig tornar a l'habitació a les quatre de la matinada...

Vaig recórrer tota la residència descalça, de puntetes i gairebé aguantant la respiració. Encara no sé com no em van enxampar! Mira que sempre hi ha els dos guàrdies patrullant, però per sort no m'hi vaig creuar.

Creus que va ser cosa del destí? Ara et riuràs de mi per creure en aquestes coses... En fi. Encara no t'he explicat el que va passar! Escric més del que voldria...

Ahir al vespre vaig començar a parlar amb ell.

Vam estar una bona estona xerrant. De tot. Ja saps.

D'haver de sortir d'amagat de la residència perquè ens tenen controlats fins a l'extrem.

No em puc creure que estigui més vigilada aquí, a la universitat, que a casa amb la meva mare! És absurd!

Vam parlar de moltes coses... Ja t'ensenyaré els missatges...

I em va enviar una foto des de la piscina.

Segur que ja has pensat malament! No era això... Em va enviar una foto de la piscina coberta de la residència.

Tenim prohibit entrar-hi de nit.

Em va demanar que hi anés.

Vaig estar a punt de trucar-te.

No sabia què havia de fer. Bé, sí que ho sabia, volia anar-hi. Vaig dubtar perquè últimament m'estic ficant en massa problemes i tinc por que un dia d'aquests em treguin la beca i hagi de marxar de la universitat perquè no puc pagar-la. En realitat, la meva mare té raó quan diu que no puc perdre aquesta oportunitat d'estudiar en una de les unis més prestigioses d'Europa.

I si la cago, hauré de tornar a casa.

Vaig estar pensant en això mentre recorria els passadissos cap a la piscina. Sí, ho sé. No és propi de mi i no em reconec ni jo mateixa. Però últimament estic fent moltes coses que mai m'hauria imaginat que faria... Ja m'entens... Però de moment no em penedeixo de res.

Sort que la piscina queda a prop de la nostra ala de la residència. Vaig colar-m'hi a dins, la porta no estava tancada amb pany. Estava fosc, només entrava la llum des de l'exterior. I allà era ell, just a l'altra punta de la piscina. Esperava que em digués alguna cosa, però simplement se'm va quedar mirant i va començar a treure's la roba per quedar-se en banyador. No sé quina cara feia perquè estava massa lluny i amb l'ombra no el podia veure gaire bé. Va llançar-se de cap a l'aigua per sortir uns metres més enllà.

Segur que estaràs orgullosa de mi quan sàpigues que m'hi vaig atrevir.

No m'havia posat el banyador. No pensava banyar-me! En realitat no sabia què passaria... Bé, sí, que potser ens trobaríem allà, però...

Bé, em vaig quedar amb roba interior i em vaig capbussar. Notava el batec del cor a les orelles. Quan vaig treure el cap de l'aigua, només ens separaven un parell de metres.

No sé si tenia fred, por o estava nerviosa, però em començava a tremolar el cos. Havia somiat alguna vegada que arribaríem a alguna cosa, però no m'imaginava que seria ni ahir ni així.

La seva pell bronzejada semblava encara més càlida després de mullar-se. Té sentit això? O soc jo? Tenia la mirada fosca clavada en mi mentre dels cabells li queien gotes als llavis entreoberts i...

Ho veus? Com em podia resistir? Tot ell era com un somni. Vaig quedar-me quieta, amb un petit tremolor, amb el neguit de fer un pas en fals i que es trenqués l'ambient que s'estava creant. Sincerament, crec que tenia por de no complir les expectatives del moment.

A ell també se'l notava nerviós... Però se'm va acostar i va escurçar la distància que ens separava. I em van fugir tots els dubtes i totes les pors. En el moment que vaig sentir la seva mà agafant-me per la cintura i l'altra a l'altura de la mandíbula per apropar-me als seus llavis...

Jen: Júlia?

Júlia: Jen! Ja t'has llevat? Estàs llegint el que t'he escrit?

Jen: Hi ha els Mossos d'Esquadra a la residència.

Júlia: Què? Què passa? Com ho saps? Ets a la teva habitació?

Jen: Sí. M'ho acaba de dir en Conrad i els estic veient per la finestra. Hi ha un grup al pati.

Júlia: Però què passa? Espera, em vesteixo i vaig cap a la teva habitació.

Jen: NO! No, surtis!

Júlia: Què? Jen, què passa?

Jen, per què no contestes?

M'estic començant a espantar.

Jen?

Jen: Són a l'habitació d'en Daniel. Han rebut una trucada d'algú. Han trobat sang a terra. Ell no hi és. Ha desaparegut.

Capítol 12

Les paraules de la Jen van fer que el cos em comencés a tremolar. Vaig necessitar uns segons per processar el que m'havia dit i sense pensar-m'ho dues vegades vaig sortir corrents de l'apartament. Necessitava arribar a la seva habitació i comprovar que tot plegat era una mentida, una cosa que algú s'havia inventat. No podia ser. Recorria el passadís corrent tan ràpid com podia, però em semblava que ho estava fent a càmera lenta. Em creuava amb gent que s'arrambava a la paret per deixar-me passar. En arribar on hi havia l'habitació d'en Daniel, vaig passar per sota del cordó policial que ja havien col·locat i vaig seguir avançant, conscient que s'estaven materialitzant tots els meus temors. A la porta hi havia quatre policies, la rectora i un parell de membres de seguretat de la residència. Parlaven entre ells. La dona tenia les mans al front i a la boca, com si no fos capaç d'assumir el que estava passant. Va alçar la vista i em va veure. Un policia va allargar els braços per intentar impedir que seguís avançant. Vaig agafar-me al marc de la porta i vaig observar l'escena.

L'entrada del seu apartament estava intacta, i al fons de tot, a la sala d'estar, unes quantes persones examinaven el lloc. Tots duien una mena de protector de plàstic. A terra hi havia unes taques fosques, no gaire grosses, però perfectament visibles.

—No pot ser aquí.

Un dels agents em va agafar del braç i em va fer retrocedir unes passes.

—Què ha passat? On és en Daniel? —vaig preguntar mig cridant, fora de mi.

—Li he de demanar que surti fora del perímetre policial —va insistir l'home, amb la mateixa duresa que abans.

—Però... on és?! —vaig tornar a cridar.

Els ulls se'm van omplir de llàgrimes i vaig començar a plorar descontroladament.

—Què ha passat?! Està bé? On és?! —no parava de repetir.

No podia respirar ni pensar. Només volia saber que estava bé. On era? Què li havia passat? Per què no em contestaven? De qui era aquella sang? Havia entrat algú? Era a l'hospital? Detingut? Havia desaparegut? I si era així, per què no el buscaven? Potser estava amagat en algun racó de la universitat. Per què no li trucaven? Havien mirat les càmeres de seguretat? Perquè estava bé, oi? On era?

Em costava respirar i el cor m'anava a mil. Un membre de l'equip mèdic que hi havia allà va assistir-me davant del que semblava un atac d'ansietat. Em va fer seure allà mateix, amb l'esquena contra la paret, i em va demanar que fes uns exercicis de respiració. Passats deu minuts, vaig començar a sentir-me millor. Així i tot, la meva preocupació no s'havia esfumat. Tan bon punt vaig poder aixecar-me, em vaig apropar a la rectora.

—Què ha passat? —vaig insistir.

—Sé que sou amics —em va reconèixer—, però no li puc donar aquesta informació. Ha de tornar al seu apartament. Ara mateix la investigació està en curs.

—Només necessito saber si està bé —vaig implorar.

Què li passava a aquella dona? No tenia cap necessitat de ser tan freda amb mi. Que no veia que estava patint?

—No ho sabem —va pronunciar en veu molt baixa—. Ha desaparegut de l'apartament i algú ha manipulat les càmeres de seguretat. No hi ha gravacions d'aquest vespre. Necessito que torni immediatament al seu apartament.

Em vaig quedar glaçada.

—M'han dit que hi ha sang... —Em tremolava la veu.

—No sabem si és d'ell o no. —Ara semblava una mica trista per mi. Potser li feia pena.

—Però...

—Torni al seu apartament. Aquí no s'hi pot quedar i no tenim respostes. En tot cas, segurament la policia voldrà parlar amb vostè.

Em sentia atrapada i impotent. No podia tornar a la meva habitació i quedar-me de braços plegats!

—Ha de sortir d'aquí —va insistir un membre de seguretat—. L'acompanyo.

—No. —Vaig fer dues passes enrere.

—Si us plau, no faci una escena —va dir, contundent, la rectora.

Em vaig girar i vaig començar a parlar amb un dels policies que hi havia allà.

—Algú de fora va entrar! —vaig seguir—. En Daniel va demanar a la seva família que li retiressin l'equip de seguretat... I algú ha aprofitat per arribar fins a ell. —Jo mateixa m'estava adonant de la realitat mentre pronunciava aquelles paraules.

—Esbrinarem què ha passat —va dir-me el policia amb una veu tranquil·litzadora, intentant que em calmés.

Vaig assentir lleugerament, una mica més tranquil·la sabent que algú m'havia escoltat i que era comprensiu amb el que li deia.

Dos membres de seguretat em van acompanyar fins al meu apartament.

La majoria dels estudiants eren als passadissos, intentant esbrinar què havia passat i enviant-se missatges. Tothom tenia la vista enganxada al mòbil, però de seguida aixecaven el cap en veure que jo desfilava acompanyada d'uns agents de seguretat. Segur que feia una fila horrible, amb el pijama verd, un monyo mal fet, la cara d'haver estat plorant... Notava totes les mirades sobre meu i com els xiuxiuejos augmentaven a la meva esquena. Fins i tot diria que unes quantes persones em van gravar dissimuladament amb el mòbil. Però estava tan preocupada i nerviosa per en Daniel, que no m'importava què pensaven o feien. Quan vam girar l'última cantonada, la Jen es va llançar sobre meu per fer-me una abraçada i parlar-me a cau d'orella.

—Estàs bé? No diguis res. Estigues tranquil·la, ves a l'habitació i tanca't. —Em va estrènyer una mà i jo vaig assentir, sense veu per contestar. Estava segura que, si intentava obrir la boca, començaria a plorar un altre cop.

En tancar-se la porta de l'apartament, vaig tenir la idea absurda que potser mentre jo era fora en Daniel s'havia amagat allà. Vaig recórrer l'espai corrents, pujant les escales a l'habitació de tres en tres. No hi era.

Vaig seure dalt de tot de l'escala i vaig posar-me les mans al cap, analitzant la situació. Tot allò no podia estar passant, hi havia d'haver una explicació lògica. No tenia cap missatge; per tant, segurament no duia el mòbil. Però, tanmateix, li vaig escriure.

Júlia: Daniel, on ets? Estàs bé?

Si veus això, intenta fer-me un senyal.

Et prometo que et trobaré.

Vaig deixar anar el mòbil per plorar de nou de desesperació i ràbia. Vaig desfogar-me fins que ja no em van quedar més llàgrimes i el meu cos va entrar en un estat de trànsit total.

Si la policia estava investigant, segur que el trobarien. Era el fill d'una de les famílies més influents d'Europa; no podia ser que simplement hagués desaparegut. No podia ser. Impossible. Per molts enemics que tinguessin.

Llavors, vaig recordar la persona que havíem sentit que havia entrat al gimnàs la nit anterior, quan érem a la piscina. Ens havia sorprès, perquè normalment a aquelles hores el personal de seguretat no tenia cap motiu per ser allà. I si era aquella persona qui li havia fet alguna cosa? I si no havia estat algú de seguretat? I si havia manipulat les càmeres? Se'm va glaçar la sang només de pensar-ho. Tot allò era molt greu, i com més hi pensava, més por tenia de no trobar-lo sa i estalvi.

En Daniel m'havia donat el número del telèfon fix de casa dels seus pares per si mai em calia contactar-hi. I havia arribat el moment. Vaig marcar el número i s'hi va posar un majordom, que em va demanar que restés a l'espera. Al cap d'un parell de minuts, mantenia una conversa amb la mare d'en Daniel.

—T'agraeixo la teva preocupació, però ja hem desplegat tot un equip per trobar-lo —em va respondre secament.

—Però... hi deu haver alguna cosa que pugui fer jo. —No em podia quedar allà tancada mentre ell seguia desaparegut.

—Crec que ja has fet prou.

—Perdoni?

—Fins ara el meu fill tenia una vida tranquil·la. Vas arribar tu i les coses es van complicar. —Se li notava tot l'odi amb cada paraula que deia.

—Jo no he fet res que...

—I tant que sí —em va tallar—. L'has posat en contra de la seva família, l'has allunyat de les seves possibilitats de trobar la noia que es mereix i l'has exposat a l'àmbit públic, allunyant-lo de l'equip de seguretat personal, i fent que hagi passat tot això.

—Què?! Està insinuant que si li ha passat alguna cosa és culpa meva? —Estava perdent les bones maneres, però què es pensava aquella dona?!

—No ho estic insinuant, ho estic afirmant —va respondre contundent—. No tornis a molestar-nos.

I va penjar.

Em vaig quedar tremolant de la ràbia. Volia cridar, colpejar alguna cosa i sortir d'allà corrents.

El mòbil se'm va començar a omplir de missatges. La notícia s'estava estenent molt ràpidament. Havia passat poca estona, però prou perquè els *stories* de molts dels estudiants s'omplissin amb informació del que estava passant, fotos d'en Daniel amb la paraula «desaparegut» a sota, fotos de la policia acordonant la zona...

—Però què...?

També hi havia vídeos i fotos en què apareixia jo corrent cap al seu apartament, parlant amb la rectora, mentre tenia l'atac de pànic i tornava a la meva habitació escoltada pels de seguretat. Era qüestió de minuts que tot allò saltés també a webs, revistes i fòrums.

El WhatsApp se'm va començar a omplir de missatges. Allò era una bogeria.

PAU: Juls?! Què està passant?!

JÚLIA: T'ha arribat la notícia?

PAU: És clar!

JÚLIA: No sé on és, Pau. I crec que li han fet mal. Han trobat sang a terra.

PAU: Estigues tranquil·la, segur que està bé. Ningú no s'atreviria a fer-li mal.

JÚLIA: He trucat a la seva mare i diu que tot és culpa meva.

PAU: No li facis cas. I segur que els segrestadors demanaran una recompensa i al cap de poques hores ja estarà lliure.

JÚLIA: Tu creus?

PAU: És clar. Els deuen haver demanat diners, i a aquesta gent, com que els surt per les orelles, no els serà cap esforç pagar el rescat.

JÚLIA: No ho sé...

Ahir a la nit vaig quedar amb en Daniel a la piscina.

PAU: Què?!

JÚLIA: Ja t'ho explicaré, ara no...

PAU: Quan tot això passi, en voldré els detalls.

JÚLIA: T'ho prometo.

El cas és que quan estàvem a punt de marxar, vam sentir algú.

PAU: El vau veure?

JÚLIA: No. Però no sé si ell o ella ens va veure a nosaltres.

Potser sí.

PAU: Creus que està relacionat amb el segrest?

JÚLIA: Sí. No ho sé...

Mare meva, m'explotarà el cap...

PAU: Tranquil·litza't. Se solucionarà.

JÚLIA: I si no acaba bé?

Et deixo. Algú està picant a la porta.

En obrir em vaig trobar a la rectora i un parell de membres de seguretat. Esperava que tinguessin bones notícies.

—Puc parlar amb vostè un moment?

—És clar.

Em vaig fer a un costat perquè poguessin passar. Abans de tancar vaig veure com des del passadís la gent mirava cap al meu apartament. Al principi m'havia agradat que la residència tingués aquelles parets de vidre que donaven al pati interior; ara em semblava una manera més de tenir-nos controlats i a la vista de tothom.

La dona va seure al sofà, esperant que jo fes el mateix, mentre els de seguretat es quedaven drets.

—He parlat amb la família Hakim. —Va entrellaçar les mans i va mirar-me molt seriosa, com si estigués a punt de donar-me un sermó.

—Amb els pares d'en Daniel? Què li han dit? —Sospitava que res bo.

—M'han demanat expressament que vetlli perquè es mantingui al marge de la investigació.

No em va sorprendre, però em va fer mal igualment.

—Què?

—Li demano que es quedi aquí i deixi fer la feina als professionals. —Va alçar les celles, indicant-me que no era una petició, sinó una ordre.

—Què es pensa que faré? Només estic preocupada per ell!

—I entenc la seva preocupació, però ha de quedar-se aquí. Serà la seva millor manera d'ajudar.

—Però com vol que ajudi quedant-me aquí! —Em vaig aixecar, molt emprenyada.

Ella també ho va fer i em va mirar amb un punt de pena, però parlant tan severa com fins a aquell moment.

—Ni els seus pares ni vostè no són ningú per exigir-me que no m'hi impliqui! A ells els importa una merda en Daniel! I ja sé que vostè trepitja per allà on passen, ho sé molt bé. —No m'havia rebotat mai tant com en aquell moment.

—Està bé. Calmi's. Entenc que no està acostumada a...

—Sí, ho sé, a «aquest món». —Vaig posar els ulls en blanc.

—Els Hakim no són una família qualsevol, són difícils —va sospirar, mirant-me amb llàstima.

La rectora se'n va anar i jo em vaig quedar al sofà, nerviosa i sense saber què havia de fer. Va trucar la meva mare, i després de demanar-li mil cops que no vingués i que estigués tranquil·la, algú va picar a la porta.

—Corre, deixa'm passar. —La Jen em va apartar a un costat, va entrar i va tancar darrere seu—. Joder, fa com vint minuts que intento arribar. El passadís està vigilat.

No tenia ni ànims per contestar-li.

Vam anar cap a la cuina i la Jen va encarregar-se de preparar-me un te calent.

—A veure —va dir, asseient-se en un dels tamborets de la cuina—. Posem les cartes sobre la taula. La situació és una merda.

—Ho dius de debò? —No estava d'humor.

—Però el millor que pots fer és no fer res i esperar —va seguir.

No em podia creure que digués allò.

—Com vols que em quedi sense fer res?! —Vaig esbufegar.

—Juls, ets una de les sospitoses —va fer a mitja veu.

—Què? —De què estava parlant?

Va allargar-me el mòbil. Ja hi havia una publicació amb el titular:

La violenta nova nòvia de Daniel Hakim, culpable de la seva desaparició?

Anava seguit d'una breu descripció meva i d'un text explicatiu sobre el fet que estava becada a la universitat i que, sospitosament, m'havia apropat molt aviat a l'hereu d'una de les famílies més riques del continent.

Fonts properes a la noia expliquen que ha posat el noi en contra de la família i dels amics per allunyar-los-en. Un dels últims episodis va tenir lloc el dia abans de la desaparició del jove Hakim, quan la noia va intentar atacar violentament l'exparella d'ell durant un concert. Els amics van haver d'intervenir per aturar-la. Assistents al festival confirmen que van veure com en Hakim la recollia a la sortida. Van estar durant hores desapareguts, fins que van tornar a la residència d'estudiants de la Universitat Internacional Empresarial de Barcelona. Al cap de menys de vint-i-quatre hores, un treballador va veure la porta entreoberta de l'apartament de la víctima, i en obrir-la es va trobar una escena terrible. Hi havia sang al terra i cap rastre de l'estudiant.

Els comentaris es multiplicaven cada segon.

«És una tia molt rara, i si hi té alguna cosa a veure?».

«Ja us ho deia que és una caçafortunes. Potser ell se'n va cansar i... No vull dir res, però...».

Prou. Allò era massa. En el passat havia deixat que els comentaris d'altres persones m'afectessin, però ja no ho podia suportar. No podia perdre temps amb invencions i gent que no tenia res millor a fer. Necessitava centrar-me en els problemes que tenia. D'una banda, la desaparició d'en Daniel, i de l'altra, intentar que la policia no perdés el temps amb mi pensant que era culpable i se centrés a trobar-lo. Jo mateixa era la meva aliada en aquella jugada, i no podia fallar. Per mi i per ell.

Sembla absurd, però el primer que em va passar pel cap va ser un programa d'investigació d'assassinats que havia vist feia poc. En molts dels casos, els culpables eren persones que coneixien molt bé la víctima. Potser per això la policia ja em tenia a la llista de sospitosos.

—Jen.

—Mm?

—Qui creus que és aquesta «font propera» que diu en aquesta pàgina que he posat en Daniel contra la família?

Es va quedar un moment pensant, sense saber què dir.

—Ha estat la Lauren —vaig respondre jo, convençuda, en veure que no contestava.

—Juls... —Es va remoure al seient i va sospirar—. Ja sé que a vegades la Lauren es passa, però no crec que hagi estat ella.

Vaig deixar anar una rialla amarga.

—Per què la defenses? —No m'ho podia creure—. Saps el mal que li ha fet? Per què creus que aquesta vegada seria diferent?

—La conec de fa molts anys.

—Jo crec que no la coneixes tan bé. —M'estava impacientant.

—Et dic que no ha estat ella.

La vaig mirar. M'ho semblava a mi o estava evitant el contacte visual?

—Has estat tu? —La veu em va tremolar una mica.

No volia saber-ne la resposta. No em va caldre que digués res. El seu silenci ho deia tot.

—Això és increïble. —Em vaig endur les mans al cap, estirant-me els cabells enrere, en un gest que em va fer mal de recordar perquè era típic d'en Daniel.

—Però jo no ho he dit així! —va defensar-se—. Ha vingut el periodista i hem començat a parlar. I jo què sé, ja saps que quan xerro, no puc parar...

Jo no sabia ni què dir, no volia tenir-la a prop.

—I li he acabat explicant que els Hakim et tenen mania perquè pensen que en Daniel estava fent burrades per tu. No tornar amb la Lauren, escapar-se i... Ho sento, Juls, no sabia que ho capgirarien tot.

Em vaig plegar de braços, intentant decidir què havia de fer o dir.

—No és culpa meva —va dir en un to més orgullós, en veure que jo no deia res.

—Ves-te'n —li vaig demanar.

Va aixecar-se, plegant-se també de braços. Ja era la segona vegada que discutíem en pocs dies. Va obrir la boca per intentar dir alguna cosa, però al final va decidir anar-se'n.

—No m'ho esperava, això de tu —va murmurar en passar-me pel costat.

M'havia quedat sense ningú en qui confiar en aquella universitat. Com aconseguiria ajudar en la investigació si no em deixaven sortir de l'apartament i no tenia cap aliat a fora?

Vaig tancar els ulls, repassant tot el que havia passat les últimes hores, i ho vaig escriure. Pensava que posar els records i els pensaments per escrit m'ajudarien a veure-ho tot més clar, però només em va demostrar que durant els últims dos dies jo havia estat la persona que havia passat més temps amb en Daniel i, per tant, era una de les principals sospitoses.

Em vaig aferrar a la idea que aquelles hores segur que la policia ja devia haver identificat el culpable a través de les càmeres de seguretat, però no va ser així.

Em vaig haver d'assabentar per les notícies que la nit anterior el sistema de càmeres havia estat manipulat i, en comptes de gravar, s'havien estat reproduint les imatges enregistrades d'un altre dia. O sigui que no hi havia cap gravació. Fos qui fos que hagués segrestat en Daniel, ho havia planejat molt bé. Massa bé. Havia aprofitat que el mateix dia s'havia retirat el cos de seguretat que les setmanes abans li havien posat els Hakim.

«Merda, Daniel, per què ho vas fer?», vaig maleir. Al final els seus pares tenien part de raó. Estar desprotegit l'havia exposat al fet que algú li fes mal.

No podia deixar de pensar en les taques de sang del terra. No eren gaire grosses, però significaven que qui se l'havia emportat l'havia ferit. Però com havia entrat a l'apartament?

«És algú que en Daniel coneix», vaig rumiar. Seguia tenint el pressentiment que la Lauren hi podia tenir alguna cosa a veure, però no la veia tan forta per arrossegar en Daniel fins on fos que se l'hagués emportat. Era impossible. Havia de ser algú més fort. Amb més decisió davant d'una situació així. Potser amb un caràcter atrevit. Potser...

No podia ser. O sí?

La Jen havia estat molt estranya últimament. Havia defensat la Lauren, s'enviaven missatges... I si havia anat a l'apartament d'en Daniel per parlar-li de la Lauren i havien acabat discutint? Era possible que volgués parlar amb ell sobre el que havia passat al concert? I si s'havia cabrejat i en un atac d'ira havia colpejat en Daniel? Potser tot havia estat un accident i ara no sabia com solucionar-ho...

Se'm va glaçar el cos. Si havia estat així, per què no havia demanat ajuda? Per què no apareixia en Daniel? I si l'havia matat?

Vaig obligar-me a seure i calmar-me. Necessitava pensar amb la màxima claredat possible. Vaig apuntar el nom de la Jen a la llista que estava fent de sospitosos. Al costat, hi vaig anotar les meves teories.

Després d'una bona estona escrivint, vaig estudiar el full. Com a sospitosos tenia la Jen, la Lauren, en Conrad i la persona que havia entrat a la piscina. Necessitava parlar de tot allò amb algú, però no volia posar el wifi del mòbil perquè sabia que s'ompliria de notificacions i no podria evitar mirar-les.

Vaig trucar a en Pau.

—Pau? —vaig dir en sentir que despenjava.

—Com estàs? Se sap res? —va respondre amb una certa ansietat.

—Que jo sàpiga no. Però... ha vingut la Jen a l'apartament per parlar.

—Té més informació?

—No. I la poca que té la va xerrant a tothom.

Vaig fer un esbufec i li vaig explicar com se n'havia anat de la llengua amb aquell periodista.

—I, a sobre, no para de defensar la Lauren —vaig seguir—. Te'n recordes d'aquell capítol que vam veure d'aquella docusèrie? —Vaig deixar que es fes un silenci, obviant que en la majoria dels casos les víctimes havien acabat assassinades—. I si ha estat un dels seus amics?

—Sospites de la Jen? —Semblava sorprès.

—De la Jen, de la Lauren, d'en Conrad... Hi he estat pensant, i tots podien tenir motius per discutir-s'hi. I si un d'ells va anar al seu apartament, el va deixar entrar i un cop dins la situació va anar pujant de to fins que se li va escapar de les mans?

—Creus que cap d'ells seria capaç de ferir-lo així? —Parlava en veu més baixa, segurament per la impressió que li estava fent tot allò.

—No ho sé.... Potser va ser un accident. —Em vaig mossegar el llavi, pensativa—. Jo també vaig empènyer l'altre dia la Lauren, i no va passar res, però... Podria haver caigut a terra de cap... I si a en Daniel li ha passat això?

—No ho sé, Juls... —Va sospirar—. Potser t'estàs muntant una pel·lícula. Pensa que la policia ja treballa en el cas. I no tindria sentit que hagués estat un dels seus amics i que les càmeres no funcionessin, no?

—Doncs.... —Tenia raó, però hi havia alguna cosa que se m'escapava—. Potser aquesta persona no volia que el veiessin sortir de la seva habitació. No seria la primera vegada que el grup bloqueja el sistema de seguretat per sortir-se amb la seva... —Vaig recordar com dies abans en Conrad m'havia explicat que el curs anterior l'havien liat al seu institut amb una festa secreta i que havia bloquejat totes les càmeres.

—I no podria haver estat algú altre? —va insistir.

—La persona que va entrar a la piscina. Però no sé qui és, ni si hi té alguna cosa a veure.

—Vols que et digui el que penso?

—És clar.

—Que hauries de quedar-te quieta a l'apartament, amb la porta ben tancada i sense aixecar cap sospita —va dir de cop—. Les xarxes socials van plenes de missatges amb teories absurdes que t'assenyalen com a culpable. No facis més enemics, Juls.

—Però si jo no he fet res! I m'importen una merda la gent i els seus comentaris. La policia deu saber perfectament que jo no hi he tingut res a veure —em vaig defensar.

—Ho sé... Però no vull veure't envoltada d'aquesta merda. Ja et vaig dir que vigilessis amb aquest noi...

Només em faltava allò, que el meu millor amic no m'entengués.

Tothom em demanava que em fes a un costat, com si jo no importés en tot allò. En Daniel, per sobre de tot, era el meu amic, i no pensava quedar-me asseguda esperant que s'esdevingués un miracle. Des que ens havíem conegut, i gairebé sense adonar-nos-en, ens havíem donat suport l'un a l'altre. I no pensava abandonar-lo. Tots els que em demanaven que ho deixés estar no eren conscients que, a més de tossuda, havia anat creixent dins meu un sentiment de valentia i decisió que ja no es podia aturar. Enrere havia quedat aquella Júlia temorosa, que no feia ni una sola passa sense anar de la mà dels seus amics.

Vaig aixecar-me, decidida a resoldre aquell misteri i tornar a casa amb en Daniel sa i estalvi.

Capítol 13

Els estudiants seguien a les portes dels apartaments de la residència. La policia continuava allà, i cada vegada hi havia més periodistes i curiosos que s'apropaven a l'entrada de l'edifici per aconseguir qualsevol declaració o informació. M'emprenyava que tota aquella gent fos allà no perquè estiguessin preocupats per en Daniel, sinó pel morbo que hi havia al voltant de tota aquella història. Un estudiant que és atacat i segrestat a la seva habitació de la residència universitària.

—I si deixeu de mirar?! —vaig cridar a un parell que em seguien amb la mirada i parlaven entre ells.

—Què li has fet?! —em va dir un d'ells, gravant-me amb el mòbil.

—Deixa de gravar-me —el vaig amenaçar.

—I, si no, què em faràs? El mateix que li has fet a ell? —va burlar-se el noi.

Vaig respirar profundament, per calmar els nervis, fer mitja volta i seguir endavant. El millor era ignorar-los. «Ni cas», vaig dir-me a mi mateixa, per no caure en la trampa de seguir amb una conversa que no portava enlloc.

En arribar al passadís de l'apartament d'en Daniel, vaig comprovar que la seguretat s'havia reforçat i havien estès unes lones per tapar tota la zona. D'aquesta manera, ningú no podia veure el que hi passava.

—Necessito parlar amb qui porta la investigació —vaig demanar en arribar al lloc dels fets—. Ahir vaig estar amb en Daniel —vaig dir per cridar l'atenció.

L'agent que semblava que estava a càrrec del cas em va fer un gest perquè passés.

—Ja t'ho han dit abans els meus companys, quan necessitem la teva aportació, et vindrem a veure —va fer, cansat.

—Ja, però tinc informació que pot ajudar a resoldre el cas —vaig dir impacient.

—Està bé. —Va fer-me un gest per allunyar-me de la resta de l'equip que hi havia al passadís—. M'ho pots explicar a mi.

—Aquí? —Érem al passadís, i ell no tenia res per apuntar.

L'home va alçar les celles, impacient, i va plegar-se de braços. No m'estava prenent seriosament.

—D'acord... —Vaig agafar aire—. Últimament en Daniel no estava bé amb el seu grup d'amics. Amb cap d'ells —vaig emfatitzar—. Ha tallat no fa gaire amb la seva ex, i ella no s'ho ha pres gens bé. També s'ha barallat amb el seu millor amic, perquè el va veure liant-se amb la seva nòvia, o sigui la que ara és la seva ex... I l'altra amiga del grup, la Jen, ha començat a defensar l'ex perquè....

—Has acabat? —em va tallar l'home.

—Què?

—M'estàs explicant uns drames d'adolescents ridículs que no tenen res a veure amb la gravetat del que ha passat —va dir—. Fes el favor de tornar a l'habitació.

—Però... —De cop, m'havia fet una mica petita—. Ahir a la nit, amb en Daniel... —vaig començar, intentant explicar-li que havíem vist algú sospitós a la piscina.

—Vas estar amb ell ahir a la nit? —Aquest cop sí que va aixecar la vista cap a mi, interessat.

Vaig negar amb el cap ràpidament. «No, no, no», vaig pensar. No podia deixar que comencessin a centrar tota la seva atenció en mi; havien de seguir altres pistes per trobar el culpable o culpables.

—No —vaig dir contundentment—. Però ens vam enviar missatges —vaig improvisar—. La seva família havia retirat tota la seguretat que li havia posat els dies anteriors...

—La seva família feia bé a posar-li aquesta seguretat. El noi hauria d'haver estat més agraït i ser més responsable. —Va posar una mà davant d'ell en veure que jo volia replicar-li—. Els Hakim tenen molts detractors i hi ha molts oportunistes que segur que estaven esperant el moment oportú per acostar-se al seu fill.

—Han demanat un rescat? —vaig preguntar esperançada.

—No puc explicar res de la investigació.

Crec que li vaig fer llàstima perquè va acabar confessant:

—Però no, encara no.

—Doncs potser la meva teoria dels amics...

—Mira. —L'agent s'estava impacientant—. Deixa'ns treballar, i fes acusacions només quan tinguis proves. Això que estàs insinuant és molt greu.

L'estómac se'm va encongir. Era evident que no aconseguiria res més i que havia de treballar jo sola.

—D'acord —vaig dir, disposada a trobar les proves que necessitaven.

No va caldre que m'acompanyés; jo mateixa vaig sortir d'allà. Vaig tancar-me de nou a l'apartament i vaig revisar el mòbil per enèsima vegada durant les últimes hores. Encara tenia l'esperança que en qualsevol moment en Daniel m'enviaria un missatge dient que estava bé. Però no va ser així. Vaig ignorar les desenes de missatges que m'havien arribat d'excompanys de classe, familiars, i fins i tot de gent que no sabia que tenia el meu número. Només vaig fer cas dels de la mare per posar-la al corrent de tot i assegurar-li que estava bé, i als de la Laia, que em demanava que anés amb molt de compte.

Durant les hores següents vaig assistir, sorpresa, a tot el desplegament mediàtic. Al principi em vaig convèncer que allò era positiu, perquè significava que no deixarien estar el cas i que hi hauria desenes de persones investigant. Segur que així el trobarien abans. Però com més càmeres i publicacions hi havia del tema, més rumors i teories es generaven.

El telenotícies del vespre va obrir amb la imatge de l'entrada de la residència i les declaracions del cap de la policia encarregat del cas, que en tot moment demanava prudència i que la gent deixés treballar els agents. Vaig rebufar, pensant que aquell home no tenia res controlat. Ja feia quasi vint-i-quatre hores que havia desaparegut i encara no ens havien pres declaració ni a mi ni als seus amics. Si no eren capaços de preguntar-nos res a les persones que més el coneixíem, què dimonis estaven fent?

—Malauradament no tenim les gravacions de la nit dels fets. Sembla que la persona va actuar després de manipular el sistema —va excusar-se—. Això ens fa pensar que al darrere hi podria haver una banda criminal.

«O no», vaig pensar. «Si encara no han demanat cap rescat, què els fa pensar això? Que no veuen que no és tan difícil manipular les gravacions?».

Em vaig incorporar al sofà en veure els pares d'en Daniel

a l'iPad on reproduïa el telenotícies. Havien aparegut per fer unes breus declaracions a la porta de la residència. El pare agafava del braç la seva dona, que feia cara d'haver estat plorant.

—Sabíem que el nostre fill podia córrer perill venint a la universitat, per això teníem tot un equip de guardaespatlles vetllant per ell. —La dona va sospirar, per poder continuar—: Però en els darrers dies ens havia dissuadit per retirar aquest efectiu. Influenciat i manipulat per una nova amistat, s'ha exposat al perill, i aquest l'ha trobat. —Va endur-se una mà al cor—. Aquesta persona, en la seva ignorància o malícia, ha jugat amb la seguretat de la nostra família i de tots els estudiants d'aquesta universitat. Ara només demanem a la persona o persones que s'han endut el nostre fill que el retornin sa i estalvi. No hi haurà conseqüències, només volem que torni a casa. Daniel, fill, t'estem esperant.

La dona va tapar-se la boca amb una mà, emocionada, i va girar-se mentre el marit li passava una mà per l'esquena i tornaven cap a l'interior de la residència, evitant les preguntes dels periodistes i els flaixos de les càmeres.

—Genial. Ja soc la pària de la universitat —vaig murmurar, encara assimilant les paraules de la mare.

Aquella dona m'havia posat encara més en la diana de les especulacions, i el mòbil tornava a sonar amb cada notificació, que m'arribaven com bales. El vaig silenciar i el vaig llançar a l'altra punta del sofà.

Era increïble com en menys de vint-i-quatre hores havia passat de tocar el cel a enfonsar-me a l'infern.

Segur que la Lauren devia estar morta de plaer amb tot plegat, gaudint amb tot el que m'estava passant. La Jen no s'havia atrevit a tornar a dir-me res després de la discussió, i potser també devia estar pensant que m'ho mereixia, després de tot.

Vaig recordar tot el que li havia escrit a la Jen aquell matí, explicant-li el que havia viscut amb en Daniel la nit anterior. L'hi hauria també xerrat a la Lauren? Ja no sabia què esperar de cap d'ells... «No l'hi hauries d'haver explicat... I si ara envia tota aquesta conversa a la premsa? I si ho publica a internet?». M'estava començant a ratllar amb tot.

Vaig obrir l'ordinador per començar la meva investigació.

—Qui ets, Jen? —vaig preguntar-me en veu alta.

Potser hi havia alguna cosa del seu passat que em serviria per estirar el fil. Era amiga d'en Daniel des de feia anys, però als seus pares no els queia bé, i potser hi havia un motiu amagat al darrere.

Em vaig passar les hores següents visualitzant desenes dels seus últims vídeos. A molts li demanaven consells sobre relacions, autoestima, rutines, moda, amistat... Vaig escoltar atentament el que contestava a un seguidor que li preguntava sobre com mantenir unit un grup d'amics quan hi havia discussions.

—L'eterna pregunta! Al final, és difícil no posicionar-se cap a un amic o un altre! —Va somriure a càmera—. Jo sempre intento posar pau entre les dues parts. Al final, en la majoria dels casos no hi ha un innocent i un culpable, tots tenim les nostres coses. A mi no m'agrada gens quan hi ha mal ambient en un grup per culpa d'alguns.

M'ho estava imaginant o es referia a nosaltres?

—Per això sempre intento parlar amb cadascú per separat, escolto la seva versió i busco com podem estar de nou units.

Si l'amistat és de veritat, sempre hi ha una manera de solucionar-ho, no us ho sembla?

La Jen havia intentat posar allò en pràctica en els últims dies, però no li havia anat gaire bé. En Daniel s'havia tancat en banda davant de les insinuacions de la Jen que la Lauren havia estat una víctima. I jo havia perdut els nervis durant el concert.

—Però no t'enganyaré, a vegades no és fàcil mantenir un grup unit per sempre. Sobretot quan arriba algú nou i la dinàmica canvia. —Va encongir-se d'espatlles—. Jo soc partidària d'acollir gent nova al grup, però a vegades el nouvingut trastoca les relacions i la dinàmica dins el grup, i s'ha de tenir en compte.

Per primera vegada era conscient que la meva arribada a aquell grup d'amics havia canviat moltes coses. Però jo no tenia la culpa de les decisions dels altres.

—I a vegades és difícil intentar que un amic que s'ha enfadat amb un altre torni a estar com abans. —Va sospirar de nou—. Però s'ha d'intentar.

«Com vas intentar fer amb en Daniel? Vas anar a la seva habitació? Què va passar, Jen?». Tot això era el que li volia preguntar. Estava temptada d'anar al seu apartament i sotmetre-la a un interrogatori, però encara no tenia cap prova perquè es posés nerviosa o confessés. Vaig estar una estona més visualitzant vídeos, intentant trobar qualsevol comentari personal que em donés una pista, fins que va començar a tractar un tema que em va cridar l'atenció.

—Avui us vull parlar d'una experiència que vaig viure fa uns quants anys, quan vaig començar l'institut. —Estava davant de la càmera, molt més seriosa que en els altres vídeos—.

Podríem dir que jo no passava pel millor moment de la meva vida. Hi havia una persona que em condicionava molt i que feia que anar a l'institut fos horrorós. De veritat. Així que un dia vaig anar a parlar amb ella. Volia explicar-li com em sentia i dir-li que desitjava ser la seva amiga, no la seva enemiga. —Va fer una pausa dramàtica—. Aquesta persona es va riure de mi i... vam tenir una baralla que va fer que m'expulsessin de l'institut durant un temps. Jo era la víctima, però al final el centre l'havia protegit a ella, i no a mi. Quan vaig tornar a l'institut, jo ja havia canviat. Sabia que els adults no em protegirien, així que vaig aprendre a fer-ho tota sola. Per sort, alguns dels companys de classe em van donar el seu suport i es van convertir en els meus millors amics.

Vaig posar pausa al vídeo.

No m'havia explicat mai tot allò. De fet, en sabia ben poc, de la relació com a amics que tenien entre ells abans que jo arribés a la universitat. Me n'havien comentat algunes coses, però no l'episodi de *bullying* que havia viscut la Jen. I el que em despertava més curiositat era saber què havia passat perquè l'expulsessin de l'institut, quan era l'altra noia la que l'havia assetjat.

Vaig acabar de veure el vídeo, en què reflexionava sobre temes d'assetjament i amistat, però no tornava a fer cap referència personal a la seva experiència. No esperava trobar res a la web del seu antic institut, però per si de cas vaig buscar entre les notícies. Només vaig trobar les fotos de la graduació i l'entrada d'un blog en què apareixia per haver creat un projecte anti-*bullying* per a escoles. Tot semblava positiu i res no em revelava què havia fet la Jen per haver acabat sent expulsada. Vaig tenir una intuïció i vaig posar a Google el nom de l'institut i l'any que van tenir lloc els fets. Vaig baixar fins que vaig trobar el que buscava. A la segona pàgina de resultats hi havia l'accés a un article que em va posar els pèls de punta.

—Però què...? —Se'm va escapar en veu alta.

Era una publicació de feia anys, en què apareixia una foto de l'institut amb el titular: «Estudiant agredeix greument una companya de classe». La publicació explicava, sense entrar en gaires detalls, com una estudiant de primer curs del centre privat havia colpejat amb «violència i sense escrúpols» una altra companya. L'agressió havia estat tan brutal que la víctima havia estat traslladada a l'hospital amb múltiples fractures.

—Joder, Jen...

Estava espantada amb el que llegia.

Vaig seguir buscant més informació, i tot el que vaig trobar deia si fa no fa el mateix. Hi havia unes declaracions del director de l'institut en què afirmava que lamentava molt la situació i que fins aleshores no hi havia cap indici que els hagués alertat de les intencions de l'estudiant a agredir a l'altra persona.

Allò quadrava amb la meva teoria. En les setmanes que feia que coneixia la Jen, no l'havia vist posar-se violenta en cap moment. Però, potser, arribats a un cert límit, esclatava. Vaig buscar informació sobre els atacs d'ira i vaig trobar de tot. Però si la Lauren, en Conrad i els pares d'en Daniel sabien que la Jen podia arribar a ser perillosa, per què no havien dit res? Per què no l'estava interrogant la policia? Potser perquè els fets havien passat quan encara era menor?

—En pots saber més d'una persona a través dels seus actes que del que diu —em va dir una vegada la Laia, parlant del seu ex—. Creus que coneixes aquesta persona, però no és fins que en veus el costat més fosc que l'arribes a conèixer de veritat.

—I si aquesta persona no té un costat fosc? —li vaig preguntar jo aquell matí d'estiu, mentre rentava plats al restaurant.

—Tothom té un costat fosc.

Era aquell, el costat fosc de la Jen? Era una persona amb atacs violents i jo no ho havia descobert fins ara?

Havia d'explicar a la policia el que havia esbrinat sobre ella. Segur que així em farien cas i l'investigarien. A ella i a tots els altres. Tenia la sensació que no els coneixia.

Ja eren passades les dotze de la nit, i la residència s'havia quedat en un silenci absolut, tot i que sabia que a fora hi havia encara periodistes fent guàrdia. Estava disposada a anar fins a la recepció de la residència perquè avisessin urgentment la rectora i el cap de la investigació, quan, en passar per davant de la porta de l'apartament de la Jen, em vaig aturar. Se sentien veus que provenien de dins. Estava amb algú, però semblava que només parlava ella. Per un moment vaig tenir la idea boja que potser tenia en Daniel amagat a l'habitació.

—Serà...? —Vaig picar a la porta.

Vaig esperar durant uns segons, i en veure que no obria, vaig seguir picant amb més insistència.

—Ara vinc! —va cridar.

Quan va obrir, vaig entrar sense permís a l'apartament.

—Què collons et passa? —va fer ella espantada per la meva reacció—. Hola, eh? Ara em vens a veure? Ja t'ha passat...

—On és? —la vaig interrompre observant tota la sala.

—On és qui?

—En Daniel.

—Què?

—On tens en Daniel? —vaig insistir.

Ella va fer dues passes enrere, es va posar la mà al pit i va deixar anar una rialla d'incredulitat.

—Però que t'has tornat boja?

—Amb qui parlaves? —Volia que s'adonés que l'havia enxampat. No tenia escapatòria.

Va assenyalar a un costat. Tenia el mòbil en un trípode i em vaig veure reflectida a la pantalla.

—Saluda si vols. Estic fent un directe —va comentar amb sorna, plegant-se de braços.

Veia com la pantalla s'anava omplint de cors i comentaris. Hi havia més de tres mil persones connectades i la xifra pujava cada segon que passava.

—Millor —vaig fer posant-me d'esquena a la pantalla, perquè només sortís la Jen—. Així ens podràs explicar a tots on el tens amagat.

—Però què et passa?! —va mig cridar. S'estava posant vermella.

—No, què et passa a tu.

Cada vegada estava més convençuda de la seva culpabilitat.

—Mira, Juls, sé que ho estàs passant malament, però jo també, en Daniel és amic meu. I no em vaig inventant idees absurdes de...

—Vas anar ahir a la nit a la seva habitació i vau tenir una baralla. —Vaig pensar que potser si exposava els fets acabaria confessant—. Se te'n va anar de les mans.

—Mare meva... —Ella va fer una passa enrere i després va mirar el mòbil—. Mira, apagaré el directe perquè...

—No. —Em vaig interposar entre el mòbil i ella—. Tens por que pugui dir una veritat? Que es descobreixi tot?

—Si no pares, hauré d'avisar a seguretat —em va amenaçar.

—Ah, seguretat —vaig assentir—. Suposo que ho tens tot controlat. Igual que ahir a la nit, que sabies perfectament que en Daniel estava desprotegit. Vas anar a la seva habitació per tornar a demanar-li que perdoni la teva amiga Lauren, però...

—Val, estàs fatal —va sentenciar en un to que fins i tot va semblar que estava preocupada per mi.

—No et va sortir bé, el vas empènyer o alguna cosa per l'estil, el vas ferir i ara el tens aquí amagat. —Vaig desplegar els braços.

Ja està. Ja ho havia dit. Notava les palpitacions del cor al coll. Estava preparada perquè aquella noia que triplicava el meu cos i que, segons el que havia investigat, tenia atacs d'ira, se m'abraonés en qualsevol moment. Per sort, tot quedaria gravat.

—Tu sí que t'has donat un cop al cap —va dir en un to massa baix i calmat—. D'on has tret totes aquestes bestieses?

—No és el que va passar quan anaves a l'institut?

Es va endur una mà al front i va tancar els ulls, com assimilant tota aquella informació.

—Déu meu, Juls... —Va sospirar com si estigués tenint molta paciència—. Allò que em va passar va ser el més horrorós de la meva vida, però no soc una persona violenta.

Em va fer un gest perquè m'assegués al sofà, però m'hi vaig negar.

—Està bé. —Va seure ella i va mirar a càmera—. Suposo que ha arribat el moment que tothom conegui aquesta història. —Va fer una pausa abans de continuar—: Sempre he estat una persona grassa. Des de petita. No havia tingut mai problemes, més enllà d'uns quants comentaris i que m'escollissin l'última a les classes d'educació física... Però quan vam començar l'institut, una noia i el seu grupet em van agafar mania. —Es va arrossar d'espatlles—. Al principi no volien que m'apropés a elles, després van arribar els comentaris i al final va començar l'assetjament. M'enviaven notes durant la classe on es ficaven amb mi, es burlaven de tot el que feia o deia... Fins i tot, una vegada al vestidor em van prendre la roba que duia de recanvi i la van llençar a la brossa. —Va fer una ganyota de dolor, recordant-ho.

Em feia pena mentre ho estava explicant, però encara no veia com havia acabat la situació tan malament.

—Crec que els altres companys de classe no sabien gaire bé el que em passava, perquè aquestes noies ho feien tot mig d'amagat. A més, em feia vergonya explicar-ho a casa o als professors. —Va negar amb el cap, com si aquella idea fos absurda—. Ara veig que hauria d'haver demanat ajuda, però no sabia com fer-ho. Només tenia tretze anys, em sentia sola i no volia dir-ho als adults per por que tothom m'assenyalés. En comptes d'això, vaig callar. I la bola es va anar fent més i més grossa. Fins que un dia la situació va petar.

—Què va passar? —Em suaven les mans.

—Feia temps que em sentia sola, i vaig començar a parlar per internet amb una noia que estava patint la mateixa situació que jo. Vam connectar ràpidament. Li vaig explicar moltes coses que no li havia dit a ningú. Secrets. —Va alçar les celles, amb un somriure trist—. Va ser la primera persona a qui li vaig confessar que creia que era bisexual. Fins i tot li vaig dir els noms de noies i nois de classe que em semblaven atractius... Era molt innocent. No sabia ni el que em deia... El cas és que una tarda em va dir de quedar. Jo estava emocionada perquè per fi coneixeria en persona aquesta amiga amb qui podia ser jo mateixa.

Començava a saber per on anava la història, i no m'estava agradant.

—Vam quedar als lavabos de les noies deu minuts després de sortir de classe. Així segur que ningú no ens veuria. Ella m'havia dit diverses vegades que era una noia de tercer de l'institut... —Va agafar aire per poder continuar—: Però resulta que era mentida. Darrere de la pantalla hi havia la líder del grupet que em feia *bullying*. Quan m'ho va dir, se'm va trencar el cor. —Li tremolava una mica el llavi—. Jo havia confiat en aquesta amiga invisible, i tot havia estat una mentida. Es va riure de mi, i quan vaig voler marxar d'allà, em va dir que publicaria en un blog totes les converses que havíem tingut perquè tothom les veiés.

—Nooo... —Se'm va escapar.

Va assentir.

—En aquell moment... em va entrar el pànic. Li havia explicat massa coses, fins i tot coses de la meva família. Li havia donat noms i cognoms de persones... Li havia confessat tots els meus secrets. —Va tornar a mirar a càmera—. No expliqueu mai secrets a gent que no coneixeu. Ara ho penso i ho trobo ridícul, però era tan vulnerable...

—Però podries haver solucionat les coses d'una altra manera —vaig tallar-la. No perdia de vista que tota aquella conversa l'estàvem tenint perquè sospitava que havia fet el mateix amb en Daniel.

—Podria haver-ho fet, sí. Però quan em va dir que aquella tarda ho publicaria tot, vaig entrar en pànic. Necessitava aturar-la o tota la meva vida se n'aniria a la merda. —Va agafar-se les mans amb nerviosisme—. Recordo que la vaig empènyer i la vaig encastar contra la paret amb força. Jo era més gran i més alta que ella. Només volia donar-li un ensurt, perquè em deixés en pau. Però tot i estant així es va riure de mi i em va seguir dient que era patètica. —Va apartar la mirada de la càmera—. I li vaig donar un cop de puny. Va cridar i em va seguir insultant. Així que n'hi vaig donar un altre, i un altre... Fins que els seus crits van fer que el conserge vingués a veure què passava. A ella se la van endur a l'hospital. A mi em van expulsar immediatament, sense ni tan sols preguntar-me per què ho havia fet.

—No els vas dir que t'havia enganyat i que volia publicar les vostres converses? —vaig preguntar.

—No. —Tenia els ulls vidriosos—. Jo no volia que ningú sabés que existien aquelles converses. Preferia que creguessin que simplement ens havíem barallat. —Li va caure una llàgrima que es va afanyar a eixugar amb el dors de la mà—. Em moria de vergonya de pensar que els meus pares, els professors o algú pogués llegir tot allò... Així que vaig preferir no dir res, quedar com la dolenta de tota la història.

—Però algú devia saber la veritat. —No podia ser que els altres alumnes no sabessin res.

—La Lauren, en Daniel i en Conrad van ser els primers que em van acollir quan vaig tornar a l'institut —va recordar amb un somriure—. Ells sabien que aquella noia no s'havia portat bé amb mi, tot i que no coneixien tota la història. Sabien que jo no havia tingut mai comportaments violents, que no causava problemes... Tenir-los al meu costat em va donar forces per recuperar-me, per tenir la valentia de ser jo mateixa, per créixer i convertir-me en la persona que soc avui.

No va poder aguantar més i va començar a plorar en silenci, mentre s'afanyava inútilment a eixugar les llàgrimes que li queien per les galtes.

—Jen... —Vaig apropar-me a ella, avergonyida per tot l'espectacle que havia muntat—. Ho sento, jo... Merda, ho sento. —La vaig abraçar perquè no trobava les paraules adequades.

—Jo mai li faria mal a en Daniel —va dir entre els meus braços—. Ells són el més important —va dir referint-se al seu grup d'amics—. Per això estic insistint tant perquè es perdonin entre ells. No els vull perdre.

—Ho sento... —vaig repetir.

Ens vam quedar una estona així, assimilant totes les emocions que acabàvem de viure. Segurament havia estat dur per a la Jen recordar tot allò. Vaig girar-me un moment i vaig apagar el directe.

—Uff. —Va mirar cap amunt, en un intent d'aturar la plorera—. Després d'això em faran mil preguntes. —Va somriure, intentant recuperar el bon humor.

—Ja... Perdona, no tenia dret a fer que ho expliquessis davant de tothom. —No m'havia sentit mai tan culpable com en aquell moment.

—No et preocupis. Fa temps que volia explicar-ho. Només sento que tu hagis pensat que soc una tia violenta i segrestadora. —Va fer-me una ganyota mentre recuperava la respiració.

—Se m'ha escapat de les mans...

—Massa. —Va riure—. De veritat et pensaves que jo li havia fet alguna cosa a en Daniel? —Va posar els ulls en blanc—. Si necessites més proves, pots comprovar tu mateixa que vaig estar fins passades les cinc de la matinada escrivint-me amb una noia que vaig conèixer al concert.

—No sospitava només de tu —vaig ser sincera—. També de la Lauren i en Conrad.

Em va fer seure al seu costat i li vaig explicar les meves teories.

—Nena, estàs fatal —va dir quan vaig haver acabat d'explicar-l'hi tot.

—Però, a veure —em vaig defensar, no podia ser que estigués equivocada en tot—, de veritat creus que la Lauren no hi ha tingut res a veure?

—No em vinguis de nou que va enganyar en Daniel —em va advertir.

—Ja, però sempre s'està ficant pel mig. I si sense voler li ha fet mal? O no, potser s'està venjant de mi pel que va passar l'altra nit al concert.

—Estàs buscant on no hi ha res —va seguir ella, negant.

—Això ho dius perquè són els teus amics i no vols acceptar que poden cometre errors. —M'hi vaig apropar més—. I què me'n dius, d'en Conrad? Fa dies que està cabrejat perquè en Daniel passa d'ell.

—Motiu més que de sobres per segrestar-lo —va fer amb una veueta misteriosa—. Vinga va, Juls! Que no pot ser! Que et dic que no!

Es va aixecar i va anar cap a la cuina.

—Segur que no tens cap dubte? Ni una mica? —vaig insistir.

—Cap.

—I què me'n dius quan en Conrad es va liar amb la Lauren? T'ho esperaves?

Va obrir la boca per respondre, però la va tornar a tancar.

—Ho veus? —Per fi començava a adonar-se'n—. En la majoria dels crims —vaig empassar-me la saliva, intentant no pensar en el tema— el culpable és algú proper a la víctima. La Lauren i en Conrad tenien motius més que de sobres per estar cabrejats amb ell. Tots dos t'havien amagat secrets. Primer la Lauren sense dir-te que estava amb en Daniel per conveniència, i després en Conrad sense explicar-te el seu pla per fer que ella i en Daniel trenquessin... Són amics teus, però t'han amagat secrets... Per què aquesta vegada hauria de ser diferent?

Els meus raonaments van sembrar un petit dubte dins seu. L'hi vaig veure als ulls.

—Crec que és una pèrdua de temps —va dir, no gaire convençuda—. Segur que a hores d'ara algú ja ha demanat un rescat per en Daniel. Apareixerà d'aquí a poc.

—No em quedaré aquí esperant que això passi. —Estava disposada a arribar fins on calgués.

—Crec que t'estàs equivocant. —Va enfonsar-se al sofà.

Era clar que la Jen no creia que cap dels seus amics fos capaç de fer res i no volia obligar-la a posar-se al bell mig de tot plegat.

—No cal que m'ajudis —la vaig tranquil·litzar, fent cara de pena.

—Si m'ho dius així... com vols que no t'ajudi? —va bufar—. I com més aviat t'adonis que nosaltres no hem fet res, més a prop estarem del culpable.

—Aquesta és l'actitud —vaig dir, convençuda.

—A veure, què necessites?

Vaig rumiar-ho. Volia saber-ho tot d'en Conrad i la Lauren. Qualsevol cosa que m'ajudés a entendre per què aquella nit un o l'altre podria haver atacat en Daniel, i com podrien haver aconseguit treure'l de la residència sense aixecar sospites.

—Potser no va ser o un o l'altre, potser van ser tots dos. O potser va ser un i va demanar ajuda a l'altre.

De tant en tant mirava el mòbil per comprovar, horroritzada, que les hores passaven i encara no hi havia rastre d'en Daniel.

—Juls, crec que necessitem dormir. —Va badallar—. Dormim una estona, i així demà podrem pensar millor, d'acord?

Feia just vint-i-quatre hores que l'havia vist per última vegada. Just en aquell moment, un dia enrere, tots dos érem a la piscina, fonent-nos en aquell petó que m'havia deixat sense respiració.

Vam pujar al dormitori de la Jen i ens vam ficar al llit, l'una al costat de l'altra. L'apartament estava silenciós, i la llum de la lluna s'escolava pel finestral.

—Creus que està bé? —No li havia volgut fer aquella pregunta fins que tots els llums van estar apagats perquè no volia que em veiés la cara.

—Sí —va xiuxiuejar—. És clar que sí —va afirmar de nou en un to que em va semblar que era sobretot per convèncer-se a ella mateixa.

—Si ahir a la nit no haguéssim anat a la piscina...

—Encara no m'has explicat el que va passar. Tot i que m'ho imagino. —Va fer un lleuger riure trist—. Va estar bé?

—Sí —vaig recordar.

Estàvem a punt de quedar-nos adormides quan va sonar l'alarma d'incendis. Vam sortir corrents del llit, vam anar escales avall i vam obrir la porta de l'apartament. El passadís s'estava omplint de fum. Havia saltat el mecanisme d'aigua del sostre i s'estava inundant el terra. La resta dels alumnes també sortien en pijama dels apartaments.

La Jen va agafar-me del canell i va parlar amb veu tremolosa.

—Juls, no és el teu apartament el que s'està cremant?

Capítol 14

No parava de sortir fum per sota de la porta del meu apartament. Estava completament segura que no havia encès cap espelma ni havia deixat res a la cuina. Què estava passant?

—Atenció! Comencem l'evacuació! —va cridar un membre del personal—. Sortiu amb calma i sense agafar res de les habitacions!

Vam començar a desfilar passadís enllà mentre comprovaven que no quedava ningú als apartaments. Ens vam reunir tots a l'entrada de la residència, preguntant-nos què estava passant.

—És el meu apartament! —vaig dir a un dels recepcionistes que hi havia de guàrdia—. Jo no era a dins, sinó dos apartaments més enllà amb una amiga. Algú ho ha provocat.

Va assentir i va trucar a algú per explicar-li la situació. Els bombers no van trigar a arribar, i a aquell dispositiu s'hi van sumar els periodistes i curiosos que encara feien guàrdia als cotxes.

—Vine. —La Jen em va posar el braç sobre les espatlles i ens vam dirigir a un racó que quedava lluny de les mirades. Només em faltava que algú em reconegués i comencés a bombardejar-me amb preguntes sobre en Daniel.

—I si qui ha segrestat en Daniel també ha provocat aquest

incendi? —vaig dir en veu baixa perquè només em sentís la meva amiga.

Ella no va contestar, només em va prémer l'espatlla. Vaig plorar en silenci, tremolant una mica, més de ràbia que de por. En Daniel seguia sense donar senyals de vida i semblava que algú estava disposat a fer-me mal. Vaig trucar a en Pau per explicar-l'hi tot.

—Jen? Què fas trucant-me a aquestes hores? Són...

—Hi ha foc al meu apartament —vaig interrompre'l.

—Què? —Es va escurar la gola per trencar la veu, que sonava ronca—. Com que hi ha foc?

—Era a l'apartament de la Jen, ha saltat l'alarma d'incendis i quan hem sortit hem vist que sortia fum de sota la meva porta —vaig resumir.

—Mare meva... I és molt greu?

—Encara no ho sé.

—Però com...?

—Crec que algú ho ha provocat —vaig avançar-me—. Potser és algú que vol espantar-me.

—O que es pensa que estàs implicada en la desaparició d'en Daniel —va afegir.

No ho havia pensat. Vaig seure a terra i vaig recolzar el cap als genolls, tancant els ulls.

—Pau, no deixaré de buscar-lo. —Vaig deixar anar un sospir ple de tensió.

—Qui hagi estat no s'aturarà. —Tenia la veu més seriosa que li havia sentit mai—. De veritat que val la pena que et posis en perill?

—No ho entens... En Daniel, per sobre de tot, és un amic. Faria el mateix per tu —vaig dir amb total sinceritat—. No és que m'hagi tornat boja. —Sabia que ho devia estar pensant—. Ja saps que no suporto quedar-me quieta sense solucionar les coses. No puc esperar que passi un miracle i...

—Perdona, ets la noia que surt amb en Daniel Hakim? —em va interrompre algú.

No vaig tenir temps de pensar res. Vaig aixecar la mirada i em vaig trobar amb una dona que m'apuntava amb la càmera del mòbil.

—Eh, tu, enrere. —La Jen va posar-se entremig de totes dues en veure el que estava passant.

—Només vull saber...

—He dit que fora! —va dir en un to més autoritari.

La seva veu va cridar l'atenció dels que hi havia al voltant, i en pocs segons estàvem envoltades d'estudiants i mitjans de comunicació que intentaven arribar fins a nosaltres.

—És cert que mantens una relació secreta amb el fill dels Hakim?

—Quina relació tens amb la seva desaparició?

—La família assegura que l'has posat en contra seva. Què tens a dir sobre això?

—Què creus que li ha passat?

—Et sents culpable del seu segrest i possible assassinat?

Aquelles paraules em van deixar gelada. Què estaven dient?

—En Daniel i jo som amics i no sé on és ni qui el té retingut. —Notava com la Jen em premia el braç, animant-me a deixar-ho estar—. I és clar que no em sento culpable de la seva desaparició, jo no hi he tingut res a veure! —Vaig agafar aire—. Només demano que si algú sap alguna cosa, que no tingui por d'explicar-ho. El més important és que en Daniel torni.

—I sobre les acusacions de la família fent-te responsable de...

El periodista no va poder acabar la pregunta.

—El que està passant no és culpa d'ella ni d'en Daniel, que quedi clar. —Va ficar-se pel mig la meva amiga—. No inventeu més tonteries que només desvien l'atenció. I ara, si ens disculpeu...

Va agafar-me de la mà i em va treure d'allà.

—Colla d'imbècils... —va murmurar mentre ens allunyàvem.

Vam explicar el que estava passant a un dels guàrdies de seguretat i aviat van establir un perímetre on només hi poguéssim ser els estudiants i els treballadors de la residència.

Ja havia passat una bona estona, i encara ningú no havia parlat amb mi per explicar-me com estava el meu apartament. Es devien haver cremat totes les meves coses?

—Pots quedar-te amb mi. —La Jen em va agafar la mà, com si em llegís els pensaments.

Vaig assentir, agraïda. Tot el que passava era tan sols un entrebanc més per no centrar l'atenció en el més important.

—Has vist en Conrad o la Lauren? —Vaig mirar al voltant. Hi havia centenars d'alumnes mig a les fosques.

—Encara segueixes pensant en això?

Vaig ignorar la seva pregunta i vaig seguir buscant-los amb la mirada fins que els vaig trobar.

—I per què estan tan juntets si en Conrad no suportava que la Lauren estigués amb en Daniel? —vaig contestar.

En Conrad i la Lauren estaven allà al fons, junts. Ella, amb un pijama rosa clar, amb els braços plegats, i em va semblar veure que tenia els ulls inflats, com si hagués estat plorant. Potser de culpabilitat? En Conrad li passava una mà per l'espatlla, i estava una mica encorbat mentre hi parlava.

Si aquella situació no li semblava sospitosa a la Jen, jo ja no sabia com obrir-li els ulls. Bé, potser sí, descobrint la veritat.

Vaig dirigir-me cap a ells, decidida, mentre la Jen em seguia dues passes per darrere. Quan van veure que ens apropàvem, es van tensar.

—Ei, Juls, he sentit que l'incendi ha estat al teu apartament... —va començar a dir en Conrad.

—L'heu provocat vosaltres? —vaig preguntar sense preàmbuls.

—Juls... —La Jen em va agafar per la part del darrere de la samarreta.

—Què? —van fer tots dos alhora.

—Ara no us feu les víctimes... —Vaig plegar-me de braços—. Si teniu alguna cosa a veure amb això o amb el que li ha passat a en Daniel, ara és el moment de dir-ho.

—Tu no estàs bé. —La Lauren em va mirar amb els ulls entretancats—. Primer intentes pegar-me al concert, i ara això...

—Val —va intervenir la Jen, veient que la situació començava a escalfar-se—. Sabeu què? Vosaltres dues no esteu preparades per tenir aquesta conversa i passo que munteu un altre escàndol. Lauren, deixem-los sols perquè parlin —ens va assenyalar a mi i a en Conrad amb el cap—. Serem a les escales, assegudes. Us estarem observant —va advertir-nos.

Les dues noies van marxar uns metres més enllà, i jo em vaig quedar cara a cara amb en Conrad.

—Estàs bé? —va dir en un to preocupat.

—No, és clar que no —vaig esbufegar.

—Nosaltres no hi tenim res a veure.

—Jo no n'estic tan segura.

Va alçar les celles, sorprès per la meva determinació.

—Com vols que li faci això a en Daniel? Som amics —va defensar-se.

—Doncs igual que vas fer liant-te amb la que encara era la seva nòvia. No sé quants secrets més has amagat, Conrad.

Ell va fer dues passes enrere i va mirar cap a un costat.

—Ja us vaig explicar per què vaig fer això de la Lauren...

—I si tant volies que en Daniel trenqués amb ella perquè segons tu és una mala tia, per què aquesta nit estàs amb ella? L'estàs cobrint? T'està cobrint ella a tu? —El cor m'anava a mil.

—Què...? —va abaixar la veu.

—Crec que tots dos teníeu motius per fer-li mal a en Daniel. Vau anar a parlar amb ell i se us va escapar de les mans? Vas anar al seu apartament per demanar-li perdó de nou i parlar, i ell no et va voler escoltar i vau acabar discutint? —Aquella era la meva principal hipòtesi.

—T'estàs equivocant. No saps res de res —va comentar, ofès.

—Doncs explica-m'ho ara. —Vaig obrir els braços—. Tinc tota la nit i no tinc enlloc on anar.

Va mirar-me durant uns segons que se'm va fer eterns, va posar-se les mans a la butxaca dels pantalons i va seure a la vorera. Jo vaig preferir quedar-me dreta, amb els braços plegats.

—Com vulguis —va dir en veure que no seia al seu costat—. En Daniel i jo ens coneixem de... tota la vida? Des de petits. A l'escola sempre estàvem junts i els professors estaven farts de nosaltres —va somriure—, sempre la liàvem. Amb el temps, els seus pares es van posar més estrictes i a les tardes havia de fer classes particulars. Fins i tot van arribar a parlar amb els meus pares perquè deixéssim de ser amics. Creien que jo era una mala influència per a ell. —Va fer una ganyota.

—Però no vau deixar de ser amics —vaig dir, animant-lo a continuar.

—No. Vam seguir sent amics, tot i que en Daniel es va tornar més... —no trobava la paraula— prudent, per dir-ho d'alguna manera. A vegades passava dels plans que fèiem o no em seguia el corrent. D'altres, acabàvem fent alguna bogeria i després els seus pares el tornaven a castigar. I després va començar a sortir amb la Lauren.

—Van canviar molt les coses?

—Massa —va assentir—. De sobte ja no tenia tant temps per estar amb mi o amb altres amics, ja no es divertia tant... I ens vam distanciar una mica.

—I és quan vas començar a agafar mania a la Lauren? —vaig intuir.

—Eh... Suposo que sí. Fins a aquell moment érem un grup d'amics que simplement es divertia i feia de les seves. Però quan van començar a sortir, tot es va tornar més avorrit. Després van arribar les baralles, les discussions, el mal rotllo... Jo li deia a en Daniel que deixés d'estar amb la Lauren, però ell no m'escoltava. —Va agafar aire—. Així que vaig decidir que passaria del tema. Estava fart d'escoltar les seves penes una vegada i una altra. Tots sabíem que no durarien, era impossible, però ell no ho volia veure. Mentrestant, la Lauren també ens explicava a mi i a la Jen els seus drames.

—Sabíeu que estava amb en Daniel per conveniència?

Va negar amb el cap.

—No ho vaig saber fins a la nit de la festa a casa meva —va confessar—. La Lauren i en Daniel havien discutit —es va posar més tens—, ella no pretenia anar a la festa, però a l'últim moment s'hi havia apuntat amb unes companyes de la residència. En arribar, us va veure a tu i a en Daniel ballant.

—Com ho saps? —vaig dir recordant el moment.

—La vaig trobar feta una fúria, bevent sola al passadís. Estava cabrejada i va començar a desfogar-se amb mi. Em va acabar dient que estava farta de tot, que s'havia sentit pressionada per sortir i seguir amb ell...

—I t'ho vas creure? —Vaig esbufegar.

—No coneixes la seva versió. No tots hem tingut una vida tan tranquil·la com la teva. —Va clavar els seus ulls en mi d'una manera que em va deixar gelada—. Vam començar a explicar-nos coses, a obrir-nos, i una cosa va portar a una altra...

—I després d'això?

—Vaig intentar que en Daniel m'escoltés i entengués el que havia passat. La seva relació amb la Lauren ja estava a punt de trencar-se, que jo em liés amb ella només va accelerar les coses.

—Però no teníeu dret a fer les coses així —vaig atacar.

—No. —Semblava realment penedit. Va esbufegar i va aixecar-se—. Però què vols que et digui? Les coses van passar així, no cal fer-ne un drama.

—Ja, però sembla que a la Lauren no li va passar el cabreig. Si no, per què va enviar aquelles fotos perquè es publiquessin? Si no fos per ella...

—Sí, no ha fet les coses bé. No és perfecta. Cap de nosaltres no ho és. —Va riure—. Però això no ens converteix en criminals.

—Ja, però... —Començava a quedar-me sense arguments.

—Sé que estàs desesperada per saber on és en Daniel, però nosaltres també. I estàs perdent el temps sospitant dels seus amics.

Ja estava disposat a marxar quan em vaig posar davant d'ell per aturar-lo.

—I com sé que cap de vosaltres no va anar ahir a la nit a veure'l a l'habitació? —Necessitava proves per descartar les sospites que tenia.

Va agafar aire, va mirar cap a on estaven assegudes la Jen i la Lauren i va tornar-se a girar cap a mi.

—Vaig estar gairebé tota la nit enviant-me missatges amb la Lauren —va confessar.

Va treure's el mòbil de la butxaca, el va desbloquejar i me'l va donar.

Vaig fer *scroll* per la pantalla. Tenia raó. Hi havia centenars de missatges entre tots dos que s'allargaven fins ben entrada la matinada. Havien vist una sèrie junts, cadascú al seu apartament, i l'havien estat comentant. Després d'allò hi havia missatges més personals, en els quals no em vaig aturar gaire. L'últim missatge era de les sis de la matinada. Cap dels dos no hauria tingut prou temps per anar fins a l'apartament d'en Daniel i fer-lo desaparèixer.

Li vaig tornar el mòbil. Notava com se m'escalfaven les galtes.

—Perdó —vaig disculpar-me a mitja veu, mirant a terra.

—Mira que m'han acusat de coses —va comentar amargament—, però mai a la vida havien insinuat que fos un assassí.

—Creus que...?

—Perdona, no volia dir això —va rectificar—. Segur que no li han fet res. Deuen esperar per demanar una recompensa.

En el fons m'alegrava saber que els seus amics no hi havien tingut res a veure, però allò significava que encara estava lluny de trobar el culpable, i en Daniel. Estava tan convençuda que un d'ells era culpable que començava a sentir-me ansiosa de saber que tornava a ser a la casella de sortida.

—Tornem amb les noies —va dir en Conrad, en veure que em començava a quedar atrapada en els meus pensaments.

Vam anar fins on eren elles i quan la Lauren va alçar la vista em va envair un sentiment de vergonya i culpabilitat. Aquella noia seguia sense caure'm bé i no acabava d'entendre les coses que l'havien portat a cometre aquells errors..., però evidentment no era una delinqüent.

Vam seure junts una estona i els vaig explicar per sobre el que havia passat durant la nit de la desaparició d'en Daniel. No vaig entrar en detalls en el que havíem fet a la piscina, simplement els vaig dir que havíem estat allà una bona estona. Per les mirades que em van fer en Conrad i la Lauren, vaig saber que ho havien captat.

—Llavors, vas ser l'última persona que el va veure? —va preguntar en Conrad.

—Suposo. No li he explicat això a ningú més, només ho sabeu vosaltres. —Vaig alçar les celles—. No ho podeu explicar a ningú —vaig dir mirant la Lauren.

—Tranquil·la, no penso dir res, de veritat —va dir en un to fred però que em va semblar sincer—. No busco més problemes. —Va endur-se els genolls contra el pit—. I no és just això que li està passant a en Daniel. Vull que aparegui ja.

Tots volíem que tot allò s'acabés.

—Nosaltres quatre som les persones més properes a ell aquí a la residència. No us sembla estrany que la policia encara no ens hagi interrogat? —va preguntar la Jen—. A veure, si jo portés el cas, el primer que faria seria parlar amb els seus amics, no?

—Tampoc no han parlat amb vosaltres? —La Lauren va aixecar la vista—. Pensava que...

Ens vam quedar un moment en silenci.

—L'única explicació que trobo a tot això és que ja saben qui té en Daniel, o...

—O? —vaig fer amb impaciència.

—O bé el cap de la investigació està encobrint el culpable i no vol trobar-nos pel mig —va acabar—. I si la poli està comprada per una banda criminal?

—Un altre que ha vist massa sèries —va queixar-se la Lauren, mirant-nos a mi i en Conrad amb desaprovació.

—A mi no em sembla cap bogeria —va afegir la Jen—. Pensa-ho bé, potser estan intentant que la premsa s'acabi avorrint del tema. Potser passaran de tot això, o escamparan el rumor que en Daniel ha marxat perquè ha volgut... I llavors tindran via lliure per negociar un rescat amb la família. —Va donar un cop al terra que em va espantar.

Ens vam mirar. Aquella teoria semblava que encaixava prou bé. Així que vam decidir continuar investigant sols i no comptar amb la policia. Això complicava les coses, perquè no teníem ni pistes ni sospitosos.

—La clau és saber qui va entrar al seu apartament ahir a la nit —va començar a dir en Conrad.

—Jo crec que ha estat algú que coneixia. Per això vaig

pensar que podríeu haver estat vosaltres. —Vaig anar abaixant la veu a mesura que acabava la frase.

—Té lògica. Si és algú que coneix, el va deixar passar al seu apartament —va seguir la Jen—. Potser havia quedat amb algú?

—No ho crec pas. M'ho hauria dit. —A mi no m'havia comentat res—. I eren quasi les dues de la matinada. Amb qui vols que quedés a aquella hora?

—Doncs no havia quedat amb ningú. Però estem d'acord que devia ser algú que coneixia, oi? —va fer la Jen—. No tenim les gravacions de les càmeres de seguretat, així que no podem saber qui va recórrer aquell passadís... Però potser podem consultar el registre d'entrades i sortides de la residència. —Se li va il·luminar el rostre—. Així tindrem una llista de possibles sospitosos.

—És clar, de veritat creus que va sortir amb en Daniel per la porta principal? —se'n va mofar la Lauren.

—No, per la porta principal no. Però hi ha portes d'emergència i l'accés per ascensor al pàrquing subterrani. Potser va escapar per allà. Funciona també amb l'identificador personal.

Vaig aixecar-me d'un bot. Tenia raó.

El soroll d'un megàfon va fer que miréssim cap a l'entrada de la residència.

—Atenció alumnes! —Era un dels conserges—. Podeu tornar als vostres apartaments. La resident de l'apartament incendiat, si us plau, que passi per secretaria.

Vaig apropar-me fins allà seguida de tots tres.

—Què ha passat? Com està tot? —vaig preguntar al conserge en veure sortir els bombers.

—Sí, ha estat un petit incendi que ha començat a la zona de la sala d'estar. Sembla que s'ha deixat una espelma aromàtica encesa o alguna cosa semblant —va informar-me un dels bombers.

—Però si jo no tinc espelmes... —vaig dir a mitja veu.

—Ja, és clar. —Va fer un somriure forçat—. Per sort només hi ha desperfectes en el mobiliari del menjador, però no hi podràs tornar durant uns dies. Necessitarà neteja, pintura... I molta ventilació.

—Es quedarà amb mi —va informar la Jen al conserge.

Després d'allò ens van fer entrar en una sala al costat de la recepció per esperar que em portessin algunes de les meves coses. L'entrada de la residència s'havia anat buidant i només hi quedàvem nosaltres i un dels recepcionistes.

—Ara seria el moment de mirar la llista —va murmurar en Conrad mirant el registre que tenia el noi a la pantalla—. Nosaltres el distraiem i tu hi fas una foto.

No va esperar ni que li digués que em semblava bé, quan va obrir la porta de la sala d'espera i va entrar a la recepció, que tenia accés directe a través d'un lateral.

—Eh, hola. Estem intentant que funcioni la màquina de cafè d'aquí dins, però no hi ha manera. —Va assenyalar cap enrere.

El recepcionista el va mirar a ell i després el passadís.

—Només serà un moment —va insistir en Conrad—. I ara això està més mort... —Va repassar el passadís amb la vista.

El noi va accedir i mentre entre tots observaven el funcionament de la màquina de cafè, vaig sortir dissimuladament de la sala i vaig anar cap a l'ordinador. Tenia obert el programa de registres, així que només em va caldre buscar les entrades de la nit anterior. Al programa apareixia l'hora i el número identificador de la persona que havia entrat, però no hi havia noms ni cap altra referència. Vaig fer una foto amb el mòbil i vaig tornar a posar la pantalla com estava.

En tornar a la sala, el conserge sortia.

—Ho has aconseguit? —va preguntar la Jen, amb un got de plàstic amb cafè a la mà.

Vaig apropar-me a ells i els vaig mostrar la llista que tenia a la foto del mòbil.

—El problema és que no posa el nom de les persones, sinó l'identificador.

—Aquí hi ha algú que va entrar sobre la una de la matinada —va assenyalar la Jen—. Però, és clar, no sabem qui és...

Estàvem arremolinats mirant aquella llista, quan va aparèixer el conserge amb una motxilla meva amb roba, el meu bolso i el portàtil.

—No torni a encendre espelmes —em va recomanar.

Em vaig mossegar la llengua per no tornar a insistir en el fet que jo no tenia espelmes.

Reconec que aquella situació em va fer força por. Algú havia aconseguit entrar al meu apartament, mentre jo suposadament hauria d'haver estat dormint al pis de dalt, i havia calat foc a la sala. Podria haver-me matat. Un calfred em va recórrer tota la columna.

—Som-hi. —La Jen va agafar la motxilla—. Nois, dormiu una mica. Ens veiem d'aquí a unes hores —va dir als altres.

Vam tornar cap al seu apartament. Tenia una sensació tan amarga al cos que no podia dormir, així que vam acabar amb una beguda calenta al sofà. Vaig escriure a en Pau i després em vaig quedar mirant aquella foto del registre d'entrades i sortides. La persona que havia entrat a la una de la matinada era la nostra sospitosa principal, ja que després no havia entrat ningú fins passades les cinc de la matinada. El sospitós s'havia reduït a un número de vuit xifres. Un número que...

—Jen. —Em va tremolar la veu.

—Què?

Em vaig aixecar i vaig anar directament al bolso. Vaig comprovar les meves sospites. Vaig notar com les cames em defallien una mica, pels nervis. Em vaig girar i vaig mirar la meva amiga, que esperava una resposta.

—Ja sé qui ha segrestat en Daniel.

Capítol 15

M'havia posat tan nerviosa que m'havien vingut ganes de vomitar. No estava preparada per a allò. Vaig seure al sofà i em vaig quedar mirant la meva amiga.

—Qui? Qui és? —em va insistir.

Vaig agafar aire.

—Crec... Crec, no ho sé, crec que...

—Juls!

—Perdona —em tremolava la veu—. És que estic molt nerviosa, encara ho estic assimilant.

—Només digue-ho, ja està. —Em va donar la mà.

—L'única persona sospitosa que va entrar aquella nit a la residència abans de les sis de la matinada va ser la que té aquesta targeta. —Li vaig allargar la targeta perquè tragués les seves pròpies conclusions.

—Em... Tu? —va dir com si jo fos mig idiota.

—No! L'entrenador de natació! Recordes que vaig aconseguir fer un duplicat de la seva targeta? Totes dues tenen el mateix identificador. —Vaig assenyalar les xifres que hi havia gravades a la part posterior del plàstic.

—Mare meva... Val, tranquil·les. No ens esverem —va dir mentre analitzava la situació—. Té sentit. En realitat, té sentit...

—És clar que té sentit! —Ho començava a veure tot més

clar—. Si va picar a la porta de l'apartament d'en Daniel, segur que ell el va deixar passar.

—I no li devia semblar estrany que es presentés de matinada a la seva habitació?

—No... Potser l'entrenador sabia que tots dos havíem estat a la piscina i va aprofitar l'excusa. —Ho anava deduint sobre la marxa.

—És clar, potser en Daniel va pensar que el tio us havia enxampat i va convidar-lo a passar per explicar-se —va seguir la meva amiga.

—Però, per què li faria mal a en Daniel? —Vaig aixecar-me per mirar pel finestral. Començava a fer-se de dia.

—Per demanar una recompensa?

—No ho sé, no fa pinta de ser mala persona —vaig rumiar recordant com d'animat i somrient semblava sempre—. Es preocupa per nosaltres, ens anima... Em costa pensar en ell com un delinqüent.

—O sigui, que et sembla que ho va fer, però que no volia fer-ho. —Va entretancar els ulls.

Vaig quedar-me pensant en el que havia dit la Jen. No podia haver estat un accident perquè, quin sentit tindria que l'entrenador fos a l'habitació d'en Daniel de matinada? Segur que hi havia anat expressament amb una intenció.

—I si volia segrestar-lo, però ell no ho volia fer? I si algú el va obligar a fer-ho? —Vaig començar a caminar per la sala—. Tindria més sentit. Potser qui realment el volia segrestar necessitava algú dins de la universitat que ho fes per ell. Potser van analitzar-nos a totes les persones del voltant d'en Daniel i van deduir que el que tenia més probabilitats de fer-ho era l'entrenador.

—I qui el va obligar a fer-ho? A canvi de què? —La Jen no ho acabava de veure clar.

—Potser el van amenaçar. —Vaig encongir-me d'espatlles—. O li van prometre molts diners.

—Què fem? Truquem a la poli? Anem a buscar-lo?

Seguia semblant-me massa estrany que la policia no ens hagués demanat ajuda o ens hagués fet prestar declaració. Tenia la sensació que no ens en podíem fiar. D'altra banda, hi havia la família d'en Daniel. Potser podíem parlar amb ells. Li vaig explicar el meu pla a la Jen, i ella hi va estar d'acord.

—Però és millor que no els truquem nosaltres, que ho faci la Lauren, que segur que a ella li faran cas.

—Sí... Aquesta gent m'odia —vaig dir pensativa.

—Benvinguda al club. —Em va picar l'ullet.

Vam tornar a seure al sofà, l'una al costat de l'altra. Encara era massa d'hora, esperaríem una mica més per trucar a la Lauren i dir-li que parlés amb els Hakim. Però alhora em sentia nerviosa i volia sortir corrents d'allà i cridar-ho als quatre vents perquè se n'assabentés tothom. Em preguntava com devia estar en Daniel, si el devien estar tractant bé, si devia estar ferit, si li devien donar menjar, si...

Em vaig adormir entre aquells pensaments. Estava massa cansada i les emocions de les últimes hores havien acabat d'esgotar-me la poca energia que em quedava. Tot i així, em desvetllava cada poca estona entre malsons i suors fredes. Tota aquella situació m'estava afectant de moltes maneres. Cada vegada que m'aixecava mirava al meu voltant, espantada, per si algú s'havia colat a l'apartament. No em sentia segura. Em posava els pèls de punta pensar que la persona que havia segrestat en Daniel l'havia estat observant de prop i que era molt probable que també hagués estat el culpable de l'incendi al meu apartament. En una d'aquestes vegades que em vaig despertar, vaig anar a la cuina per fer-me un got de llet calenta. La nit semblava molt tranquil·la allà fora. Des del gran finestral de la sala d'estar veia poques estrelles. Vaig seure a terra, vaig contemplar el cel i vaig plorar. Aquesta vegades les llàgrimes em van caure per sorpresa i jo mateixa em vaig sobtar de notarles a les galtes.

No era just que estigués passant tot allò. Em considerava una bona persona i sabia que en Daniel també ho era. Llavors, per què no podíem ser feliços i prou? Per què havia de ser tot tan complicat?

Vaig revisar el mòbil, ignorant totes les notificacions que havia rebut. No hi havia cap missatge d'en Daniel, però li vaig escriure igualment.

JÚLIA: Daniel, aguanta.
Estic segura que d'aquí a poques hores haurà acabat aquest malson.
Ni jo ni els teus amics deixarem que et facin mal.
No saben què soc capaç de fer.
Tinc por, però no em faré enrere.
Com podria fer-me enrere tractant-se de tu?
Impossible.
Ens en sortirem, d'aquesta.
Quan estiguis lliure, res no ens podrà aturar.
Estic desitjant repetir la nostra nit una i mil vegades.
Recórrer cada centímetre de la teva pell.
Mirar-te als ulls i veure que tots dos sentim el mateix.
Riure fins que ja no puguem més.

Vull viure moltes coses al teu costat.

I no deixaré que res s'interposi en la nostra llibertat.

Els missatges van quedar publicats a la conversa, però, evidentment, no van quedar marcats com a llegits. Havia de confiar que en Daniel els veuria al cap de poques hores. Tot acabaria aviat.

Vaig tornar al sofà, i en algun moment em vaig adormir. Al cap d'una estona em va despertar una olor molt agradable que em recordava als matins a casa amb la mare. Per un instant, i encara amb els ulls tancats, vaig creure que encara era a la meva habitació del poble i que en qualsevol moment apareixeria en Pau per esmorzar amb nosaltres.

—Ja estàs desperta?

La Jen em portava una tassa ben carregada de cafè. Vaig mirar l'hora al mòbil. Eren gairebé les deu del matí.

—Uf. —No pensava que fos tan tard—. Has trucat a la Lauren?

—Encara no. —Va fer un glop al seu cafè—. Esperava que et llevessis. I ella tampoc no m'ha enviat cap missatge, potser encara dorm.

Va agafar el mòbil i li va trucar. En veure que no responia, li va tornar a trucar.

—Li enviaré un missatge, potser s'està dutxant.

Mentre la Jen enviava aquell missatge, vaig posar el canal de notícies vint-i-quatre hores per si hi havia cap novetat del cas. Al cap de pocs segons van posar una fotografia d'en Daniel ocupant mitja pantalla. Era una imatge d'ell, amb aquell somriure entre trapella i innocent que em tornava boja, els cabells despentinats i mirant a càmera amb aquells ulls foscos.

Es notava que era el retall d'una foto amb amics, perquè semblava que passava el braç per sobre l'espatlla d'un altre noi, probablement en Conrad.

—Què diuen? —La Jen va apujar el volum.

La presentadora de l'informatiu va explicar exactament el que ja sabíem el dia anterior, que en Daniel Hakim havia desaparegut, que s'havien trobat taques de sang a l'habitació de la residència, que les càmeres de seguretat no havien funcionat aquella nit i que de moment no s'havia fet cap detenció. Van passar a una connexió en directe amb l'entrada de la residència, on hi havia un periodista.

—Des de la residència de la Universitat Internacional Empresarial de Barcelona no han volgut fer declaracions sobre la investigació del cas al centre. Alguns alumnes ens comenten que estan molt sorpresos amb aquests fets i que tenen por, ja que encara no s'ha trobat el culpable o culpables. Som en una universitat coneguda per ser una de les més exclusives d'Europa, internacional, privada i amb un elevat nombre d'alumnes provinents de famílies amb un alt poder adquisitiu. De fet, l'estudiant desaparegut és el fill dels Hakim, una coneguda família amb una gran fortuna que els situa entre els més rics d'Europa. Precisament en aquest punt se centra la investigació, ja que fonts properes al cas ens han comentat que la policia treballa amb diverses hipòtesis, entre les quals que algú ha segrestat el noi de divuit anys per demanar-ne un rescat, que podria ser milionari.

El periodista va passar la connexió al plató. Nosaltres intentàvem no pestanyejar per no perdre'ns res.

—Aquest matí, d'aquí a ben pocs minuts tindrem connexió en directe amb els pares del jove presumptament segrestat en aquesta residència universitària a Barcelona. La família Hakim ens atendrà en directe des de casa seva, on un equip d'aquesta cadena s'ha traslladat per fer una entrevista en exclusiva —va afegir la presentadora.

—Joder, joder... Ara és quan faran un comunicat al segrestador per demanar que el deixin anar —va saltar la Jen amb ansietat.

—Els hem d'avisar! Han de saber que és molt probable que l'entrenador sigui el culpable! —El cor se m'havia accelerat.

—Lauren, per què no m'agafes... —va remugar amb el mòbil a l'orella—. LAUREN! Per fi! Fa una bona estona que et truco! Escolta... Sí, calla i escolta —li va demanar—. La Juls i jo hem estat donat voltes a la situació.

Li va resumir breument el que havíem esbrinat sobre la targeta i les sospites que teníem amb l'entrenador. Jo m'impacientava i li demanava amb gestos que fos més ràpida explicant-l'hi tot, ja que s'entretenia massa amb els detalls.

—Ja vaig, ja vaig —remugava—. Tens la tele posada? Diuen que sortiran els pares d'en Daniel. Necessito que els truquis i els expliquis el que t'he dit. —Es va fer un silenci mentre n'escoltava la resposta—. És clar que no els trucarem nosaltres! Aquesta gent ens odia. Truca'ls tu, que et volien fer emperadriu del seu imperi —va burlar-se'n—. Va, en sèrio.

—XXt! S'haurà d'esperar, ja surten! —Vaig assenyalar la tele. En aquell moment començaven a presentar la connexió en directe.

L'equip periodístic s'havia traslladat fins a una de les cases que tenia la família a Barcelona, on vivien aquells dies amb tot el que estava passant. En Daniel m'havia explicat que els seus pares anaven i venien entre les propietats que tenien a diverses capitals del món. Per això, ell havia passat llargues temporades creixent amb cuidadors i treballadors de la casa, que li feien complir les normes estrictes que els havien marcat els pares.

A l'escena apareixien la mare i el pare. Estaven asseguts en un sofà d'un to crema. Ella duia una brusa i uns pantalons negres que destacaven encara més el pentinat, el maquillatge i les joies que duia. Els retocs d'estètica que se li veien eren d'allò més inquietants, ja que en aquell moment en comptes de semblar trista o amoïnada, semblava sorpresa. L'home s'havia vestit del mateix to negre i feia cara d'estar cansat.

—Jen... —Se'm va escapar en gairebé un sospir.

Vaig notar la mà de la meva amiga entrellaçant-se amb els meus dits. L'aspecte que tenien els pares, aquell color negre i el fet que volguessin parlar a càmera, em feia pensar en el pitjor. Sentia com si el meu cos estigués paralitzat, com si tots els meus òrgans s'haguessin oblidat de funcionar i estiguessin esperant una ordre per tornar a fer-ho.

—Ens trobem amb el senyor i la senyora Hakim, pare i mare d'en Daniel, el jove segrestat a la residència universitària —va donar peu una periodista que seia davant d'ells en un altre sofà—. Moltes gràcies per atendre'ns en aquests moments tan difícils.

La noia va esperar una resposta, però només va rebre un lleuger moviment de cap per part de l'home.

—Em comentaven abans de començar l'entrevista que descarten completament que es tracti d'una entremaliadura del seu fill, com alguns mitjans digitals han apuntat —va dir.

L'home es va remoure al seient i va agafar la mà de la dona, com si volgués assenyalar que era un missatge conjunt.

—Sabem que el nostre fill ha protagonitzat alguns episodis una mica... rebels, per dir-ho d'alguna manera. —Va fer un mig somriure que em va recordar lleugerament en Daniel—. Però en cap cas arribaria a fer una cosa així.

—Quan diu que ha tingut episodis rebels, a què es refereix? Ha tingut problemes amb algú? Consum de drogues? —es va atrevir a dir.

—No, és clar que no —va rebel·lar-se la mare, ofesa—. Parlem sempre de les típiques entremaliadures que pot fer qualsevol adolescent o jove.

—Però últimament vostès no estaven gaire contents amb l'actitud que tenia. Ens consta, segons declaracions d'alguns estudiants, que des que va entrar a la universitat fa poques setmanes, en Daniel ha tingut problemes.

—Els canvis són difícils —va seguir la mare—. És un noi que està molt acostumat a ser a casa, amb la família, amb els seus amics de tota la vida... És molt innocent i potser precisament això l'ha posat en perill.

—Qui es pot haver aprofitat de la seva innocència?

—Suposem que algú que vol fer-nos mal —va sincerar-se el pare—. Nosaltres només volem que el nostre fill estigui bé i que torni aviat a la seva vida a la universitat.

—Demanem a la persona o persones que el tenen retingut que, si us plau, pensin precisament que és un noi bo, innocent, i que no es mereix el que li està passant. Estem disposats a oferir una recompensa econòmica i a no presentar cap tipus de càrrec —va assegurar la mare, amb llàgrimes als ulls.

—Suposo que la policia ja té algun sospitós —va intentar treure'ls la periodista.

—No podem donar detalls de la investigació —es va mostrar molt contundent el pare.

—I a títol personal —ho va intentar la periodista de nou— no sospiten de ningú? Qui creuen que ha estat?

—Tenim les nostres sospites, és clar —va respondre la mare amb un somriure amarg—. De fet, tenim una llista de les persones més properes al meu fill.

—Veus? —vaig interrompre mirant la Jen—. Jo també ho deia des del principi, que el culpable és entre els més propers a ell.

—Ja, però la teva capacitat de detectiu mediocre em va apuntar a mi com a primera sospitosa. —Va posar els ulls en blanc.

La periodista havia fet una pregunta més, però ens l'havíem perdut. Segur que era important perquè ara es miraven l'un a l'altre, intentant decidir qui responia. Al final, va ser la dona qui es va decidir a parlar.

—Sospitem d'una persona.

—L'entrenador —vam murmurar la Jen i jo alhora.

—No direm noms. És una persona en qui ell confiava —va sospirar—. Però que estem segurs que volia aprofitar-se'n. Sabíem que era capaç de gairebé qualsevol cosa, però no d'això.

—Espera... —Em vaig girar cap a la meva amiga i vaig veure que ella també tenia els ulls oberts com unes taronges. Era possible que...?

—Com ja se sap, el meu fill ha conegut una persona que des del principi li ha portat molts problemes. Aquesta amistat l'ha distanciat dels amics de tota la vida, ha fet que trenqués la relació amb la seva meravellosa nòvia i l'ha posat en contra nostra. —La mare mirava directament a càmera, com si estigués fent un discurs—. Sembla que des del principi n'ha volgut sempre més, d'ell. S'ha aprofitat de la seva amabilitat, la seva innocència... No sabem què ha passat, però sí que aquesta persona va ser una de les últimes que va veure el nostre fill, si no l'última.

—N'està segura? —va preguntar la periodista, intuint de qui parlava.

No em podia creure que estigués fent una acusació tan greu a la televisió. Encara que no digués el meu nom, les meves fotos amb en Daniel estaven penjades a internet i tothom sabia que érem amics. Durant les últimes hores algunes publicacions m'havien apuntat directament com a sospitosa, però només eren rumors. Però que la mateixa família del desaparegut parlés de mi d'aquella manera feia les coses més reals.

—Ens sembla molt sospitós que aquesta persona estigués amb el nostre fill a la piscina de la residència poca estona abans que desaparegués —va seguir la mare—. No sabem si en tornar als apartaments, la persona de qui parlem va anar al seu o al del meu fill. I què va passar allà dins.

L'entrevista continuava, però jo ja no escoltava. Notava com la sang em palpitava a les orelles i una sensació estranya em va començar a recórrer el cos. La Jen se'n va adonar i va començar a ventar-me el rostre amb un grapat de papers que tenia a la tauleta de centre de la sala.

—Juls, respira —em va aconsellar en veure'm.

No vaig contestar. El cervell m'anava a mil per hora i començava a estar cabrejada amb mi mateixa per haver perdut tantes hores valuoses intentant esbrinar on era en Daniel.

—Jen, fins ara ningú no sabia que jo vaig estar amb en Daniel a la piscina.

Va deixar de ventar-me.

—Què vols dir?

—Ningú no ho sabia. —Em vaig girar cap a ella—. No ens van gravar les càmeres, ja que no funcionaven. No ens va veure ningú. I només us ho vaig explicar a tu i a en Pau, i ahir a la nit a en Conrad i la Lauren. I si no heu estat vosaltres...

Es va endur una mà per tapar-se la boca i va obrir tant els ulls que semblava que li estiguessin a punt de sortir.

—... vol dir que ells ho sabien —vaig acabar afirmant—. Crec que...

—Els seus propis pares l'han segrestat? —em va tallar la Jen començant a donar voltes per la sala—. Saps que pensar això és molt greu, oi? —Em va mirar amb les celles arrufades i mossegant-se el llavi, com intentant decidir si el que estàvem pensant podia ser real o estàvem cometent un gran error.

—Seria molt fort —vaig assentir.

—Hem d'estar molt segures abans d'acusar-los de res. —Va fer un esbufec—. Si no, podríem tenir molts problemes.

—Ja...

Tot i que la situació era increïble i horrorosa, que els seus propis pares fossin els segrestadors em tranquil·litzava una mica perquè allò volia dir que en Daniel estava sa i estalvi. Oi?

—Segur que això vol dir que està bé.

—Suposo que sí —va afirmar la meva amiga—. Però, on deu ser? A casa seva? És massa evident, no? I per què haurien de voler segrestar el seu propi fill? Estan sonats...

Després del xoc inicial la sospita s'estava fent cada vegada més real, però tenia molts dubtes. I la Jen tenia raó: no els podíem acusar sense estar-ne del tot segures. Encara que ells no ho havien fet pas amb mi...

—Hem d'actuar ràpid, no podem esperar gaire. I menys després de tot el que han dit sobre mi. —Em vaig aixecar, i vaig comprovar que ja m'havien arribat moltes notificacions i missatges amb relació al que s'havia vist a la tele.

—No han dit el teu nom.

—Tothom sap que es refereixen a mi. —Li vaig passar el mòbil. Ella va fer *scroll* per la pantalla.

—Mare meva...

—Ara el més urgent és trobar en Daniel i posar en evidència aquesta gent.

Vam decidir que el millor que podíem fer era avisar en Conrad i la Lauren. Primer ens havíem d'assegurar que cap dels dos no havia xerrat als Hakim el que jo els havia explicat de la nostra trobada a la piscina. La Jen els va convocar a l'apartament i no van trigar a presentar-se. Des que havia saltat la notícia de la desaparició d'en Daniel, s'havien anul·lat les classes fins a nou avís. En Conrad va aparèixer amb xandall i amb pinta d'haver-se acabat de llevar, mentre que la Lauren ja anava fins i tot maquillada i amb un vestit d'una tonalitat grisa que li quedava genial amb els cabells. Tot i així, no podia acabar de dissimular les ulleres que se li havien format sota els ulls i el fet que havia estat plorant una bona estona.

—Estàs bé? —va voler saber la Jen en veure-la així.

—Sí... És que tot això m'està superant. —Va mirar cap al sostre per intentar contenir les llàgrimes—. Els meus pares m'han trucat. Diuen que si en Daniel i jo no ho haguéssim deixat, tot això no hauria passat. Que m'hauria d'haver esforçat més perquè això nostre funcionés i... —va agafar aire—

pensen igual que els pares d'en Daniel, que la desencadenant de tot ets tu, Júlia. —Em va mirar amb una certa tristesa—. Total, que jo els he dit que nosaltres no tenim culpa de res, però sembla que en aquesta societat masclista les decisions que prenen els altres sempre acaben sent culpa d'una manera o una altra de les dones. —Va deixar-se caure al sofà—. Si jo ni volia sortir amb ell! Van ser els seus pares i els meus els que em van forçar a fer-ho! —Va riure amargament, i tot seguit es va tapar la cara amb les mans—. Però, és clar, tot és culpa nostra —va dir amb un punt d'ironia—. Va ser ell qui va rebutjar tenir tot aquest dispositiu de seguretat quan sabia que corria perill. Va ser ell! —va cridar.

La Jen es va apropar a ella i la va abraçar. Semblava que en qualsevol moment podria tenir un atac de nervis.

—Ho sé. —Li va apartar els cabells rossos de la cara—. No és culpa teva, ni de la Juls, ni tampoc ho és d'en Daniel. La culpa de tot és de les persones que estan fent tot això. —Em va mirar, per animar-me a continuar.

—Nois, us hem d'explicar una cosa —vaig anunciar, convidant en Conrad a seure també al sofà.

Vaig explicar-los la nostra teoria sobre l'entrenador, sobre el que havíem sentit a l'entrevista i sobre com crèiem que els que hi havia darrere del segrest d'en Daniel eren els pares.

—Necessitem que sigueu completament sincers —els vaig suplicar—. Heu explicat als Hakim el que us vaig dir sobre el fet que vam ser a la piscina la nit que va desaparèixer?

—No! —va cridar en Conrad, gairebé ofès.

Vaig mirar la Lauren, que feia pinta d'estar assimilant tota la informació.

—Ja sé que no confies en mi —va alçar una cella—, però

et juro que no els he dit res. Pots mirar el meu mòbil, si vols. —I es va treure el mòbil de la butxaca i es va aixecar per donar-me'l.

No el vaig voler agafar. Era cert que no hi confiava, però per la seva reacció estava segura que no havia dit res als Hakim.

—Llavors, si cap de nosaltres els ha dit res... —va començar la Jen.

—Només queda la possibilitat que ho sabessin perquè tenen aquesta informació de la mà de qui el va segrestar: l'entrenador. I, per tant, ells són els qui li van ordenar que ho fes. Ells són els que tenen en Daniel segrestat —vaig dir d'una tirada.

—N'esteu segures? —En Conrad semblava més pàl·lid de l'habitual.

—Gairebé, però no del tot. Per això necessitem alguna prova i esbrinar on el tenen amagat —vaig rumiar.

Vam estar una bona estona debatent sobre què podíem fer, fins que vam arribar a la conclusió que el millor era anar a pams. Primer havíem de localitzar l'entrenador.

—És millor que la Juls no surti de moment de l'apartament. Passo de més drames —va comentar la meva amiga—. Els Hakim acaben de dir que creuen que és la principal sospitosa; només els ha faltat acusar-la d'assassinat. Ara començarà a sortir la gent dels apartaments, així que no podem perdre el temps sentint com t'insulten o et fan fotos —va dir dirigint-se a mi.

—D'acord —vaig acceptar. No tenia cap altra opció.

—Puc anar a esbrinar on és aquest home —va oferir-se en Conrad.

—Perfecte. Però ves amb compte. No sabem realment qui és aquest tio ni què és capaç de fer —li va dir la Jen.

El noi va sortir de l'habitació mentre ens trucava alhora, perquè tinguéssim la seva ubicació a temps real. Així, podríem escoltar tot el que passava, i en cas que estigués en perill, hi acudiríem immediatament. Durant els primers minuts vam sentir només el murmuri dels passadissos i la veu d'en Conrad saludant la gent amb qui es creuava.

—Va, no perdis més temps... —murmurava la Jen cada vegada que sentíem que en Conrad saludava algú.

De camí a la piscina va aturar-se a parlar amb com a mínim cinc persones. No ho podia evitar, tothom el coneixia. Uns quants van insinuar que era sospitós que jo estigués enmig de tota aquella història. Li vaig estar agraïda a en Conrad que em defensés cada vegada que algú feia un comentari d'aquest tipus.

Finalment vam sentir com entrava a la zona esportiva.

—Val, noies, ja soc a dins. Vaig a buscar-lo —va dir en un to gairebé imperceptible.

Vam estar una bona estona sense sentir res, fins que va semblar que havia localitzat l'home.

—Entrenador! —va cridar.

Vam sentir com s'hi acostava.

—Hola! —va fer la veu de l'home.

El cor se'm va accelerar. Estàvem totes tres completament en silenci, encorbades sobre el telèfon, on teníem posat l'altaveu amb el mans lliures.

—Hola, com va? —va dir en Conrad amb la seva típica veu amigable—. Soc amic d'en Daniel.

—Oh. Ho sento molt, noi. Espero que el trobin aviat. Estem tots molt preocupats pel que ha passat.

—Ja, és horrible —va seguir—. Conec els seus pares i estan destrossats.

—No m'estranya gens —va dir amb una veu comprensiva—. Però nosaltres no hi podem fer res, només esperar.

—Ja. Quina ràbia, oi? —va dissimular—. Acabo de sentir els seus pares a la televisió i deien que l'últim lloc on va ser en Daniel abans de desaparèixer va ser aquí a la piscina.

Es va fer un silenci en què crec que tots vam aguantar la respiració.

—I què vols dir? —La veu de l'entrenador s'havia tornat més greu.

—Res, em preguntava si vostè potser en sabia res...

—No et sembla que si tingués alguna informació ja ho hauria dit? —va dir en un to mal educat que mai li havia sentit—. Creus que soc imbècil?

Em va semblar molt estrany sentir-lo parlar d'aquella manera. Fins a aquell moment sempre havia estat molt alegre i simpàtic. No em quadrava gens, aquella actitud.

—Perdoni, no, no em referia a això. —En Conrad començava a posar-se nerviós—. Només volia dir que potser el va veure aquella nit o sap d'algú que ho va fer. Suposava que els Hakim sabien que en Daniel havia estat a la piscina perquè vostè els ho havia dit. No sé si tenen un registre de persones de...

—És millor que tornis a la teva habitació —el va interrompre en un to molt autoritari—. La policia ja està investigant el cas, no els ho posis més difícil.

—Però si jo no...

Es va fer un silenci tens i llarg.

—Calmi's. M'ha quedat clar. Ja me'n vaig —va respondre el noi.

No sabíem què havia passat perquè en Conrad s'espantés tant, però vam intuir pel que sentíem pel mòbil que va afanyar-se a sortir de la piscina perquè segons després ja tornàvem a sentir el murmuri dels passadissos.

—Noies, sou aquí? —S'havia posat el mòbil a l'orella per sentir-nos.

—Sí! Què ha passat? —va dir la Jen, mirant-nos.

—Joder... El tio m'ha agafat pel coll de la samarreta. Crec que s'ha adonat que sospitava d'ell. —Tenia la veu entretallada.

—Merda —se'm va escapar—. Val, pensem ràpid. Si aquest home està nerviós i creu que l'has descobert, farà alguna cosa.

—Juls, no m'espantis, que encara soc al passadís —va fer ell—. Em sembla que no em segueix ningú —va dir després d'una pausa.

—Potser s'ha espantat i intentarà fugir —va intervenir la Lauren.

Si aquesta era la seva intenció, l'havíem d'aturar. Era qui tenia informació d'on podia ser en Daniel i qui sabia si qui hi havia darrere de tot era la seva família.

—Conrad, no tornis a l'apartament, surt de la residència i amaga't a la zona de l'entrada, on no et vegi ningú però on tu puguis veure si surt algú —li vaig ordenar—. És possible que surti directament de l'aparcament subterrani, on deu tenir el cotxe. Si és així, encara tenim una estona mentre es canvia i baixa. No crec que després de parlar amb tu surti com un coet de la residència; es posaria en evidència. Deixarà passar com a mínim uns minuts.

—D'acord. Ara demano un cotxe per si l'hem de seguir —va contestar—. Us espero a l'entrada.

La Jen i jo ens vam canviar en un moment i vam sortir totes tres cap a la recepció. Per no cridar gaire l'atenció, la Lauren es va avançar a nosaltres, mentre la Jen i jo anàvem unes quantes passes per darrere. M'havia posat una dessuadora amb caputxa amb el logo de la universitat i caminava en paral·lel a la meva amiga per quedar més amagada. Per sort, no ens vam trobar gaire gent.

Vam passar sense problemes per la recepció i vam dirigir-nos cap a un cotxe de vidres tintats que ens esperava a l'entrada i on la Lauren va decidir situar-se als seients de darrere. Ens va deixar la porta mig oberta perquè féssim el mateix.

—Ha sortit? —vaig preguntar en tancar la porta.

—Encara no. —En Conrad era al seient de davant mig enfonsat perquè no se'l veiés des de fora.

El xofer ens mirava amb estranyesa però sense fer preguntes. Segur que no era el més curiós que havia presenciat a la seva feina.

—Surt un cotxe del pàrquing —va dir la Lauren passats uns minuts.

Ens vam quedar esperant fins que vam veure perfectament que la persona que hi havia al volant era l'entrenador.

—Ai, mare... —va deixar anar la Jen—. Que això va de debò.

Si fins ara tot el que teníem eren sospites, aquell moviment ens confirmava que no anàvem mal encaminats.

Vam deixar que passés davant nostre i després vam demanar al xofer que el seguís a una distància prudencial. L'últim que volíem era que ens enxampés espiant-lo. Vam estar durant una bona estona en tensió màxima, seguint aquell vehicle de prop. Al final, vam entrar en una zona residencial.

—L'hem perdut —va comentar el conductor amb una mica de desgana després de girar dues vegades a l'esquerra i no veure el cotxe de l'entrenador.

—Faci una cosa —va dir la Lauren—. Giri dues vegades a la dreta i després a l'esquerra. Anirem a parar a un carreró sense sortida.

La vam mirar. Estava pàl·lida i tenia un puny premut sobre la tela del vestit. El xofer va seguir les seves instruccions i vam anar a parar a un carrer sense sortida on hi havia no més d'una desena de cases amb murs alts. Al final del carrer vaig reconèixer el cotxe vermell de l'entrenador.

—Com sabies que vindria aquí? —Em vaig girar cap a ella.

La Jen em va agafar la mà, en Conrad i la Lauren es van mirar i ella va respondre:

—La casa del final del carrer és la dels Hakim.

Capítol 16

Totes les nostres sospites s'havien confirmat. Notava com l'aire del cotxe s'havia fet més dens. Si fins ara havíem estat jugant a fer de detectius, la situació s'havia tornat més real que mai. Acabàvem de descobrir que, efectivament, l'entrenador havia segrestat en Daniel, i que la família estava darrere de tot. El cap m'anava a mil i em sentia una mica marejada.

—No entenc res —va aconseguir dir la Jen.

Crec que era el que tots pensàvem.

—No pot ser una casualitat que l'entrenador que veia gairebé cada dia en Daniel hagi fet aquesta feina bruta per a la família —va esbufegar en Conrad—. És evident que el tenien comprat des del principi.

—Des del principi? —vaig preguntar.

—Segur que l'ha estat vigilant des del primer dia que va arribar a la universitat. Aquesta gent està completament boja, ja des de petit estava tan vigilat...

—Ja em semblava estrany —va comentar la Lauren, pensativa—. Durant l'institut el seguia tot l'equip de guardaespatlles, i no era normal que en arribar a la universitat no controlessin el que feia dins de la residència. Havien de tenir algú vigilant-lo.

—I ha estat aquest home —va acabar la Jen.

Teníem diverses opcions al davant, des d'entrar directament a la casa per enxampar-los fins a trucar a la policia. Però teníem el pressentiment que tot allò no sortiria bé.

—Si truquem a la policia amb aquesta història, no ens creuran, i a més, segur que n'hi deu haver més d'un amb els Hakim. No aconseguirem que escorcollin la casa. —La Lauren coneixia millor que ningú la família—. Ni tampoc hi podem entrar ara mateix i preguntar què està passant. No ens ho diran pas.

—Però potser si hi aconseguir entrar, hi trobarem en Daniel o cridarà per demanar-nos ajuda —va comentar en Conrad.

—Tu ets tonto o què? —La Jen va posar els ulls en blanc—. Creus que tenen en Daniel passejant-se tranquil·lament per la casa? Segur que ni els treballadors saben que és allà! Si fos així, algú ho hauria filtrat. És impossible que tothom mantingui un secret com aquest gaire temps.

—Llavors, estàs dient que el tenen amagat? —vaig preguntar—. On? A la seva habitació?

La Lauren va negar amb el cap.

—Des d'aquí es veu perfectament la finestra del seu dormitori. —Va assenyalar una de les finestres superiors, de les poques que es veien des de l'exterior de la casa—. Si hagués estat allà, segur que s'hauria apropat a la finestra demanant ajuda, i en algun moment algun dels treballadors l'hauria sentit.

—O sigui, que és dins la casa en un lloc on no el poden veure ni sentir? —vaig repassar.

Ens vam quedar un moment pensant en això. No tenia la més petita idea d'on el podien tenir perquè ningú en sabés res. Potser no el tenien a la casa, potser era en un altre lloc.

—Un moment... —El rostre de la Lauren es va il·luminar—. Crec que ja sé on pot ser.

—On?! —vam cridar tots tres alhora.

—Aquesta casa té una habitació del pànic. Recordo que la seva mare m'ho va comentar una vegada. És als plànols d'evacuació.

—Tens els plànols? —vaig preguntar, esperançada.

Va mossegar-se el llavi, negant amb el cap.

—No... Però en Daniel sempre en porta una còpia a la butxaca de la motxilla.

—Ah, molt normal —va dir la Jen amb ironia.

—Els pares l'obligaven a dur-lo sempre a sobre. També hi ha instruccions en cas d'incendi, si algú entra a la casa, telèfons d'emergències, codis de seguretat...

—O sigui, de tot menys instruccions de què cal fer si et segresten els teus pares —va comentar alçant les celles.

El xofer va tossir. Gairebé ens havíem oblidat de la seva presència.

—No vull ficar-me on no em demanen, però jo de vosaltres trucaria a la policia.

Ens vam mirar entre tots. Sabíem que era l'opció més fàcil, però que podia acabar en no res i posar en alerta els Hakim de les nostres investigacions. Si això passava, traslladarien en Daniel de lloc i potser ja no el tornaríem a trobar. No podíem deixar escapar aquella oportunitat, però tampoc no podíem actuar en aquell moment. Vam acabar decidint que el millor era tornar a la residència, on podríem seure i traçar un pla.

Durant la tornada, vaig posar al dia en Pau. Parlar amb ell em tornava a una vida més real, lluny d'aquella història que estava vivint. El meu amic em demanava prudència, i que no fes cap bogeria. Però, arribats a aquest punt, no volia fer-me enrere.

Trobava a faltar en Daniel i estava molt amoïnada. A estones imaginava que en qualsevol moment entraria per la porta, que s'aproparia a mi, amb aquell somriure trapella fent veure que tot havia estat una broma. Jo m'enfadaria per haver-me fet allò, però acabaria perdonant-lo entre abraçades i petons. I ens n'aniríem lluny. Potser a aquella platja de la qual m'havia parlat dies abans. I ens abraçaríem, sols, dins l'aigua, pell amb pell, desitjant aquells llavis que m'esperaven...

—Juls, baixes?

No m'havia adonat que havíem arribat a la residència. La Jen em mirava amb estranyesa.

—Sí, sí... —El cap m'havia fugit molt lluny d'allà.

Vam decidir tornar tots quatre al seu apartament. La Jen i jo anàvem al davant, mentre els altres ens seguien una mica allunyats. Vaig tornar a posar-me la caputxa de la dessuadora per evitar les mirades. Feia mal dia, estava molt ennuvolat i semblava a punt de ploure, així que tampoc no era estrany veure algú tapat d'aquella manera.

—Sí, amaga't, amaga't... —va dir-me una noia que anava del bracet d'una altra mentre passàvem pel seu costat.

La Jen es va girar cap a ella tan bruscament que va aconseguir que la noia quedés arrambada contra la paret, sense escapatòria.

—No parlis sense saber què dius. No tens dret a ficar-te amb ella —va dir amb veu baixa, però contundent.

—Jen, és igual, anem. —Vaig agafar-la del braç i la vaig animar a continuar. No volia fer una escena i atraure més l'atenció.

Vam arribar a l'habitació i poc després ho van fer en Conrad i la Lauren.

—Què ha passat? —va voler saber ell.

—Res —vaig treure-hi importància—. Nois, hem de decidir què fem.

Necessitàvem entrar a l'apartament d'en Daniel, buscar el plànol a la seva motxilla i entrar a la casa. Tot sense que ens veiés ningú. Una tasca pràcticament impossible. D'entrada un de nosaltres havia d'entrar a l'habitació sense aixecar sospites i després ja pensaríem com allunyar els Hakim de la casa. I tot això tenint en compte que el temps anava en contra nostra, ja que l'entrenador segur que havia anat a veure la família per explicar que en Conrad havia tingut una actitud sospitosa.

—En qui més confien és en tu, Lauren —vaig reconèixer. No m'agradava que ella intervingués gaire en el pla perquè no acabava de confiar-hi del tot, però no tenia cap altre remei.

Vam donar-hi voltes, intentant trobar una solució perquè la Lauren convencés els Hakim de sortir de casa seva. Hi vam estar molta estona, i a cada minut que passava jo m'anava posant més nerviosa.

—I si... —vaig fer-me lloc entre els altres que parlaven l'un per sobre de l'altre—, i si fem alguna cosa perquè els pares se sentin obligats a anar-hi sí o sí?

—Com una vigília? —va preguntar la Lauren.

—Què és això? —En Conrad no sabia de què parlàvem.

—És una trobada de molta gent, normalment de nit, amb espelmes, en honor d'una persona. —Va agafar aire—. Normalment es fa per recordar víctimes... Tot i que podem muntar una concentració semblant per demanar l'alliberament d'en Daniel. Què us sembla?

No era mala idea. Segurament tindria molt d'èxit i els seus pares hi anirien. Tothom hi seria i mentrestant nosaltres tindríem via lliure per rescatar-lo.

—Com ho fem? —Volia que ens poséssim en marxa immediatament.

—Jo convoco la vigília i parlo amb els seus pares —va oferir-se la Lauren—. Els demanaré d'entrar a l'apartament amb l'excusa d'agafar una peça de roba d'en Daniel per dur-la amb mi durant la concentració.

Sabia que amb la Lauren interpretant el paper d'exnòvia encara enamorada, tindria tothom atent a l'espectacle. Era just el que necessitàvem. Tots vam estar d'acord amb el pla i ens vam posar en marxa.

La Jen i jo vam redactar un text convocant la premsa i tothom que volgués participar a la vigília aquella nit davant de la residència. Vam enviar-lo a tothom, i des del mòbil de la Lauren vam fer córrer la veu entre companys i grups de la universitat. Al cap de només una hora, el nostre pla ja estava publicat a internet.

«Convoquen una vigília per demanar l'alliberament de l'estudiant segrestat de la UIEB».

«Daniel Hakim: una nit per demanar el seu alliberament».

«Concentració convocada aquest vespre per demanar l'alliberament del jove multimilionari».

«Amics, companys i familiars es concentraran davant de la residència per fer que en Daniel torni a casa».

La Lauren havia parlat amb la família, i després d'estar una estona plorant per telèfon fent veure que estava destrossada, els va convèncer perquè s'unissin a la vigília. Els pares, comprensius, també li van donar permís per agafar una peça de roba de la seva habitació.

—M'han dit que ara truquen a la rectora perquè em deixin entrar a l'apartament —va comentar quan va haver acabat la trucada—. I hem quedat a la porta de la residència a les nou del vespre. Ara hauríem de comprar espelmes i hauríem de fer pancartes...

Es notava que li agradava estar a càrrec de la situació, i més si tot estava envoltat d'un xou. Aquella nit ella, amb els pares, seria el centre d'atenció. Segur que molts periodistes voldrien entrevistar-la, potser fins i tot sortiria en directe a les notícies. I estava preparada per a tot allò. Era la millor fingint i fent-se la víctima. Al cap i a la fi, havia enganyat en Daniel durant molt temps...

Vaig sentir una punxada a l'estómac en recordar allò. Estava agraïda perquè la Lauren s'hagués posat les piles i ens estigués ajudant, però no estava pas amb ella a la mateixa habitació per gust.

Cap al migdia, va dirigir-se a l'apartament d'en Daniel. Li havien donat permís per entrar-hi només un moment, sense tocar res més que el que fos necessari a l'armari d'en Daniel. La rectora la va esperar a la porta mentre ella trobava la motxilla, rescatava el plànol que hi havia al fons d'una de les butxaques i l'amagava a la dessuadora d'en Daniel que va agafar. Ningú va sospitar res i va tornar triomfant, amb un gran somriure i plantant aquell paper semiplastificat a la taula de la saleta de la Jen.

—Aquesta és la casa? —No em podia creure que tingués tantes habitacions, passadissos i racons.

—Aquest és el dormitori d'en Daniel. —Va assenyalar, refregant-me els seus cabells per la cara. Em va semblar que volia deixar clar que ella havia estat allà i jo no, però no vaig voler entrar en aquest joc.

—Segur que l'habitació del pànic està a prop de la seva habitació. —La Jen repassava tot el plànol amb el dit, examinant cada sala—. És això?

Va assenyalar un punt del plànol que quedava al mig del passadís de la segona planta. Era una habitació massa petita per ser un dormitori i massa gran per ser la sala per deixar material de neteja o qualsevol altra cosa. Totes les habitacions tenien una descripció menys aquella, que només duia les sigles HDP.

—És aquí —vaig afirmar.

Per assegurar-nos-en, vam acabar de repassar-ho tot, però no hi havia cap altre espai que pogués ser-ho.

En realitat, era molt fàcil arribar fins allà: només calia entrar a la casa, passar per davant de l'accés a la sala d'estar, pujar les grans escales principals per accedir al segon pis, girar a l'esquerra i obrir la porta que quedava amagada a la paret del mig del passadís.

—Suposo que deu tenir una clau o una contrasenya— vaig rumiar.

No ho sabíem però era esperable, i al plànol no hi posava res. Hauríem de provar sort.

—No ho sé, noies, no ho veig clar. Poden fallar massa coses. —La Jen es mossegava les ungles, nerviosa.

—Ja, però ens hem d'arriscar, no tenim més opcions. Si no voleu fer-ho, puc anar jo sola a casa dels Hakim. No passa res —els vaig assegurar. No volia obligar a ningú a fer res. Sabia que no era fàcil prendre una decisió com aquella.

—Escolta, que estiguis penjada del nostre amic no vol dir que només t'importi a tu —va riure en Conrad.

—Eh! —Vaig notar com l'escalfor em pujava a les galtes i vaig evitar mirar cap a la Lauren—. Estic fent tot això perquè també és el meu amic —vaig esquivar el tema.

—És clar —va seguir rient—. Ja m'explicaràs en un altre moment què va passar aquella nit a la piscina. —I em va treure la llengua i es va apartar just quan li llançava un dels coixins que hi havia al sofà—. Espero que valgués la pena.

Vaig posar els ulls en blanc i em vaig girar, passant d'ell. No li vaig respondre, però sí, aquella nit havia estat fantàstica, i si no fos per tot el que havia passat després... Havia de centrar-me per rescatar en Daniel. Després d'alliberar-lo, viurem molts més moments com aquell. Només de pensar-ho se'm va dibuixar un somriure involuntari que va fer que la Jen em mirés alçant una cella, esperant una explicació. Vaig moure el cap, com espantant aquells pensaments.

—Estem tots junts en això —va dir la Jen—. No et deixarem sola, Juls.

—Jo els entretindré tant com pugui —va assegurar la Lauren, que no parava de respondre missatges de persones que estaven interessades en la vigília.

—Mentrestant —va seguir en Conrad—, anirem tots tres cap a la casa. Ens hem d'assegurar que ningú no ens veu anant cap allà. Un cop hi arribem, un de nosaltres s'ha de quedar al cotxe per si hem de fugir ràpid.

Em vaig imaginar l'escena i se'm va fer un nus a l'estómac. Esperava no haver de sortir fugint.

Ho estàvem plantejant tot amb calma, com si fos una simple partida d'*escape room*, quan en realitat estàvem intentant rescatar una persona segrestada de debò.

Havia vist moltes sèries i documentals de segrestos, assassinats i casos d'allò més estranys, però no m'havia imaginat mai que arribaria a viure una situació semblant. Només desitjava i esperava que tot acabés bé, i no com a la majoria dels casos d'aquelles històries...

Les hores passaven lentament i jo començava a desesperar-me. Les declaracions dels pares a la televisió havien despertat molt d'interès i les teories creixien a internet com l'escuma. Vaig haver de bloquejar les notificacions de les xarxes socials perquè rebia massa missatges i comentaris. M'havia sorprès especialment un d'una excompanya de natació que afirmava que jo sempre havia estat «ambiciosa» i es podia imaginar fàcilment que havia segrestat en Daniel per obtenir una recompensa. Era molt absurd. Ni li vaig contestar, simplement la vaig bloquejar. També vaig silenciar dos grups que tenia de classe, de la universitat, on la gent havia començat a parlar. N'hi havia alguns que em defensaven i d'altres que creien que era molt sospitosa. «No és com nosaltres. Ha arribat aquí amb una beca. Quan ha vist que en Daniel li feia una mica de cas, ha perdut el cap. Ves a saber si ell no li va donar allargues i ella...», no vaig voler seguir llegint-ho. Ja s'estava encarregant la Jen de fer callar tothom que deia aquestes tonteries.

Vam acordar sortir cap a la casa una estona abans que comencés a arribar la gent a la residència. Tot i així, quan vam fer-ho, vaig haver-me de posar darrere de la Jen perquè hi havia molts periodistes i càmeres, i alguns feien directes. En Conrad ens va guiar fins al pàrquing, on havia demanat que li deixessin un cotxe.

—Avui condueixo jo. —Va somriure, desitjant posar-se al volant.

—Hem de patir per la nostra vida? —va picar-lo la Jen.

Tots dos feien veure que estaven de bon humor, però en realitat estàvem cagats de por. En Conrad avançava sense pressa, fins que es va aturar dos carrers més avall de la casa. Ens vam quedar en silenci, esperant. S'havia fet fosc i no hi havia ningú per aquella zona residencial de cases. Per alguna raó, aquella calma em posava encara més nerviosa. Era com esperar la tempesta quan encara no ha començat a ploure.

Vam posar un directe al mòbil de la Jen. S'estava retransmetent l'arribada de la Jen a la vigília. Havien desplegat una gran pancarta en què s'hi llegia «Daniel, t'estem esperant». Al capdavant hi havia la Lauren, que ja havia començat a respondre preguntes de periodistes. Encara faltava una estona perquè comencés l'acte, però ja hi havia força gent. Vaig reconèixer molts estudiants de la residència i alguns treballadors i professors. La rectora era a la porta, escortada, segurament esperant l'arribada de la família.

—Ho hem organitzat tot molt ràpid —va comentar orgullós en Conrad.

—Encara no han arribat els pares, deuen estar a punt.

Quan ells apareguessin, nosaltres podríem començar a actuar. Era el nostre tret de sortida.

—Quin morro que té —va queixar-se la Jen—. Us podeu creure que l'entrenador és a la vigília?

Era cert. L'home subjectava una de les puntes de la gran pancarta de tela.

—Suposo que la família li deu haver recomanat que hi fos

per dissimular. —Vaig esbufegar—. També hi ha gairebé tot el personal de la residència.

L'home mirava cap a un costat i un altre, com esperant que arribés algú. Se'l veia tens. O potser eren imaginacions meves. Em semblava tan sospitosa la seva actitud que no em podia creure com era que els altres no ho veien.

—Ja arriben —va murmurar la Jen.

Les càmeres apuntaven cap a un vehicle que més que un cotxe semblava un tanc de luxe. D'allà van baixar primer el pare, vestit amb americana i pantalons negres, i la mare, amb un vestit també negre que en realçava la figura i un abric d'entretemps del mateix color. Tots dos van desfilar per davant de les càmeres com si no les veiessin, acompanyats per una bona colla de guardaespatlles. Van arribar fins on hi havia la rectora i es van saludar amb una breu encaixada de mans. Després es van dirigir cap a la pancarta, van passar pel costat de l'entrenador, però no van fer cap moviment perceptible que els delatés.

—Colla de falsos... —vaig deixar anar.

La parella va apropar-se a la Lauren, que va quedar-se una bona estona abraçada a la mare. Un gest que va encantar a les càmeres, que van captar el moment de ben a prop. La desaparició d'en Daniel s'havia convertit en tot un xou. Els pares mentien i interpretaven un paper sense saber que la Lauren i els altres també ho fèiem.

—Som-hi —vaig interrompre—. No podem perdre temps.

En Conrad va conduir fins a l'entrada del carrer i va aturar el cotxe. Ens vam quedar un moment quiets, per si havíem captat l'atenció d'algú, però no vam notar res. El noi es va girar des del seient de davant cap a nosaltres.

—Jen, ara, quan baixi, et poses al volant. No treguis les claus del contacte —va dir molt seriós—. Juls, tu i jo anirem cap a l'entrada. Et quedaràs darrere del cotxe que hi ha aparcat allà. —Va assenyalar el vehicle que semblava d'un dels treballadors de la casa—. Quan sigui a dins, t'enviaré un missatge i t'obriré. Segueix sempre les instruccions que et doni. Si tot va bé, quan puguis entrar al rebedor, ja tindràs via lliure per pujar fins a la segona planta.

Aquell era el pla. Senzill i alhora complicat. No podia sortir malament, oi?

—I si no surt bé? —Van començar a entrar-me els dubtes—. O sigui, ho hem de fer, però i si no surt be? Què fem?

—Sortirà bé —va dir la Jen, no gaire convençuda.

—Sortirà bé —vaig repetir jo com un mantra.

Vam baixar del cotxe, la Jen va posar-se al volant i va quedar-se a les fosques. En Conrad em va fer un gest amb el cap perquè el seguís i vam recórrer els metres que ens quedaven per arribar a l'entrada de la casa. Estava envoltada d'un mur tan alt de pedra que no es podia veure res. Vaig quedar-me darrere d'un dels cotxes, sense fer soroll. Quan es va assegurar que estava ben amagada, va picar al timbre amb càmera que hi havia a la façana. Va haver de trucar dues vegades abans que algú l'atengués.

—Residència Hakim, digui?

—Eh! Hamza, ets tu? —va preguntar en Conrad, reconeixent la veu.

—Qui ho pregunta?

—Soc en Conrad! Em pots obrir? Estic esperant que els pares d'en Daniel tornin per parlar amb ells. O sigui, ells volien parlar amb mi, però amb tota la moguda que s'ha muntat davant de la residència és impossible... Els puc esperar a dins? —va intentar.

—Sí, cap problema.

Es va sentir un soroll i es va obrir una porta. En Conrad va entrar i jo em vaig quedar allà, esperant que m'enviés un missatge que encara no arribava. Era una nit de tardor i vaig començar a tremolar de fred. O potser era de nervis. No n'estic segura. Però el que sí que tenia segur era un tic a la cama que no parava. Havien passat cinc minuts i encara no tenia notícies d'en Conrad. Si passaven cinc minuts més, tornaria al cotxe amb la Jen per decidir què fèiem a continuació. Estava a punt d'abandonar la meva posició, quan vaig rebre un missatge.

CONRAD: Ves a l'entrada exterior. En dos minuts t'obro la porta. Després dirigeix-te a la porta principal, no està tancada del tot. Tanca-la quan hagis entrat. No facis soroll.

Vaig llegir el missatge tres vegades per memoritzar-lo, vaig assegurar-me que el mòbil estava completament en silenci i vaig dirigir-me a l'entrada, tal com m'havia dit. Em vaig arrambar a la paret tant com vaig poder, per si de cas. Em notava la respiració cada vegada més agitada i em vaig obligar a fer un exercici per calmar-me. No podia perdre el control en un moment com aquell. Poc després vaig sentir el so inconfusible de l'obertura de la porta. Vaig fer un bot i vaig reaccionar de seguida. Va ser fàcil traspassar aquella porta. Ja tenia el primer pas fet.

Després em va tocar recórrer el caminet que separava el mur de la casa fins a l'edifici. Des de fora ja es veia que era una casa molt moderna, d'aspecte minimalista i amb una il·luminació que ho feia tot encara més elegant. Estava segura que hi havia càmeres gravant, així que vaig intentar caminar amb el cap cot.

Era la primera vegada que em colava en una casa, i era ni més ni menys que una que tenia circuit de vigilància i treballadors que segur que en aquell moment eren a dins. Havíem suposat que segurament el personal de la casa aprofitaria que els Hakim no hi eren per descansar una mica. O això esperava jo, perquè, si no, quan entrés per aquella porta, m'enxamparien de seguida.

Quan vaig arribar a la porta vaig inspirar profundament, recordant per què feia tot allò. Ningú no havia trobat en Daniel, ningú no havia centrat les sospites en les persones que des que havia nascut havien intentat controlar cada moviment que feia. Però nosaltres ho havíem descobert. I no pensava sortir d'aquella casa sense ell.

Capítol 17

Abans d'entrar vaig parar l'orella. No se sentia ningú. A poc a poc vaig obrir la porta i vaig posar els peus a dins. Primera prova superada. Vaig tancar darrere meu, sense fer soroll. Tot i que estava fosc, el vestíbul em va semblar enorme. Tot era molt modern, però aquella foscor i aquell silenci li donaven un toc tenebrós. O potser eren els secrets que amagava aquella casa, la que hi donava aquell aire?

Una mica més endavant, des de la part esquerra, entrava una mica de llum de la sala d'estar, des d'on se sentien unes veus que parlaven tranquil·lament. Vaig reconèixer la d'en Conrad. L'altra era d'un home. Estaven xerrant, segurament sobre tot el que estava passant. Vaig apropar-m'hi una mica i em vaig quedar arrambada a la paret, esperant a estar segura que podia pujar l'escala cap a la segona planta sense que em veiés ningú.

—On és tothom? —vaig sentir que preguntava en Conrad.

—Ah, com que la família ha anat a la vigília i no tornarà fins d'aquí a una bona estona, ho estant aprofitant per descansar. Quan ells són aquí, no parem. Sembla mentida que sigui una casa on només hi visquin dues persones —va bromejar l'home.

Es notava que es coneixien des de feia temps, perquè hi havia una relació de confiança.

—Ja, suposo que amb tot el que està passant són encara

més estrictes perquè estan nerviosos —va esbufegar el meu amic.

—Ja ho pots ben dir. A nosaltres ens tenen més controlats que mai. S'asseguren que deixem sempre el mòbil a l'entrada.

—No el podeu utilitzar en cap moment?

—Això, i no deixen entrar ningú sense el seu permís.

—Ah —vaig notar que en Conrad es posava una mica nerviós—. Jo no vull ficar-te en cap problema...

—No, home, si tu ets com de la família! —Va riure—. Si no et deixen entrar a tu... —va sospirar—. Jo crec que trobaran en Daniel aviat. Segurament ja els han demanat un rescat, però com que són així de... En fi. Així.

—Ja t'entenc, no cal que diguis res més.

—Espera, vaig a posar la tele a veure si surt això de la vigília.

Vaig sentir unes passes que s'allunyaven.

El tram més difícil era aquell, ja que per arribar a l'escala que anava cap al segon pis havia de passar un moment per un tros del vestíbul que era visible des de la sala. Si l'home mirava cap allà, em veuria, i tot s'hauria acabat abans de començar. Vaig recordar les paraules d'en Conrad: «Arramba't a la paret, mou-te a poc a poc i just abans d'entrar a la zona il·luminada, ja veuràs la cantonada d'un mirall que hi ha a la sala d'estar. Si veus la meva cara, vol dir que pots passar, però si estic d'esquena o de costat, queda't quieta». Vaig assegurar-me que veia perfectament els ulls d'en Conrad al mirall i vaig travessar tan lleugerament com vaig poder el tram il·luminat. Em sentia com si fos un fantasma que no vol ser vist.

Vaig pujar les escales mig ajupida; tenia l'absurda por que si em posava recta se'm veuria més. Però era absurd, perquè si en aquell moment apareixia algú, em veuria, estigués com estigués. Quan vaig arribar a dalt de tot, vaig assegurar-me que el passadís estigués completament buit. Em sentia el cor ben fort al coll.

Vaig quedar-me un moment quieta, parant l'orella, però només se sentia el murmuri de fons del televisor i en Conrad i l'home parlant. Tenia via lliure.

El passadís era força llarg i sense gaire decoració. Era tan simple que podria haver estat un pis de mostra o un pis nou per estrenar. No acabava d'agradar-me aquella poca calidesa que desprenia tot, però m'encaixava perfectament amb la manera de ser de la parella.

Vaig començar a recórrer el passadís i em vaig aturar just on se suposava que hi havia l'entrada a l'habitació del pànic. Primerament, res no feia sospitar que allà hi hagués una porta, però fixant-m'hi bé vaig detectar l'obertura. Vaig observar la paret. Se suposava que hi havia d'haver alguna cosa que m'ajudés a obrir-la. Estava tan nerviosa que em costava pensar. Allà no hi havia més que paret blanca i un petit marc amb una foto familiar en blanc i negre. Em vaig fixar en la foto. Era estrany que fos allà quan no hi havia cap més decoració al voltant. En moure el marc va aparèixer una pantalla que es va il·luminar quan va detectar la meva presència. Havia trobat la manera d'obrir l'habitació.

La pantalla era un teclat tàctil on calia posar la clau d'accés perquè s'obrís la porta cuirassada.

—Merda... —vaig murmurar.

No tenia la més petita idea de quina podia ser. Vaig merdejar la pantalla, provant sort, però no hi va haver manera.

Vaig treure'm el mòbil de la butxaca i vaig escriure a la Jen.

Júlia: La porta té una clau d'accés, i no tinc ni idea de quina pot ser.

Jen: Joder, en sèrio?

Has provat a donar ok sense posar la contrasenya?

Júlia: Sí, no funciona.

Jen: Mmm...

Has provat amb 1, 2, 3, 4, 5...?

Júlia: Ningú posa aquesta contrasenya.

Jen: Prova-ho.

Júlia: Res.

Espera, vaig a provar-ne una altra. Si no et dic res és perquè ha funcionat.

Tenia una intuïció. Sabia que la meva idea era gairebé igual de patètica que la contrasenya de números en ordre, però ho havia d'intentar... Tot i que si aquella clau funcionava, em confirmaria que la maldat d'aquells pares no tenia límits.

Vaig respirar fondo altre cop i vaig teclejar la data de naixement d'en Daniel. M'ho havia dit en una de les converses que havíem tingut una nit i jo ho havia apuntat al Google Calendar. En posar l'últim número vaig desitjar amb totes les meves forces que allò funcionés. I no sé si li vaig fer pena al Totpoderós que en aquell moment m'estava escoltant o és que el karma havia decidit que ja era hora que tingués una mica més de sort. El cas és que es va sentir un petit clic provinent de la paret.

Em vaig quedar completament immòbil, en part al·lucinant que hagués funcionat i en part parant de seguida l'orella per si algú de sota ho havia sentit.

Res. En Conrad seguia parlant a baix, podia seguir.

Vaig tocar la punta de paret que sobresortia una mica i vaig mirar de moure-la. Darrere d'aquella paret falsa hi havia una altra porta amb un pom en forma de volant. Vaig començar a girar-lo suaument i amb la segona volta la porta va cedir.

En obrir i mirar cap a dins no vaig veure res. Tot estava fosc, i vaig témer que en Daniel no fos allà. De cop i volta, algú em va clavar una empenta, vaig caure de morros i em vaig fer mal a les cames. Vaig fer un petit gemec, a mig camí entre la sorpresa i el dolor.

—Aaau —vaig mitigar la veu a mesura que m'escoltava a mi mateixa.

—Juls?

Aquella veu va fer que em desapareguessin tots els mals. Era massa fosc per poder veure la persona que m'havia empès..., però li vaig reconèixer la veu.

—Daniel?

—Ho sento... Ho sento, perdona. —Va ajupir-se al meu costat, a les palpentes—. Pensava que eres qui em va tancar aquí...

—Daniel? Daniel, estàs bé? —vaig xiuxiuejar, buscant-li la mà.

—Sí, estic bé —va assegurar-me—. No em puc creure que m'hagis trobat.

Li vaig prémer la mà a les fosques. Allò era real! Feia hores que estava convençuda que en Daniel era a casa dels seus pares, però encara hi havia una petita part de mi que em deia que m'equivocava. Em semblava massa surrealista que la seva família li hagués fet una cosa com aquella. Però havia acabat sent cert, i tots els nervis que havia tingut fins llavors es van convertir en una sensació d'alleujament i poder.

—Ja t'ho vaig dir una vegada: no m'agrada perdre. I no penso perdre't a tu. —No em calia veure-hi per saber que ell somreia.

—Hem de sortir d'aquí —va fer ell, ajudant-me a posar-me dreta—. Saps com fer-ho?

—És clar. —Llavors me'n vaig adonar—. No saps on som?

—No. No recordo ni com hi vaig arribar. I crec que em van drogar amb l'aigua o el menjar, perquè quan em vaig despertar el plat havia desaparegut i ja m'havien posat el següent. Avui he llençat tota l'aigua i el menjar pel vàter que hi ha a la cantonada. Tenia planejat atacar la persona que entrés.

—Sortim —li vaig dir a mitja veu.

El vaig guiar cap a la porta i vam sortir al passadís. Feia molt mala cara. Tenia unes ulleres molt marcades, segurament d'haver dormit molt poc. No teníem ni un minut per perdre, però no vaig poder evitar abraçar-lo. Sentir la seva escalfor va fer que de cop pensés que tot estava bé, que ens en sortiríem. Ja havia passat tot. Ja estava. Només havíem de baixar les escales, sortir per la porta i allunyar-nos dels que ens volien fer mal.

—No m'ho puc creure... —va dir amb la veu ofegada a prop de la meva orella—. Som a...?

—A casa teva —vaig acabar jo.

El cos se li va tensar i va començar a respirar amb més força.

—Com m'has trobat? Qui m'ha ficat aquí? —va preguntar, lligant caps.

—Daniel... Després t'ho explico, ara hem de sortir. —Començava a témer que volgués enfrontar-se en aquell moment als culpables, els seus pares.

—Juls, digue'm que no han estat ells. —Als seus ulls hi havia una barreja de ràbia i pena que em va destrossar el cor.

—Hem de sortir d'aquí —vaig tornar a insistir.

Ell se'm va quedar mirant durant uns segons, potser analitzant el que havia de fer a continuació, si enfrontar-se a aquella gent o fugir d'allà sense ser vist. Vaig saber que escolliria la segona opció per protegir-me. Si no, tot el que havia fet per trobar-lo podia acabar en no res.

Va assentir, va agafar-me la mà amb fermesa i vam recórrer el passadís sense fer soroll. A baix, encara s'hi sentien veus. Vam anar baixant molt poc a poc, coordinats. Quan vam arribar a l'últim esglaó, vam parar atenció a les veus.

—Arribaran en qualsevol moment —va dir l'home.

—No entenc per què els pares d'en Daniel no es queden tota la vigília —va respondre en veu molt alta en Conrad, segurament per avisar-nos—. Només han fet la declaració a la televisió i han marxat!

—Segurament no deuen voler que els gravin tota l'estona. Els ho deu haver aconsellat l'equip de comunicació. Si es queden tota l'hora que durarà l'acte, acabaran plorant i enfonsant-se, i no crec que sigui la imatge que volen donar. S'han de mantenir forts —va explicar.

En Daniel i jo ens vam mirar. Havíem d'afanyar-nos a sortir d'allà. Tot just li estava indicant que ens dirigíssim cap al rebedor quan vam sentir com s'obria la porta de l'entrada principal i el motor d'un vehicle.

Ja havien arribat.

—Amaguem-nos —vaig ordenar-li.

No podia deixar que ens trobessin, ara que estàvem a punt d'aconseguir-ho. Em va guiar fins a un espai sota l'escala principal. Sabia que en Daniel podia canviar d'opinió i sortir de l'amagatall per enfrontar-se a aquella gent, així que li vaig posar un dit davant dels llavis, demanant-li silenci, i implorant-li amb els ulls que s'estigués quiet. Aquella gent ens havien demostrat que no tenien escrúpols, i no volia córrer el risc d'haver d'esbrinar on tenien el límit.

Vam sentir com s'obria la porta. Els talons de la dona ressonaven per tota la casa.

—Quina pèrdua de temps... —va remugar la mare—. La Lauren és bona noia, però té el cap ple de pardals. Has vist com intentava abraçar-se a mi tota l'estona? Gairebé no em deixava marxar...

—Està afectada —va dir secament el pare.

—A finals de setmana haurem de posar en marxa el que tenim previst.

—Ja en parlarem. No acabo de veure bé que ho acabi pagant tot aquella pobra noia...

—Ara no —el va tallar—. Ja en parlarem.

Van entrar a la sala i es van sorprendre de veure-hi en Conrad. Es van saludar i el noi va explicar-los que havia passat de tot el xou.

—Ja ho saben, no m'agraden gaire les càmeres —va dissimular—. I volia parlar amb vostès sobre...

—L'entrenador? —va dir la mare.

L'ambient es va gelar. Em van començar a suar les mans i tenia por que tot s'espatllés.

—Sí —va improvisar—. Vaig parlar amb ell perquè, en saber que en Daniel i l'altra noia havien estat a la piscina, vaig pensar que potser allò certificava que ella fos a l'habitació d'en Daniel. Vull dir que tots dos devien necessitar canviar-se, i com que és tan amable i tal, potser li va oferir anar a la seva habitació...

La resposta era penosa. Era clar que la parella no s'empassaria la història d'en Conrad.

—I és clar, vaig pensar que potser ell els havia vist junts. O sabia d'algú que els havia vist. No ho sé —va acabar.

Es va fer un silenci en el qual no sé què va passar. Després vaig sentir un petit riure per part de la mare.

—T'agraeixo que t'hagis preocupat tant per venir fins aquí a explicar-nos això, però ja tenim un gran equip que està investigant.

—Oh. És clar. Bé, si puc servir d'alguna ajuda, digui-m'ho. Tot i que no crec que sàpiga muntar vigílies o concedir entrevistes —va bromejar.

En Conrad i la mare van seguir xerrant. Era en aquell moment o mai.

—Hauries d'anar tirant, no volem que se't faci tard —va dir clarament la mare d'en Daniel a en Conrad.

Vaig obrir molt els ulls. Si en Conrad sortia al vestíbul, segur que ens enxamparien. L'única opció que tindríem seria sortir corrent i pregar perquè no tinguessin temps a bloquejar la porta exterior.

—Té raó. Com passa el temps quan un xerra amb confiança, eh?! —va contestar ell mig cridant, segurament perquè nosaltres el sentíssim—. Però, podrien abans donar-me un got d'aigua? M'he quedat sec de tant parlar.

—Sí, sí que parles —va fer ella, seca com sempre—. Hamza, porta un got d'aigua al noi.

—Sí, senyora.

Vam sentir com unes passes s'allunyaven des de la gran

sala d'estar fins a la cuina que hi havia al fons. Si aquella gent era a la zona de la cuina, teníem moltes possibilitats d'arribar fins a la porta d'entrada de la casa sense ser vistos. Només havíem de fer-ho ràpid i de manera ben subtil. Com unes ombres que no es veuen en la foscor.

En Daniel em va estrènyer lleument la mà, en senyal que estigués preparada. El vaig mirar i vaig començar el compte fins a tres movent els llavis. En fer tres vam començar a avançar amb rapidesa per la zona il·luminada i que quedava a la vista de tothom. No vaig voler mirar, però de reüll vaig intuir la silueta de la dona d'esquena al final de tot de la sala i vaig sentir en Conrad, que seguia parlant. Però em faltava una persona. El pare d'en Daniel.

Ens va sorprendre des de la cantonada de la sala. Va fer dues passes i va quedar-se al mig del vestíbul, esperant que arribéssim fins a ell. Just en aquella posició quedàvem fora de la vista dels altres.

En Daniel, en veure el seu pare plantat davant seu sense cap mena d'expressió al rostre, va voler abraonar-s'hi a sobre. M'hi vaig interposar amb les mans a la seva cintura, per esmorteir-ne les passes i impedir que avancés. No podíem barallar-nos; no sortiríem ben parats d'aquella situació, i no volia donar-li encara més motius a aquell home per fer mal al seu fill.

—Com us heu atrevit a fer-me això? —va pronunciar en Daniel entre dents en un xiuxiueig.

Per a sorpresa nostra, el pare no va dir res i va posar-se un dit als llavis per indicar-nos que guardéssim silenci. Allò em va descol·locar del tot. Va fer dues passes endavant per quedar-se més a prop nostre, cosa que no vaig trobar que fos gaire bona idea perquè en Daniel seguia amb el cos tens, i en qualsevol moment se li podia tirar a sobre.

—Desapareix —va dir el pare en un to gairebé inaudible.

Volia dir que ens donava via lliure per sortir d'allà? No vam tenir temps de respondre-li ni de moure'ns quan vam veure que es treia una cosa contundent de la butxaca dels pantalons de vestir. Una arma.

Instintivament, en Daniel va agafar-me per la cintura i va intercanviar les nostres posicions, quedant-se d'esquena al seu pare i jo completament protegida pel seu cos. No vaig poder reaccionar, tot va passar massa de pressa. Vaig sentir un soroll molt fort, impactant, que no havia sentit mai a la vida, i vaig saber que aquell home havia disparat l'arma. Volia cridar, però la por m'havia paralitzat del tot, com si el meu cos ja no formés part de mi. Estava completament glaçada. Tenia un crit ofegat a la gola. No podia ser que hagués disparat per l'esquena a en Daniel. No. No podia ser...

El que em va fer tornar a la realitat va ser precisament notar com en Daniel es tombava i mirava el seu pare, com si no acabés de rebre un tret. Tot seguit, va girar-se cap a mi, amb cara d'estar molt sorprès.

—Corre! —em va cridar, agafant-me de la mà i fent que em mogués quan encara no entenia el que estava passant.

Vam sortir corrents cap a la porta d'entrada i va ser llavors quan em vaig adonar que l'home estava estirat a terra de costat, amb una ferida de bala a la cama. «S'ha disparat a ell mateix?!». No entenia res, només podia pensar a sortir d'allà i deixar tota aquella bogeria enrere. Ja érem a la meitat del jardí quan vam sentir un crit femení que provenia de la casa.

—Truca a una ambulància! —vam sentir perfectament.

Segurament en Conrad devia estar igual de sorprès que nosaltres.

En Daniel no mirava enrere; tenia la vista clavada a la porta d'entrada a la finca i em subjectava amb força perquè no em quedés enrere. En arribar, va obrir la porta sense problemes i vam sortir al carrer.

—Hola? Emergències? Tenim un home amb un tret de bala a la cama! —cridava en Conrad des de dins la casa.

Vaig girar-me per esperar el nostre amic, però vam decidir seguir endavant. No enteníem el que acabava de passar, però era millor que no ens quedéssim allà més estona. Vam arribar fins on era el cotxe. La Jen va tapar-se la boca, sorpresa, en veure'ns corrent cap a ella. Quan vam arribar, ens vam aturar davant del vehicle.

—Esteu bojos? Pugeu ara mateix! —va cridar.

—No, no podem deixar sol en Conrad. Queda't tu i pireu d'aquí quan arribi l'ambulància! —li vaig demanar—. Truca també a la policia, no sé si des d'emergències ja ho deuen haver fet.

—I vosaltres?

—Sé on podem anar. —En Daniel va agafar-me la mà i vam fer dues passes enrere—. No deixis que li passi res a en Conrad.

A partir d'allà vam estar corrent una bona estona, sempre per les zones menys il·luminades i amb menys probabilitats que passés gent, fins que els pulmons ens van dir prou. Vam aturar-nos un moment per recuperar l'alè.

—Però què...? —Em faltava l'aire i em feia molt mal la zona de les costelles.

Ell va negar amb el cap, afirmant que tampoc no entenia res.

—Hem de seguir, no ens podem quedar quiets. —Va tornar a agafar-me la mà i vam trotar Barcelona avall.

Aquella nit em semblava més freda, silenciosa i fosca que de costum.

—Daniel, on anem?

No podíem tornar a la residència i no sabia on ens podíem amagar mentre intentàvem pensar què havíem de fer a continuació.

—Hem de baixar una mica més —va fer ell.

Vam estar una estona més sense parlar, concentrats a fer el recorregut tan ràpid com fos possible, atents a tot el que ens envoltava i mirant enrere cada pocs segons. Pel que semblava, el pare d'en Daniel s'havia disparat a ell mateix perquè poguéssim fugir, però encara no sabíem si aquella dona boja havia donat una ordre perquè ens perseguissin. A hores d'ara, tot em semblava possible i estant al bell mig del carrer em sentia desprotegida.

Vam arribar a un carrer contigu a una artèria principal de la ciutat i allà vam pujar a un taxi. Em sentia marejada, esgotada per la fugida i desorientada.

Vaig treure el mòbil i vaig escriure a la Jen.

JÚLIA: Jen, estem bé. Com està en Conrad?

JEN: Ja estic amb ell!

Quan ha arribat l'ambulància ell també ha sortit de la casa!

Hauríeu d'haver entrat al cotxe.

JÚLIA: No sabia si ens perseguien i no volia ficar-te en més problemes.

No vull que t'hi vegis implicada.

JEN: Però tu ets tonta o què?!

Aquests sonats podrien haver-vos perseguit i clavar-vos un tret!

Júlia: Tranquil·la, no ha passat res.

Estem lluny. Quan arribem a un lloc més segur t'avisaré.

On sou vosaltres?

Jen: Hem anat cap a l'apartament d'en Conrad.

Ara parla per telèfon amb els seus pares.

Júlia: T'ho ha explicat tot?

Jen: Sí, sí. Ha arribat al cotxe amb una cara que semblava que estigués a punt de vomitar i tot.

Júlia: Ha estat molt fort...

Jen: Qui dels dos li ha disparat?

Júlia: Què?

No hem estat nosaltres. Ha estat ell mateix.

Jen: El pare d'en Daniel?

Júlia: Sí.

Jen: Se li ha disparat l'arma per accident?

Júlia: No, no. Ha tret l'arma, i pensàvem que ens dispararia a nosaltres. Però s'ha disparat a ell mateix a la cama.

Jen: Oh. Això canvia les coses.

En Conrad m'ha dit que quan ell i la mare d'en Daniel han arribat al vestíbul, s'han trobat l'home a terra.

I mentre en Conrad trucava a emergències es veu que ha començat a maleir en Daniel.

O sigui que hem suposat que havia estat ell.

Júlia: I què ha fet en Conrad? Li ha dit alguna cosa sobre en Daniel?

Jen: No.

De seguida que ha pogut ha sortit d'allà.

Vaig comentar-li per sobre a en Daniel que en Conrad i la Jen m'havien ajudat a salvar-lo, i que estaven bé. Ell va assentir i va agafar-me la mà, com volent-me donar les gràcies. Feia cara d'estar molt cansat i amb el cap ple a rebentar de pensaments. Necessitàvem trobar un lloc on estar tranquils i poder pensar. Tot havia passat molt de pressa. Vaig mirar en Daniel i se'm va escapar el riure.

—Què? —Va somriure divertit i estranyat per la meva reacció.

—Me'n deus una de grossa, de molt grossa. —Vaig apartar-me els cabells de la cara, orgullosa—. T'acabo de rescatar de les masmorres d'aquells tirans. Crec que com a mínim m'he guanyat una medalla d'honor.

—Ets la meva salvadora —va afegir, en un to que va fer que se m'estremís tot el cos.

Va sonar un tro. S'apropava tempesta, i no només al cel. Necessitàvem arribar ja a un refugi.

Capítol 18

Va començar a ploure. L'aigua queia contra les finestres del taxi, i dibuixava gotes que escampaven les llums dels fanals i dels edificis de la ciutat. Era com si l'ambient plujós i nocturn ens acompanyés en aquell moment de fugida, tristesa i confusió.

El taxi va parar just a l'adreça que li havia donat en Daniel. Era un edifici molt modern, molt nou, i semblava que encara no estava del tot habitat. Hi havia finestres que encara tenien el precinte que indicava que no hi vivia ningú. Vaig pagar la carrera, ja que en Daniel no portava ni el mòbil ni la cartera, i vam dirigir-nos cap al portal d'aquell bloc de pisos que quedava a prop de la costa de la ciutat.

Vam pujar les escales fins a arribar al segon pis. Un cop allà, en Daniel va posar els dits al mecanisme d'una de les portes i es va obrir automàticament. Amb un gest em va indicar que em quedés quieta; volia comprovar si hi havia algú a dins. Al cap d'un minut, que se'm va fer etern, va treure el cap.

Tot perfecte, no hi havia ningú.

Quan vaig entrar i vam tancar la porta darrere nostre, vaig sentir una mena de lleugeresa al cos. Semblava que érem a recer.

El pis, tal com havia vist per fora, era completament nou. De fet, només hi havia uns quants mobles, alguns encara amb el precinte o l'embalatge. Tot l'espai feia aquella olor d'estrenar que sempre m'ha agradat però m'ha resultat estranya. Entre agradable i freda. No havia entrat mai en un pis nou de trinca, era la primera vegada, i sentia que estava envaint el terreny d'algú altre.

—On som? —vaig voler saber mentre en Daniel treia el plàstic que cobria el sofà nou.

—Benvinguda al refugi. —Va alçar les celles.

—El refugi? Què és això?

Va indicar-me que m'apropés per seure al seu costat. Aquell sofà era molt còmode.

—Feia temps que pensava en la situació amb els meus pares. —Va començar a despentinar-se els cabells, pensatiu—. I quan vaig fer els divuit anys vaig decidir invertir diners que havia heretat directament del meu tiet en un apartament.

—I no ho saben, els teus pares? —És el primer que em va venir al cap.

—Ja penses com jo. —Va fer un somriure amarg—. Se suposava que, en ser major d'edat, no tenien per què tenir accés als meus comptes... Però, bé, ja saps com funciona.

—Poden veure els teus comptes?

—No ho sé, però si volguessin esbrinar-ho, no trobarien cap impediment. Per això vaig traspassar els diners a diferents tipus de monedes virtuals.

—Bitcoins? —No tenia la més petita idea de com funcionava tot allò.

—Entre d'altres. —Va assentir—. Amb aquesta jugada ja podia despistar-los. He comprat aquest apartament amb diners virtuals.

—Però... no poden saber que aquest apartament és teu? —No donava res per descomptat amb aquella gent.

—No ho crec, però tampoc no puc assegurar-ho del tot... Tot i que no ho sap ningú. Només tu.

I, després de tanta tensió, vaig poder veure un somriure de triomf al seu rostre. No sabia ben bé si tot el que havia fet era una bona idea, si era segur i si realment quedava tan protegit dels ulls dels seus pares, però en aquell moment no em preocupava gaire. Només podia pensar que estàvem segurs i que ell estava bé.

De sobte, vaig notar com tots els nervis que havia acumulat se'm fonien en el meu cos i em generaven una sensació estranya i agradable alhora. Em van venir de cop totes les emocions i no vaig poder evitar començar a plorar. El vaig abraçar, buscant desesperadament el contacte amb ell. Estàvem junts, estàvem bé.

—Juls, no passa res. —Va apartar-me els cabells, que em queien per davant de la cara.

—He passat molta por —li vaig confessar.

Ell em va abraçar més fort i va fer un sospir.

—Ho sento molt. Això no hauria d'haver passat —va dir.

—Que ho sents? Però si ets tu qui ho ha passat pitjor —em vaig queixar.

—Pensava que ho tenia controlat. —Va acariciar-me l'esquena—. Creia que no ens enxamparien, aquella nit.

Em va recórrer una escalfor pel cos.

—No canviaria aquella nit per res del món —vaig dir-li a cau d'orella, ja sense llàgrimes.

—Jo tampoc —va dir amb una veu un pèl més greu que feia un moment.

Va deixar lliscar les mans suaument des de la part superior de la meva esquena fins a la cintura, per acabar atraient el meu cos més cap a ell. Em vaig enfonsar en el buit del seu coll, notant-li la respiració a la meva pell. El seu alè em feia pessigolles, tant a la pell com ben endins. Va retallar la distància entre els seus llavis i el meu coll, i en notar el contacte humit just en un punt sensible que ell coneixia bé, vaig deixar escapar un gemec inesperat. Allò el va excitar, perquè va enfonsar encara més els seus llavis, atrapant la meva pell entre ells i succionant-la lleugerament, i provocant-me un torrent de plaer que cada vegada m'atrapava més.

—Daniel... —vaig aconseguir dir.

En sentir-me dir el seu nom, va separar-se del meu coll per dirigir-se als meus llavis. El vaig rebre amb ànsia. Ja coneixia aquells llavis, i estava desitjant perdre'm en ells de nou. Aquesta vegada em sentia més segura i valenta, i vaig ser jo qui va començar a jugar amb la seva llengua i a portar el ritme. Vaig separar-me una mica, prou per entreobrir els ulls i veure els seus també entreoberts, plens de la necessitat que tornés a besar-lo. I amb un moviment que em va sorprendre fins i tot a mi mateixa, vaig rodejar-lo amb les cames, i em vaig quedar a sobre seu. Estant així, assegut al sofà, va apropar els meus malucs encara més als seus, i vaig notar com tot ell estava tens. Vaig mossegar-me el llavi i vaig riure.

—Què? —Ell també reia.

—Res, és que... —Vaig enfonsar les meves mans entre els seus cabells foscos—. És increïble... Fa unes quantes hores no sabia ni on eres i ara...

—Ara som aquí —va acabar ell.

Devia estar menjant-me'l amb els ulls perquè va fer el mig

somriure que em tornava boja i amb un gest ràpid va aconseguir treure's la samarreta. Vaig riure.

—Així intentes seduir-me?

—Funciona?

Vaig emetre un petit gruny, sense deixar res clar. Ell va enredar els seus dits entre els cabells de la meva nuca i va entreobrir els llavis. Era una tortura deliciosa veure'l així. Va quedar-se a pocs centímetres i li podia sentir l'alè contra el meu.

—I ara? —va xiuxiuejar.

No podia contestar. Vaig escurçar la distància, deixant caure part del meu cos sobre el seu. Aviat em vaig trobar recorrent el seu tors, enredant-me entre els seus cabells, enfonsant la meva llengua contra la seva, notant les seves mans baixant més enllà de la meva cintura, els moviments de tots dos buscant més l'un de l'altre. No sé en quin moment va apujar els braços per ajudar-me a treure'm la samarreta. No ens separàvem gaire l'un de l'altre, no podíem. Estava completament envoltada per la seva abraçada.

Vaig desfer-me de la samarreta i els sostenidors. En notar el contacte dels meus pits amb el seu cos vaig sospirar. El contrast entre la meva pell blanca i la seva, més morena, creava un conjunt de color que s'havia convertit en el meu preferit. Veure'ns així, menjant-nos a petons i a carícies, em feia perdre completament la noció del que m'envoltava. Les seves mans exploraven el meu cos, com jo havia fet amb el seu. Ho feia amb delicadesa, sabent que era la primera vegada que vivia tot allò, però amb una emoció i una força contingudes.

Amb un moviment, va fer-se pas amb la seva boca des de la meva clavícula fins als pits, passant els seus llavis i la llengua per tota aquella zona que abans havia estat amagada pels sostenidors, i clavava els dits a l'esquena i gemegava amb cada sensació que em provocava. Els nostres cossos es balancejaven mentre que jo notava que començaria a encendre'm del tot d'un moment a l'altre.

Vaig aturar-me un moment i el vaig mirar. L'havia trobat a faltar. Massa.

—Estàs bé? —em va preguntar acariciant-me els cabells.

—Sí... —Estava intentant recuperar l'alè—. Només que... No vull que sigui així. —Una escalfor em va pujar a les galtes—. Vull que tots dos estiguem bé, i no pensant en... en el que acaba de passar —vaig dir referint-me al seu segrest.

Va assentir, pensatiu. Tenia una mirada trista plena de dolor.

—Encara no m'ho puc creure —va comentar, dolgut. Va passar-se la mà pels cabells, desembullant-los, i no vaig poder evitar somriure amb aquell gest.

—Què passa? —va preguntar.

—Res. —Vaig mossegar-me el llavi, pensant—. Si ha passat això sense que ens traguem els pantalons, no vull pensar què passarà quan sí que ho fem...

Vaig sentir una mica de vergonya en dir-ho. Ell va riure, a prop de la comissura dels meus llavis.

—No et preocupis —va negar, mig rient quan l'hi vaig dir—. Tindrem més nits.

Que em digués allò em va semblar meravellós. Però just després de dir-ho vaig notar com una ombra de dubte li creuava la mirada.

—Què passa? —vaig preguntar jo aquesta vegada. El cor se'm va encongir una mica.

—Res.

Però sí que passava alguna. El to li havia canviat.

—Daniel, digue'm què passa —vaig exigir-li amb tacte però fermesa.

—No sé si podré quedar-me aquí gaire més temps.

—A aquest apartament? —Vaig mirar al meu voltant—. Si el que et preocupa és que al final et vinguin a buscar aquí, podem buscar-te un altre lloc.

Va quedar-se pensatiu. Sabia que estava decidint entre explicar-me el que tenia al cap o callar.

—He d'amagar-me durant un temps. —Va assentir—. Però sé que els meus pares..., aquella gent —va corregir-se— no descansaran fins a trobar-me, i si ho fan, no vull que estiguis al mig. Ja et vaig dir que no et posaria en perill, i no he complert...

—Tu mateix has dit que aquest lloc era segur —em vaig queixar.

—I ho és —va assegurar—. Però si em quedo aquí, no em podré moure, no podré sortir. Em quedaré atrapat, esperant que em trobin. El que necessito és allunyar-me, que tinguin evidències que estic lluny de tu. Que no vinguin a buscar-te per agafar-me a mi —va dir.

Així que era allò.

—Però...

—Estaràs fora de perill. I jo podré traçar un pla per fer públic tot el que han fet i que em deixin lliure per sempre.

Havia pronunciat la paraula *lliure* amb més força. Vaig interioritzar el que m'estava dient. Necessitava marxar lluny d'ells, desaparèixer de les seves vides i traçar un pla per poder-los aturar. I tornar. Tornar a Barcelona. Amb mi. A una vida normal. D'estudiants.

—I quan tornaràs? —Encara no havia marxat i jo ja estava pensant en el compte enrere.

—Tan aviat com sigui possible. —Va abraçar-me, segurament perquè no s'atrevia a mirar-me a la cara.

—Ja ho tenies pensat —vaig xiuxiuejar.

—Fa temps que hi dono voltes. Sabia que podia passar una cosa grossa amb ells. Evidentment, no pensava que serien capaços de segrestar el seu propi fill —tenia ràbia continguda, ho notava—, però sí que tenia pensat venir aquí. També ho tenia tot preparat per si aquest apartament només era una parada en el camí.

—Segueixo pensant que podries quedar-te aquí.

—Ara mateix, com menys motius els doni per pensar que necessito estar a prop teu i que m'importes massa, millor.

Entenia el que em deia, però no trobava el moment de desfer-me de la seva abraçada. De veritat que no es podia quedar en aquell apartament? Significava allò que els seus pares guanyaven de moment la partida?

—El teu pare s'ha disparat a ell mateix per donar-nos temps —vaig deixar caure, esperançada—. Volia protegir-te i que poguessis marxar.

—Si m'hagués volgut protegir o tractar-me com un ésser humà, no m'hauria tancat en aquella habitació —va dir, contundent.

Tenia raó. Però...

—I llavors, per què ho ha fet?

Ens vam quedar en silenci. Començava a tenir mal de cap.

—Potser se sentia culpable. De tots dos, sempre ha estat ell el que ha intentat apropar-se més a mi. —Va enterrar el cap entre les mans—. Però no sap parar els peus a la meva mare. Et juro que... són dos psicòpates.

—Daniel... —Se'm trencava el cor veure'l admetre que els seus pares no l'estimaven.

—Sempre han estat així. No entenc per què fan aquestes coses. Per què prenen unes decisions i no unes altres. O per què sempre escullen els seus interessos per sobre dels meus. Per això, que el meu pare s'hagi disparat, només em sembla una bogeria més dins de la seva realitat —va deixar anar d'una tirada.

Vaig resseguir una línia imaginària per la pell del seu tors. I mentre ho feia, vaig adonar-me que no parava d'escriure les nostres inicials lligades l'una a l'altra. Ell se'n va adonar, perquè va agafar-me la mà i la va prémer contra el seu cos, just per sobre del seu cor. Li notava els batecs a la meva pell i per un moment vaig sentir que estàvem sincronitzats.

—No me'n vaig per sempre. Només un temps. —Va intentar forçar un somriure.

Fins i tot quan estava trist, estava guapo.

—Un temps... —vaig murmurar.

—Passarà tan ràpid que ni ens n'adonarem.

Tots dos sabíem que allò no era cert, però era millor creure-ho.

Les nostres mirades es van encreuar i ens vam fondre en un últim petó. Aquesta vegada suau i amb un punt de tristesa amagat. Jo tenia una mà a un costat de la seva marcada mandíbula, intentant que aquell petó no s'acabés mai. Potser si ens quedàvem així molta estona, acabaríem per oblidar-nos de tot.

—Gràcies per haver-me vingut a buscar —va dir quan els nostres llavis es van separar amb molt d'esforç.

Ens vam quedar una estona en silenci i vaig recordar el que m'havia dit el meu amic Pau. «Protegeix el teu cor», «No ho donis tot», «Vigila». No havia fet cas de les seves advertències, i ara estava segura que, quan en Daniel marxés, em passaria el mateix que li havia passat a en Pau amb l'Adrien. El trobaria a faltar cada dia.

Vam acabar la nit dormint al sofà, amb una manta per sobre i abraçats l'un a l'altre, esperant que es fes de dia. Però quan em vaig llevar, en Daniel ja no hi era, i al seu lloc hi havia una nota.

Capítol 19

Perdona'm, Juls, per marxar així. No volia acomiadar-me, perquè això no és un adeu, és un fins ara. Per a la teva seguretat no puc dir-te on vaig, però ens retrobarem molt aviat. No et preocupis per mi, ho tinc tot planejat. M'he assegurat que els meus pares sàpiguen que surto del país, així no et molestaran. De moment, no és segur que contacti amb tu. És possible que puguin llegir els nostres missatges.

Segueix fent vida normal, envoltant-te dels bons amics que tens i no deixis que res t'aturi. No et demano que no pensis en mi, perquè sé que ho faràs, igual que jo pensaré en tu. En el teu somriure, la manera com mires a l'infinit quan estàs pensativa, la seguretat que desprens quan prens una decisió, la teva valentia, la teva lleialtat amb tothom qui estimes, els teus llavis sobre els meus i tot el que ens vam dir en els missatges. Tot això ho recordaré cada dia.

Fins aviat.

Daniel

Aquell matí vaig sortir del pis desorientada. No entenia per què en Daniel havia marxat d'aquella manera. Vaig agafar un taxi per tornar a la residència. Necessitava parlar amb els altres. Què se suposava que havíem de fer a partir d'ara? Seguir fent les nostres vides com si res? No podia fer això!

En arribar, vaig anar directa a l'apartament de la Jen.

—Per fi —va dir com si es tragués un pes de sobre quan em va veure—. Passa.

Vaig anar fins a la sala. No hi havia ningú.

—En Daniel ha marxat —vaig anunciar. No podia guardar-m'ho més—. Ha marxat.

La Jen va arrufar les celles, no entenia res.

—Com que ha marxat? A on?

—No ho sé! —vaig cridar amb més desesperació de la que en un principi volia mostrar.

Li vaig allargar la nota que m'havia deixat perquè la llegís.

—Val... —va sospirar després de llegir-la—. No ens posem nervioses. Diu que ho té tot planejat.

—Però i si surt malament? I si els seus pares esbrinen on va? El podrien tornar a segrestar! I el pitjor de tot és que diu que no ens escriurà fins que cregui que està segur! I quan serà això?! Si els seus pares no estan detinguts, quan serà això?! —vaig repetir.

—Calma't. Tranquil·la. —Em va fer una abraçada de les seves i em va balancejar—. Tranquil·la.

Vaig respirar profundament, deixant-me emportar i calmant els nervis.

—Jen, explica'm què va passar ahir a la nit quan vam marxar de la casa.

—Uf. Doncs quan va arribar l'ambulància, en Conrad va pirar d'allà i va ficar-se al cotxe. Vam tornar cap a la residència. No volíem quedar-nos allà.

—Va venir la policia?

—Nosaltres no ho vam veure, però segons les notícies que hi ha a internet, sí. —Es va apartar una mica per mostrar-me algunes publicacions—. La versió oficial és que va entrar algú a casa dels Hakim i va disparar a l'home. El més divertit de tot és que diuen que les càmeres de seguretat no van gravar res perquè no funcionaven.

—Això és mentida.

—És clar que és mentida. Segur que tenen tota la gravació de com vau entrar a la casa i com vas treure en Daniel d'allà, però no poden deixar que ho vegi ningú.

—I nosaltres? Ara aquesta gent sabrà que jo i en Conrad estem implicats en l'alliberament d'en Daniel —vaig rumiar, mirant cap al finestral de l'apartament.

Potser ja preparaven una venjança contra nosaltres. Estàvem segurs a la residència?

—No deia en Daniel que s'asseguraria que els pares sabessin que sortia del país? —va interrompre els meus pensaments—. No s'atreviran a fer-vos res, Juls. Seria massa sospitós.

—Segur que estan planejant alguna cosa —vaig rumiar.

I no anava mal encaminada. Aquella gent no eren uns assassins, però sí que coneixien bé la paraula *venjança*. Al cap de poques hores la dona va tornar a sortir en un breu directe a les notícies d'aquell migdia, fent unes acusacions molt greus.

—Ahir a la nit tres persones van entrar a la nostra propietat sense permís. Sembla que tenien l'absurda idea de fer veure que havíem segrestat el nostre propi fill. Ens preguntem si tenien la intenció de col·locar proves falses per incriminar-nos. —Va fer una pausa—. El que no esperaven és que tornaríem aviat a casa i que els enxamparíem. Al final, tot va acabar amb la fugida dels delinqüents i un tret de bala a la cama del meu marit. —No va donar més detalls de com havia passat—. Estic segura que aquestes tres persones estan relacionades amb la desaparició del nostre fill. —Va fer una altra pausa dramàtica—. No podem dir-ne els noms ja que no tenim prou proves contra ells, però espero que tot s'aclareixi aviat i que en Daniel torni a casa.

La Jen i jo vam intercanviar una mirada plena de por. Després de tot el que havia passat, a la gent no li costaria endevinar que una d'aquelles tres persones era jo, i que els altres eren els seus dos millors amics.

I així va ser. Durant els primers dies se'm va fer difícil admetre que ens bategessin com «el trio assassí». La gent havia arribat a la conclusió que si en Daniel no apareixia era perquè era mort. I afirmaven que tot havia estat una discussió entre el grup d'amics. La meva mare volia que tornés a casa, però m'hi vaig negar rotundament. Vaig poder conservar la beca, ja que no tenien cap prova contra nosaltres; eren només rumors i especulacions. La Jen es va fer encara més popular, amb pocs dies va triplicar el nombre de seguidors a les xarxes socials, i va optar per ignorar i bloquejar totes les persones que l'insultaven o que insinuaven que havia tingut alguna cosa a veure amb el cas. En Conrad passava de tot i es burlava dels comentaris que li feien. Jo, mentrestant, evitava a tothom i feia veure que no els sentia. Sort que anava gairebé sempre amb la Jen, i ella s'encarregava de fer tancar boques.

L'endemà mateix dels fets, la policia va voler interrogar-nos, però sense proves només va aconseguir que els asseguréssim que nosaltres no havíem fet res, i que si volien alguna cosa més, hauria de ser amb un advocat al costat.

—Els recomano que no ens investiguin a nosaltres, sinó

que vagin a preguntar als pares d'en Daniel què van fer amb el seu fill —els vaig dir abans de marxar.

El policia em va fer un mig somriure amb el qual va deixar clar que no pensaven anar per aquesta via. Seguíem sense poder confiar en ells. Era inútil.

Les setmanes següents em van passar amb una lentitud exacerbant. A la universitat es van reprendre les classes, tot i que hi havia un ambient enrarit. Tothom es preguntava què havia passat amb en Daniel i així era difícil concentrar-se.

Jo intentava seguir el ritme de les classes i anar als entrenaments. El primer dia m'havia sorprès trobar-me amb una nova entrenadora, que em va explicar que l'anterior entrenador havia hagut de marxat per uns afers personals.

A més, encara no havia rebut cap missatge d'en Daniel, i això em mantenia en una situació d'alerta permanent.

—Deu estar esperant que tot es calmi —em va dir una tarda la meva amiga quan li vaig dir per enèsima vegada que encara no m'havia escrit—. Si no ha dit res és perquè els pares li trepitgen els talons.

—Ah, val, ara em quedo més tranquil·la, sabent que encara no és en un lloc segur i que aquest parell de tarats l'estan perseguint —vaig fer amb un somriure.

—Que n'ets, de burra —es va queixar.

No teníem la més petita idea d'on havia anat ni com s'ho havia fet, i començava a preocupar-me. Portava el mòbil a la mà a totes hores, fins i tot la nova entrenadora m'havia renyat un parell de vegades per haver sortit de l'aigua en ple entrenament per mirar les notificacions. No ho podia evitar.

En Pau m'insistia perquè passés uns dies al poble, però no em venia de gust. Anar a casa volia dir haver-me d'obrir en canal a ell, i sabia que començaria a plorar i no podria parar. No estava preparada per assumir que trobava a faltar en Daniel i que estava cabrejada amb ell. Em costava entendre aquesta sobtada desaparició i la poca comunicació amb mi, quan m'havia arriscat tant per ell.

La Jen intentava animar-me amb qualsevol excusa, però quan veia que no li seguia el corrent, ella també es deixava emportar una mica pel meu desànim. Em sabia greu que estigués d'aquella manera per culpa meva.

—No pots continuar així —em deia cada vegada que passava pel meu apartament i em veia enfonsada al sofà, mirant qualsevol sèrie.

—Estic bé —mentia, desanimada.

—I tant.

No ho havia explicat a ningú, però en Daniel m'havia deixat la targeta electrònica del seu apartament i de tant en tant hi anava. Sabia que no hi era, però sempre tenia una petita esperança que no s'esfumava fins que no recorria tot l'espai i comprovava que no hi era. Llavors, em quedava asseguda al sofà, contemplant les vistes i veient com s'amagava el sol, fins que em quedava completament a les fosques. Al principi, havia estat unes quantes setmanes sense anar-hi, per por que els seus pares haguessin trobat aquell lloc. Però, en veure que estaven segurs que havia fugit a l'estranger, ho vaig convertir en el meu refugi particular, on podia anar quan volia aïllar-me completament de tothom. La Jen va notar les meves absències.

—Si t'estàs veient amb en Daniel, m'ho pots dir. No l'hi

diré a ningú —em va comentar un dia en veure'm tornar tard a l'apartament.

Jo simplement vaig negar amb el cap, deixant clar que no era allò. Suposo que pel meu estat d'ànim va entendre que no, que en Daniel encara no havia donat senyals de vida.

I si li havia passat res? I si els seus pares havien aconseguit trobar-lo i el tenien segrestat una altra vegada? No tenia manera de comunicar-me amb ell, i allò em desesperava. Vaig decidir que, si passava una setmana més i encara no en sabia res, aniria a explicar-ho tot a la policia. Insistiria en el tema, concediria entrevistes en què ho explicaria tot al món sencer si calia. Potser així, d'aquesta manera, detindrien els pares d'en Daniel i ell se sentiria prou segur per escriure'm. Li vaig explicar el meu pla a en Pau, però no li va agradar gaire.

Pau: No et posis més en perill.

Júlia: Però és l'única manera.

Pau: Ja et va dir que parlaria amb tu quan arribés el moment.

Júlia: Ja sé que tota aquesta història amb ell no t'acaba d'agradar, però no em pots donar una mica més de suport?

Pau: Eh, jo soc el primer que et defenso. I per això no crec que sigui una bona idea.

Júlia: I què he de fer? Quedar-me esperant? Ja saps que no tinc gaire paciència.
I sento com si tot plegat no hagués acabat.

Pau: Però ja no és cosa teva.
Vas fer tot el que vas poder i més per rescatar-lo.
Ara és el seu torn.

Júlia: Doncs no ho està fent gaire bé.

Pau: Estàs cabrejada amb ell?

Júlia: Molt.

Pau: I llavors per què segueixes donant voltes al tema?

Júlia: El trobo a faltar. M'agrada massa.

Pau: Ja et vaig aconsellar que no et pengessis massa de ningú...

Júlia: No és que ho hagi escollit. Vaig intentar ser la seva amiga... Però les coses han anat així.

Pau: Ara te n'has d'oblidar i centrar-te en les classes i els entrenaments.

Tenia raó. No volia deixar de banda els meus estudis i la natació, ja que eren la meva prioritat, però sovint em perdia entre els pensaments. Aquella falta de concentració em va començar a passar factura.

Els dies em passaven a càmera lenta. Per molt que intentés tenir la ment ocupada, no podia. Sota l'aigua la situació empitjorava encara més.

—Júlia, entenc que estiguis preocupada —em va dir l'entrenadora un dia, després d'una sessió—. Però necessites concentrar-te si vols tenir una qualificació decent en la competició de demà.

M'havia inscrit a la competició entre universitats amb l'esperança de tenir un objectiu, però no m'anava gaire bé.

—Ho sento. Demà intentaré donar-ho tot —em vaig disculpar.

Segurament li vaig fer llàstima, perquè em va donar uns copets a l'esquena mentre arrufava les celles i se'm quedava mirant, sense trobar les paraules adequades. La resta dels participants de la universitat xiuxiuejaven entre ells, estaven convençuts que no estaria a l'altura de la competició. Per un moment em vaig plantejar abandonar, però l'orgull m'ho impedia.

Ja als vestidors, vaig sentir com una noia li deia a una altra:

—Ens farà quedar malament.

—I a sobre la gent vindrà, no per veure la competició, sinó per veure-la a ella.

—Creus que ho va fer?

—No ho sé, tia... Però no et sembla que té com una mirada estranya?

—Sí!

—Pobre Daniel, ves a saber què li ha passat...

—Jo crec que s'acabarà sabent la veritat. Deu tenir la policia investigant-la a totes hores. És qüestió de temps.

—I creus que els altres també...?

—La Jen i en Conrad? Uf, la Jen segur, és com que no li fa por res, saps? I en Conrad a vegades fa les coses i després les pensa.

—És amb el que et vas liar l'any passat?

—Sí, que fort. Imagina't, potser m'he liat amb un assassí.

—Bua.

Vaig passar per davant seu, per mostrar-los que les havia sentit. No van dir res, però sí que vaig notar que s'afanyaven a sortir d'allà. Potser a partir de llavors el que havia de fer era que la gent em tingués por. Potser d'aquella manera evitaria que es fiquessin amb mi.

En tornar a l'apartament, vaig notar que les càmeres es movien i em seguien. Havien augmentat la seguretat a la residència a nivells extrems, i fins i tot feien comprovacions aleatòries a les habitacions. No cal ni mencionar que a mi ja m'havien fet vuit inspeccions, mentre que la Lauren ens havia explicat que a ella només n'hi havien fet una.

Aquella tarda vaig tenir la novena inspecció, cosa que no em va ajudar a calmar els nervis per a la competició de l'endemà.

Em vaig sentir sola sopant. Últimament tothom baixava al restaurant de la residència per menjar en companyia, però jo no podia fer-ho. A més, aquella nit la Jen havia quedat amb els seus pares, i no em venia de gust quedar-me sola amb en Conrad. Més que res perquè segur que s'hi apuntava també la Lauren. Vaig preferir no dir res i acabar-me el sandvitx que m'havia fet mentre mirava una sèrie. En acabar, vaig obrir a en Pau.

JÚLIA: Em sento sola.

PAU: Hauries de venir un cap de setmana a casa.

JÚLIA: Potser pujaré aquest finde.

PAU: Com és que no has pujat fins ara?

JÚLIA: Tenia l'esperança que aparegués en Daniel.

PAU: Juls, això no passarà, i com més aviat te'n facis a la idea, millor.

JÚLIA: Ho sé.

Em sento... estranya.

PAU: Què et passa?

JÚLIA: Sé que el que tinc amb en Daniel no ha acabat... Bé, no ha ni començat...

Però que no pugui ni parlar amb ell em fa sentir com si m'hagués deixat enrere.

Em fa mal.

PAU: Crec que tens el cor trencat.

JÚLIA: És això? Doncs és horrible i fa pena...

Estic cada dos per tres plorant sense motiu.

No em concentro.

I quan penso en ell tinc una barreja d'emocions.

Pau: Estàs segura que t'escriurà?

Júlia: N'estava segura. Però els dies passen i ja no sé si és que li ha passat alguna cosa, si no és en un lloc segur, si hi és però passa d'involucrar-me en la seva vida...
I no és just després de tot el que he fet per ell.

Pau: Doncs pensa més en tu.
Concentra't per estar a tope per a la competició de demà.
Així també els demostraràs que ets forta.
No deixis que et guanyin.

Les seves paraules em va ajudar força a sentir-me forta, i me'n vaig anar a dormir amb la convicció que totes les emocions que sentia les podia canalitzar perquè em servissin per al que volia aconseguir.

L'endemà va ser estrany. Em vaig llevar amb la sensació d'haver-me passat tota la nit somiant, però no recordava res. Vaig quedar-me una estona asseguda al llit, pensativa. Aquell matí tampoc tenia cap notificació d'en Daniel. Havia d'oblidar-me de tot allò durant unes hores per centrar-me en la competició. Al cap i a la fi, els meus bons resultats eren els que m'havien permès aconseguir aquella beca, i ara no podia fallar. La jornada es faria a les instal·lacions de la universitat, així que jugava amb una mica d'avantatge, ja que la Jen m'havia promès que ella, en Conrad i la Lauren vindrien a animar-me. Aquell pensament em va donar l'impuls que necessitava per aixecar-me del llit, arreglar-me i començar a preparar-me per a la competició. Ho havia de fer.

Dues hores després era a la piscina, a punt per a la competició. Estava asseguda, esperant que arribés el moment, i observant-ho tot al meu voltant. Hi havia esportistes d'altres universitats, entrenadors i molt de públic. Em va sorprendre veure tanta gent a les grades, ja que no hi estava acostumada. De fet, quan aquell lloc m'agradava més era quan estava completament buit, en silenci, a les fosques, amb en Daniel abraçant-me a l'aigua contra una de les parets de la piscina, amb els meus llavis contra els seus... Vaig intentar apartar aquell pensament. No podia distreure'm.

La Jen em va saludar somrient i saltant. Vaig somriure en veure-la tan entusiasmada. Necessitava allò, tornar a somriure, focalitzar la ment i el cos en l'esport i no perdre l'esperança. Era forta, podia fer-ho. Però, tot i els meus discursos motivadors interiors, seguia sentint una veueta que es preguntava on era en Daniel, per què no m'escrivia i quant temps faltava perquè ens tornéssim a veure. M'entristia veure els equips d'altres universitats fent pinya, ja que se suposava que en Daniel també havia de competir allà aquell dia.

Vaig sospirar i vaig tancar els ulls, intentant resistir-me al que vaig fer a continuació. Vaig buscar el mòbil, que tenia amagat a la meva tovallola perquè l'entrenadora no el veiés; em vaig girar d'esquena a tothom, i vaig obrir l'app de missatges. Durant els últims dies havia escrit desenes de missatges, per si en algun moment en Daniel es connectava i els veia. De moment no n'havia rebut cap.

Júlia: Hola, Daniel.

Sé que aquesta vegada tampoc veuràs aquest missatge, però crec que això d'escriure't ja s'ha convertit en la meva rutina.

Soc a la piscina. És plena de gent. T'ho imagines?

La competició començarà d'aquí a uns minuts.

Estic nerviosa, però tinc ganes de llançar-me a l'aigua.

Tant de bo fossis aquí. Segur que aconseguiríem una bona puntuació.

I quan ens donessin el resultat, em llançaria amb tu a l'aigua, rient, cridant.

Besant-nos sense que ens importés que hi hagués gent al voltant.

Simplement sent nosaltres, sense ningú que s'hi interposés.

Seria genial.

Això avui no passarà, però et prometo que ho donaré tot per guanyar i dedicar-t'ho.

Que es preparin. Vaig a totes.

En acabar d'escriure els missatges vaig tornar a guardar el mòbil i em vaig posar a escalfar. A mesura que s'acostava el moment, em vaig començar a sentir amb més força. Semblava que la tristor donava pas a la ràbia que portava a dins, i allò va alimentar les meves ànsies de sortir disparada tan bon punt van donar el tret de sortida a la competició. Tot el cos se'm va convertir en una màquina enfurismada que es propulsava com mai no ho havia fet abans. Necessitava cremar tota aquella energia i ràbia que portava a dins, com fos, i arribar la primera. Necessitava guanyar. Estava cansada de perdre. No ho podia permetre. Només havia de seguir al màxim de potència. No aturar-me pràcticament ni a respirar. No volia l'oxigen. Només volia arribar. Només uns quants metres més i ja ho tindria. Els pulmons es queixaven, el cor em bategava amb força, els músculs cridaven de dolor. I em sentia bé. Molt bé. Tan bé per ser la que guanyés. I ho vaig aconseguir. En tocar la paret i treure el cap de l'aigua, el meu cos va buscar instintivament un suport i tot l'aire que li faltava. El cap em donava voltes, no sentia res i només tenia ulls per mirar la pantalla de resultats. Un instant després vaig veure el meu nom en primera posició. Ho havia aconseguit. Aquella victòria no me la podia treure ningú.

—Juuuuls! Ets la millooor! —va cridar la Jen des de les grades, fent que gairebé tothom es girés per mirar-la.

Vaig somriure, encara intentant recuperar l'alè. En tornar a alçar la vista cap a la pantalla digital de resultats el cor se'm va aturar. Literalment. Les posicions havien desaparegut, i en comptes d'això, hi havia un missatge que ocupava tota la pantalla:

Et diré la meva veritat d'avui: Juls, avui i sempre, ets la meva número u.

El missatge va desaparèixer segons després, i per un moment vaig témer haver-m'ho imaginat. El cos em va començar a tremolar, com si intentés reaccionar al que acabava de passar. Amb un gest ràpid, vaig sortir de l'aigua i vaig esquivar l'entrenadora, que ja venia cap a mi per celebrar la victòria. Sentia que em començava a faltar més l'aire que dins de la piscina. Quan vaig agafar el mòbil i vaig mirar la pantalla, un torrent d'energia em va recórrer tot el cos. Tenia missatges d'un número desconegut.

DANIEL: Juls, estic bé. Aquest és el meu nou número. No t'he escrit abans per no posar-nos en perill.

Tinc moltes coses per explicar-te.
De moment no et puc dir on soc. Només vull que sàpigues que estic orgullós de tu i que penso en nosaltres a totes hores.
En tot el que em fas sentir...
Ja he començat el compte enrere per retrobar-nos. Si vols, serà més aviat del que et penses. T'espero aquí.

L'últim missatge era una foto d'en Daniel mig a les fosques, en una piscina. Estava dret i l'aigua el cobria just per sota del melic. La seva pell morena tenia una tonalitat especial il·luminada per les llums d'aquella piscina. Els cabells li havien crescut una mica i li queien més desordenats que mai. No li podia veure els ulls, però coneixia aquella mirada, aquella que m'havia captivat tan aviat. I vaig saber que tornaria a posar-me en perill. Un perill que estava disposada a córrer.